LA ROSE DE FER

A Genève, Georges Lyons mène une vie heureuse : un métier de consultant, pour la façade : des braquages de banque, pour l'argent et l'adrénaline. Jusqu'au jour où, préparant un hold-up à Bruxelles, il voit passer Martha, sa femme, au bras d'un autre homme.

A partir de ce moment, sa paisible double vie tourne au cauchemar. Entraîné malgré lui dans une terrifiante course contre la mort, il découvre que ses complices essaient de le doubler, que Martha lui ment, qu'elle est liée avec des gens qui veulent se débarrasser de lui et semblent le prendre pour quelqu'un d'autre.

Perdu dans un dédale de mensonges et de faux-semblants, où personne n'est ce qu'il prétend être, il n'a d'autre issue que de partir à la recherche de la vérité.

Remonter dans son passé comme on descend aux enfers.

Auteur des Quatre Fils du docteur March *et de* Ténèbres sur Jacksonville, *Brigitte Aubert signe ici un ouvrage où – une angoisse, toujours inévitable, en annonçant fort logiquement une autre plus grande encore –, le lecteur est emporté dans un tourbillon d'horreurs et d'aventures dont l'origine fait partie de nos oublis les plus intolérables.*

Les Quatre Fils du docteur March
Seuil, « Seuil Policiers », 1992
et « Points Roman » n° R 668

Ténèbres sur Jacksonville
Seuil, 1994

Brigitte Aubert

LA ROSE
DE FER

ROMAN

Éditions du Seuil

TEXTE INTÉGRAL

ISBN 2-02-025576-6
(ISBN 2-02-020193-3, 1re publication)

© Éditions du Seuil, juin 1993

Premier jour – jeudi 8 mars

Le café fumait dans la clarté grise de l'aube. J'étais assis, dans la cuisine obscure, ma tasse de café à la main. J'ai du mal à supporter la violence de la lumière électrique au réveil et je préfère me mouvoir dans une semi-pénombre. En face, à cent mètres de moi, la lumière s'alluma dans la cuisine des Brundel. Depuis quatre ans que je vivais là, je n'avais pas dû leur adresser la parole plus de deux fois. Non parce que j'éprouvais envers eux une quelconque antipathie mais parce qu'il était préférable que mes rapports avec le voisinage se bornent au strict nécessaire.

Je consultai ma montre : 7 heures. J'étais en retard. Si j'avais su ce matin-là ce qui allait advenir, j'aurais été moins préoccupé d'être à l'heure ! Et peut-être même aurais-je tout mis en œuvre pour ne pas vivre cette journée... Mais hélas ! malgré tout ce qu'on peut lire sur l'omniprésence des forces paranormales, je n'ai jamais été fichu d'éprouver la moindre précognition, la plus petite manifestation de télépathie. C'est donc dans la plus parfaite inconscience que j'étais prêt à m'acheminer vers mon destin.

Martha apparut dans l'entrebâillement de la porte, tout

ensommeillée. Une mèche de cheveux noirs retombait entre ses yeux sombres. Elle me sourit, resserrant frileusement son peignoir de soie rouge sur son corps nu et pâle. Je lui tendis une tasse de café. Elle but, tout en me considérant pensivement de ses grands yeux noirs. Martha, au réveil, me faisait penser à un petit chat en train de s'étirer. Elle étouffa un bâillement, fit brusquement claquer ses doigts, se souvenant de ce qu'elle voulait me dire :

– Georges, tu n'oublieras pas de passer au pressing, en revenant ?

Je hochai la tête, vidai le fond de ma tasse et me levai. Martha me tendit les bras. Je me penchai sur elle, l'embrassai dans le cou, là où j'aimais son odeur, tout près des petits cheveux de la nuque, sous l'oreille. Je chuchotai :

– A ce soir. Sois sage.

Elle soupira :

– Tu ne risques rien, je dois passer chez Maman.

La mère de Martha était impotente. Elle vivait à cinquante kilomètres de chez nous, dans un petit cottage qu'elle refusait obstinément de quitter. Souvent, quand je m'absentais, elle se rendait chez sa mère, pour lui apporter des provisions et lui tenir un peu compagnie. Un vrai Petit Chaperon rouge ! Martha avait toujours été un peu sauvage. Je ne lui connaissais pas d'amis. Elle semblait se satisfaire d'un univers peuplé d'art, de musique, de lectures et de ma personne. Elle me regarda boutonner ma veste croisée en tweed brun, considéra ma chemise en soie bronze, ma cravate en cachemire ornée d'un discret motif, et se permit un sourire :

– C'est pour ta secrétaire, tous ces effets vestimentaires ?

– J'ai un rendez-vous important.

– Je vois ça...

Elle eut une moue dubitative et moqueuse et, résistant à la tentation de la prendre dans mes bras, ce qui m'aurait mis définitivement en retard, je lui envoyai un baiser du bout des doigts et sortis dans le petit matin froid.

J'appuyai sur la commande de la porte du garage et grimpai vivement dans la Lancia bleu nuit. Il faisait froid, et je réglai aussitôt le chauffage au maximum. Le pare-brise était couvert d'une buée glacée et les bas-côtés de la route blancs de givre.

Nous habitions en dehors de Genève, dans un lotissement résidentiel extrêmement sélect, au cœur d'immenses bois. Les villas, très espacées, donnaient l'illusion de l'indépendance, et chacune bénéficiait de sa piscine personnelle, pour l'instant recouverte d'une bâche. Martha aimait beaucoup nager. En dehors de ça, elle avait horreur du sport et ne m'accompagnait jamais lorsque je partais en randonnée ou faire du kayak.

Le système de chauffage dégageait l'habituelle et peu agréable odeur de brûlé qui allait se dissiper rapidement. Une pie jaillit des fourrés en jacassant. J'appuyai sur la commande électrique et baissai la vitre de quelques centimètres, respirant à pleins poumons l'air humide du petit matin et son odeur de sous-bois.

Je me dirigeai rapidement vers l'autoroute et m'y engageai. Peu après, une pancarte annonça la sortie 22. C'était là que se trouvait le siège de la SELMCO, la société pour laquelle j'étais *censé* travailler. Une grosse boîte d'import-export où j'« occupais » le poste de consultant international. J'étais de ce fait tenu à de fréquents déplacements et à des horaires impossibles. Du moins c'était ce que croyait Martha, et ce que croyaient également nos rares connaissances. Je possédais un badge plastifié avec ma photo et un code d'identification, quasiment authentique. Et Martha possédait un numéro de téléphone où me joindre en cas de besoin. Là, une fille payée au mois répondait invariablement que j'étais absent ou en conférence et enregistrait les messages. Je ne manquais jamais de la consulter avant de rentrer à la maison.

Je dépassai tranquillement la sortie 22 et cinq cents mètres plus loin je pris la bifurcation vers l'aéroport. 7 h 29. J'étais en retard. Je mis mon clignotant et déboîtai pour me ranger sur le parc n° 2, au stationnement limité à vingt-quatre heures maximum. Je saisis mon attaché-case et me précipitai au comptoir d'enregistrement. L'employée, occupée à commenter sa sortie de la veille avec sa voisine de comptoir, me sourit mécaniquement, vérifia mon billet d'un œil distrait et me tendit ma carte d'embarquement.

Quinze minutes plus tard, je survolais Genève, direction Bruxelles.

L'avion se posa à 9 h 04. Le temps d'expédier les formalités douanières réduites au minimum, d'attraper le métro et, à 9 h 55 précises, je débarquai à la gare de Bruxelles-Central. Je me dirigeai vers les toilettes. En y entrant, je jetai un rapide coup d'œil circulaire. Max était là, je voyais ses chaussures sous la troisième porte. Nous avions rendez-vous à 10 heures et il était 10 heures. Je m'enfermai dans la cabine voisine de la sienne, lui glissai ma mallette sous la cloison de séparation et il m'en fit passer une autre. Je l'ouvris et ne pus retenir un sourire, avant de me changer entièrement. Mon nouvel accoutrement – tee-shirt couvert de crasse, blouson déchiré, perruque décolorée, bonnet de laine et cabas en plastique chargé de détritus divers dont un litron de gros rouge – modifia rapidement mon apparence. Je me barbouillai le visage et les mains de graisse sale, me collai sous le nez une épaisse moustache et chaussai une paire de lunettes noires opaques. Une fois prêt, je dépliai ma canne blanche, tapotai le carrelage trois fois, comme au théâtre, et repassai la mallette à Max. J'entendis la porte s'ouvrir et ses pas résonner sur le carrelage. J'attendis qu'il se soit éloigné pour sortir à mon tour. Mes vêtements empestaient la vinasse et un type bien mis s'écarta de moi avec une grimace de dégoût.

A 10 h 35, ainsi grimé, je débouchai sur la Grand-Place. Je repérai immédiatement la longue silhouette dégingandée de Phil, flottant dans ses guenilles, qui massacrait une valse musette sur son accordéon, cassant les oreilles des badauds. Tâtonnant avec ma canne blanche, je m'avançai vers lui d'une démarche incertaine. Il m'interpella d'une voix enjouée d'ivrogne professionnel et nous échangeâmes quelques mots, puis Phil s'éloigna, pianotant toujours sur son instrument. Il ne pouvait pas rester plus d'une demi-heure sur la place avant que les flics ne le chassent. Il m'avait laissé le chien. Un bâtard de berger allemand, avec les oreilles pendantes et un harnais, comme tout bon chien d'aveugle. Je m'assis contre une façade noire de crasse, posai une soucoupe à côté de moi et me mis à observer la banque à l'abri de mes verres teintés.

Le Consortium européen de banques brillait de tous ses feux, lettres d'or rutilantes sur portes vitrées noires. Placé depuis quatre jours sous notre haute surveillance. J'allais rester là jusque vers 4 heures, puis Benny viendrait me relayer, déguisé en diplomate sacrifiant à la cérémonie du thé dans un des innombrables troquets qui bordaient la place.

J'eus une pensée pour Martha qui me croyait plongé dans des montagnes de dossiers. Mais je n'avais jamais été capable de gagner ma vie autrement. En fait, depuis que j'avais quitté l'armée, je n'avais songé qu'à une chose : me perfectionner dans l'art délicat et précis du braquage. Je me considérais comme une sorte d'horloger voué non pas à réparer mais à détruire les mécanismes. Je ne me sentais pas coupable. Après tout, les banques étaient assurées et je n'étais pas loin de considérer qu'elles, les compagnies d'assurance et moi faisions au fond un peu le même boulot. De plus, nous avions une vie agréable, luxueuse, et, même si je ne gagnais pas énormément plus qu'en travaillant réellement à la SELMCO, je m'amusais beaucoup plus.

C'était une journée froide, avec un ciel bleu traversé de nuages épais poussés par un vent aigre et coupant. Mais au moins il ne pleuvait pas. Si tout se passait bien, demain à 13 h 10, j'empocherais 250 000 francs belges. Ma part. Je dépiautai soigneusement l'enveloppe plastique entourant mon sandwich au cervelas et y mordis à belles dents. Un flic était en faction sur la place mais il ne me jeta qu'un coup d'œil distrait. Des dizaines de touristes tournaient en rond, l'œil rivé à leurs guides ou à leurs caméscopes, et le flic surveillait principalement le manège des bandes de petits Yougoslaves aux mains agiles qui traînaient dans la foule.

La journée s'écoula lentement. J'avais des crampes partout et j'étais gelé. Mais, grâce à notre système de surveillance, aucune allée et venue ne nous avait échappé et on aurait pu réciter par cœur l'emploi du temps de chacun des employés et gardiens de la banque. Une dame blonde, enveloppée dans un manteau de fourrure, laissa tomber une pièce dans la soucoupe. Je la remerciai en hochant vigoureusement la tête. Abrité derrière mes verres opaques, je lorgnai vers la pendule de l'hôtel de ville. 15 h 45, bientôt la pause.

Je m'étirai discrètement. Saisis ma canne. Aussitôt, Adolf s'ébroua en remuant la queue. Je lui tapotai le dos. Il s'étira longuement, puis me lécha la main. Adolf était un brave clébard. Il avait appartenu à un vieil aveugle autrichien, doué du sens de l'humour, qui avait fui son pays en 1937 et avait traîné ses guêtres pendant quarante ans à travers toute l'Europe, avant d'échouer à Bruxelles où Max l'avait rencontré, trempant dans divers petits trafics. Émile, le vieux, lui avait cédé le chien arguant que de toute façon il n'en avait plus pour longtemps, et, effectivement, deux jours plus tard, une bande de skinheads éméchés, semblables aux SS qu'il avait fuis si longtemps auparavant, l'avaient brûlé vif. Une rafale de vent glacée me tira de mes pensées.

Encore cinq minutes de patience, chuchotai-je à Adolf qui grogna. Je lui filai mon reste de sandwich et il l'avala d'un coup de langue. A cet instant, un gros bonhomme sortit de la banque, tripotant une épaisse liasse de billets qu'il essayait de fourrer dans son portefeuille. Une violente bourrasque, mutine, lui arracha un des billets qui s'en alla virevoltant le long du trottoir. Le type bondit à sa poursuite et je dus me retenir pour ne pas rire devant ses efforts maladroits pour saisir le billet. Celui-ci atterrit à mes pieds mais, comme je n'étais pas censé le voir, je ne bougeai pas. C'était une coupure de cent dollars. Le type, qui allait me jeter une remarque désobligeante, avisa mes lunettes, ma canne et se tut. Il plongea en avant, juste comme le billet, soulevé par une rafale, s'envolait jusqu'au trottoir d'en face et se posait sur une des tables de la grande brasserie qui faisait le coin.

Amusé, j'avais suivi sa trajectoire du coin de l'œil. Le billet s'était posé en douceur tout près d'un couple dont la femme me tournait presque entièrement le dos. L'homme, qui me faisait face, avait les cheveux courts, blonds, soigneusement peignés, un visage porcin avec un nez court et épaté, des yeux très clairs, une petite moustache blonde taillée au millimètre près. Le type même de l'employé d'ambassade qui souhaiterait être général de corps d'armée. De la femme, je n'apercevais que ses cheveux roux, un tailleur sombre, et sa main soignée enveloppant sa tasse. Le type buvait une bière, la femme un café. Ils portaient ce genre de vêtements « prêt-à-porter de qualité » qui est devenu l'uniforme de la *middle class*, et mon ordinateur intérieur les catalogua derechef : cadres supérieurs, en week-end à Bruxelles. J'avais noté tous ces détails sans vraiment y faire attention, par habitude. Phil me disait toujours que j'aurais dû être flic. C'est peut-être pour cela que je remarquai tout de suite que quelque chose clochait. Aucun des deux, ni l'homme ni la femme, ne prêtait la moindre attention au billet. Et pourtant ils n'avaient pas l'air du genre à se servir d'un billet de cent dollars comme allume-gaz.

Le gros bonhomme, ayant enfin réussi à traverser, s'abattit littéralement sur leur table et saisit sa précieuse coupure dans sa grosse main boudinée. La femme se retourna, secouant ses cheveux roux. Elle lui sourit d'un sourire mécanique, absolument hors de propos. Et mon cœur s'arrêta.

C'était Martha! C'était Martha, là, à dix mètres de moi, Martha qui posait sa main sur le bras de son compagnon, lui disait quelque chose et se levait. Je faillis bondir, me souvins à temps que j'étais censé être aveugle et que je ne pouvais pas ficher deux mois de préparation en l'air sur une simple ressemblance. Mais ce n'était pas une ressemblance, c'était Martha, ses yeux en amande, sa bouche aux lèvres pleines, ses hanches minces, sa poitrine opulente, Martha serrée dans un tailleur strict que je ne lui connaissais pas, Martha avec des cheveux d'un roux flamboyant, qui se penchait vers un inconnu et l'embrassait sur les lèvres.

Pétrifié, je suivis des yeux le couple qui s'éloignait, mes automatismes de sécurité me rappelant de ne pas tourner la tête, et englobai dans mon champ de vision la silhouette élégante de Benny, assis tout droit devant sa tasse de thé, apparemment plongé dans le *Times*. Benny! Je devais partir. Je me levai, les jambes coupées par le choc, m'accrochai au harnais d'Adolf qui se mit aussitôt en route vers la gare. Par une chance inespérée, à une dizaine de mètres devant moi marchait le couple. Le sosie de Martha s'arrêta à une devanture de bijouterie et l'homme lui chuchota quelque chose à l'oreille, puis ils se mirent à rire. L'homme ajouta quelque chose d'une voix sourde dans une langue que j'identifiai comme étant de l'allemand.

Deux jeunes gens aux crânes rasés me bousculèrent grossièrement, mais je ne pus riposter, tenu à mon rôle.

Ils s'éloignèrent en ricanant. « Martha » se retourna et son regard glissa sur moi sans manifester le moindre émoi. Je faillis hurler puis je me rappelai mon déguisement : elle ne m'avait tout simplement pas reconnu. Elle reprit sa place auprès de son compagnon qui la serra contre lui. L'image de Martha lovée contre cet homme m'était insupportable jusqu'à la nausée. Et, brusquement, ils tournèrent dans la direction opposée à la mienne. Mes jambes pivotèrent instantanément vers eux et je dus me faire violence pour ne pas leur emboîter le pas. Je ne pouvais pas faire attendre Max à la gare. Je ne pouvais pas compromettre tout notre plan pour une hallucination. Car c'était forcément une méprise. Un hasard incroyable, mais un hasard.

J'atteignis la gare dans un état second, me rendis machinalement aux toilettes. Max y était. Nous recommençâmes notre petit manège et je me retrouvai bientôt dans mon élégant costume de tweed doublé, mes richelieux aux pieds. J'achevai de me nettoyer le visage et les mains avec ces petites serviettes imprégnées de savon que l'on trouve maintenant partout. Max me tendit ma mallette sous la cloison. Je récupérai mon passeport, le fourrai dans ma poche revolver. Adolf gémit. Il en avait marre, lui aussi. Je lui retirai le harnais, lui passai un collier en cuir jaune des plus sélects, rangeai le harnais dans la valise et la remis à Max. Je l'entendis s'éloigner, le chien sur ses talons. Je comptai jusqu'à cinq et sortis à mon tour.

Il n'y avait qu'un type en train d'uriner, en imperméable bleu. Il ne se retourna pas, absorbé dans la contemplation des carreaux de faïence blanche. La glace au-dessus du lavabo me renvoya mon image : un business man solidement bâti, aux épais cheveux noirs coupés très court, au visage viril et marqué (souvenir de matches de boxe) et dont les yeux noirs profondément enfoncés reflétaient une sorte de stupeur. Je respirai à fond pour reprendre le contrôle de moi-même et m'éloignai.

Je gagnai rapidement la voie express pour l'aéroport. Max avait placé mon billet dans mon passeport et, tandis que je le présentais au contrôleur, je ne pouvais m'empêcher de penser à cette vision incroyable. Martha à Bruxelles, pendue au bras d'un homme... Est-ce que j'étais devenu fou ?

L'avion avait vingt minutes de retard à cause du brouillard. Je consultai ma montre. 17 h 02. Bon, j'avais le temps de téléphoner. Il fallait que j'en aie le cœur net. Je me dirigeai vers une des cabines libres, pris une profonde inspiration et composai le numéro de la mère de Martha. Une sonnerie. Deux. Trois. Quatre. Mon cœur battait la chamade. Brusquement, on décrocha.

– Allô ? Allô ?

C'était Martha. J'étais donc devenu fou. Je raccrochai sans un mot. Il fallait que je boive quelque chose, ma gorge était complètement desséchée. J'avalai un grand bock de bière flamande. Allumai une cigarette. Elle avait un goût de paille. Je l'écrasai dans le cendrier en plastique rouge. Je ne devais pas me laisser distraire par cette coïncidence. Demain était le grand jour. Je devais être calme, parfaitement calme. J'entrepris mentalement une série d'exercices respiratoires pour me décontracter et, peu à peu, respiration et bière aidant, je me sentis mieux.

Pendant le vol, je réussis à dormir. J'ai toujours eu la faculté de m'endormir lorsque je suis confronté à un problème obsédant et que je veux déconnecter. En général, je me réveille reposé, sur la voie de la solution. Et effectivement, quand je me réveillai, je me sentis mieux. J'avais simplement été le jouet d'une hallucinante ressemblance. Il fallait que j'arrête de lire tous ces thrillers que Martha qualifiait de « littérature de bazar ». Un peu de Spinoza ou de Kant à la place de *L'Homme sans visage* ou *Une place trop rouge* me ferait le plus grand bien.

Sur le chemin du retour, je m'arrêtai au village pour récupérer le manteau de Martha chez le teinturier. Il faisait un froid glacial, sec, tranchant, à vous dissuader de sortir vos mains de vos poches. Je n'ai jamais aimé porter des gants et, les rares fois où j'avais dû en mettre pour « opérer », j'avais eu l'impression d'avoir des prothèses au bout des poignets.

A 19 h 14, je m'engageai dans notre allée bordée de haies fleuries au printemps et roulai lentement jusqu'au garage. Les lumières de la maison n'étaient pas allumées. De nouveau, je ressentis une violente sensation d'angoisse et je restai un moment assis dans la Lancia, écoutant craquer la neige sur les branches. Puis je haussai les épaules : je me faisais trop vieux pour le boulot. Je devenais impressionnable comme un enfant.

Je manœuvrai la télécommande et la porte du garage se referma en chuintant. Une neige fine s'était mise à tomber, le genre de neige qui vous mouille le cou, s'insinue dans votre col, vous glace le menton. Je considérai la maison, sombre et muette, puis j'introduisis ma clé dans la serrure. L'élégante porte en chêne pivota sans bruit. Tout était silencieux. J'avançai dans le couloir désert sans faire craquer le parquet bien ciré, longeai le petit salon noir et safran, la salle à manger dont les baies vitrées donnaient sur les bois. La maison avait appartenu à un architecte en vogue et je n'avais rien changé à sa décoration, hormis quelques meubles. J'accordais peu d'importance au décor où je vivais, du moment qu'il ne m'offensait pas le regard.

Je dépassai la cuisine dotée de tous les équipements possibles, jetai un coup d'œil dans la grande salle de bains carrelée et entrepris de monter à l'étage. Une angoisse sourde m'étreignait. Je posai la main sur la poignée de la porte de notre chambre, hésitai, puis la tournai lentement. La porte s'entrouvrit, glissant sans bruit sur l'épaisse moquette noire. Le futon japonais se découpait dans le rectangle blanc de la fenêtre fouettée par la neige. Je distinguai la grosse couette roulée en boule. Un cri rauque déchira le crépuscule, me faisant sursauter :

– Georges ! Tu m'as fait peur !

Martha émergeait de la couette, les cheveux en bataille, à contre-jour. Elle bâilla.

– Je m'étais endormie en lisant. Quelle heure est-il ?

– 19 h 28.

– Georges ! Tu ne peux pas donner tout simplement l'heure ? On dirait un chronomètre.

Elle souriait, son peignoir entrebâillé sur sa poitrine nue.

– Il fait chaud ici. J'aime bien ça, cette chaleur, quand il neige dehors, si près, presque sur nous...

Je m'avançai d'un pas. Les mots étaient au bord de mes lèvres : « Tu sais, aujourd'hui j'ai cru te voir dans la rue... » Elle me demanderait où. Et je mentirai, car je n'avais aucune raison d'être allé à Bruxelles. Personne, pas même Martha, ne devait soupçonner que j'avais mis les pieds dans cette ville. Je songeai au passeport dans ma poche, établi au nom d'Axel Bayern, négociant en vins. Puis je songeai aux bras de Martha tendus vers moi. Puis je me penchai sur elle et ne songeai plus à rien.

Longtemps après, alors que je la croyais endormie, elle soupira profondément et vint cacher son visage au creux de mon épaule. Je lui relevai le menton :

– Martha, est-ce que tu m'aimes ?

– Tu en doutes encore ?

– Martha, quoi qu'il puisse un jour arriver, je veux que tu saches que je t'aime.

– Moi aussi, Georges, mais il ne nous arrive jamais rien !

Et, éclatant d'un rire gai qui contrastait avec sa tristesse précédente, elle fit une cabriole sur le lit avant de sauter à terre.

– J'ai faim, grand chef ! Petite squaw dévouée va faire réchauffer miam-miam.

Elle s'éloigna en chantonnant. Je m'étirai. Il faisait froid. Ou plutôt, j'avais froid. La chair blanche de mon ventre zébré d'anciennes cicatrices était toute hérissée. Je décidai qu'une bonne bouteille de bordeaux me ferait le plus grand bien et me levai à mon tour.

Nous dînâmes calmement. Le feu flambait dans la cheminée. Les épais cheveux noirs de Martha tordus en chignon, ses épaules nues, sa robe moirée scintillaient sous le reflet des flammes et je la trouvai belle. Trop belle pour moi, comme d'habitude. Je me demandais toujours comment une fille aussi séduisante que Martha pouvait se contenter de notre vie calme et retirée. Comment elle avait pu accepter de lier sa vie à moi, Georges F. Lyons, pas spécialement beau ni intelligent, d'autant qu'elle ignorait tout de mes activités annexes et ne pouvait donc y trouver un peu de piquant dans une existence somme toute monotone.

J'avais rencontré Martha l'an passé à une conférence sur l'art éthiopien. Je m'intéressais à une statuette de malachite que je devais dérober pour le compte d'un collectionneur sud-américain. Martha, elle, prenait des notes. Elle préparait une licence d'histoire de l'art. Nous étions placés côte à côte. Je fus séduit par son visage un peu sauvage : de hautes pommettes, une grande bouche un peu carnassière, un regard profond, un teint mat qui lui donnait un air de princesse orientale, un visage de chat abyssin avec ce quelque chose de moqueur d'une Scarlett O'Hara. Je ne tardai pas à engager la conversation. Contre toute attente, elle me répondit. Et de fil en aiguille nous devînmes amis. Puis amants, un soir d'octobre chargé de pluie et de feuilles mortes, tandis que l'eau ruisselait le long des vitres. Notre révolution d'Octobre en quelque sorte.

Martha avait terminé sa licence et avait reçu plusieurs propositions de divers musées à l'étranger. Elle ne s'était encore décidée pour rien, désireuse de profiter de moi, disait-elle avec son sourire moqueur. Je ne pouvais pas m'en plaindre. Et, même si je savais que je commettais une folie en m'installant dans une vie de couple, je n'avais pas eu la force de résister. J'avais *besoin* de Martha, de son rire, de sa joie, de sa beauté tranquille.

Je songeais à tout cela en lui versant du bordeaux. Le vin, rouge rubis, s'élargissait dans le verre comme une mare de sang chaud. Elle me sourit tendrement. J'eus envie de laisser mon doigt courir le long de ses lèvres. Comment avais-je pu croire la voir à Bruxelles ? J'avais peut-être une tumeur au cerveau qui produisait des hallucinations... L'un de mes amis était mort ainsi à l'hôpital, prenant l'infirmier pour son père et lui demandant pardon pour une faute commise trente-cinq ans auparavant ! Bon sang, demain je devais être en forme, il fallait que je cesse de broyer du noir ! Je me levai et allai mettre un disque sur la platine, un vieux disque de jazz de Cab Calloway, qui avait le don de me mettre la paix au cœur.

Deuxième jour – vendredi 9 mars

Le réveil sonna à 6 heures. Je m'éveillai, la bouche pâteuse, la tête lourde. Trop de bordeaux. Et le cognac qui avait suivi n'avait certainement rien arrangé. Martha se retourna dans son sommeil, ouvrit les yeux :

– Tu pars déjà ?

– Oui, dors. A ce soir. Et n'oublie pas, je t'emmène dîner dehors. Réserve où tu veux.

Elle hocha la tête et referma les yeux. Je me jetai sous une douche froide afin de m'éclaircir la tête et me frictionnai vigoureusement à contrecœur. Je détestais l'eau froide. Je détestais prendre des douches dans le petit matin noir de sommeil. Et je détestais encore plus avoir la gueule de bois un jour de mission. Je m'habillai soigneusement, avalai un café amer et saisis ma mallette. Les jeux étaient faits.

Sur l'autoroute il y avait du brouillard. Je jouai un instant avec l'idée que l'avion ne décollerait pas. Mais il décolla, à l'heure pile. Je regardai l'aube se lever, la cime des montagnes luire dans le jour blême, et je songeai que dans quelques heures je serais peut-être mort, le corps troué de balles, ou en partance pour vingt-cinq ans de taule. J'aurais dû appeler l'hôtesse et vider une bouteille de champagne pour jouir des derniers instants de liberté et de beauté dont j'étais sûr. Mais je ne fis rien. Je mâchais laborieusement mon chewing-gum devenu gluant, les mains sagement posées sur mes genoux, et je ne vis même pas le soleil se lever, parce que j'avais mal au cœur et que j'avais fermé les yeux. C'est comme ça qu'on passe à côté de sa légende.

Max était à sa place. En deux minutes, je revêtis ma tenue de camouflage. Et, comme toujours à l'instant où les dés étaient jetés, je ressentis cette bouffée d'anxiété et d'excitation qui agit sur moi comme une drogue.

Phil avait l'air paisible mais l'intensité de son regard métallique démentait sa nonchalance apparente. Il me refila Adolf et s'éloigna en traînant les pieds, dans ses guenilles de beatnik attardé. Je m'assis. Adolf bâilla. Est-ce qu'il sentait ma nervosité ? Il me regardait avec attention, les oreilles dressées. Je lui grattai la tête et m'installai plus commodément. L'attente commença. Le flingue dans ma ceinture me comprimait l'estomac. J'espérais ne pas avoir à m'en servir. Je préférais l'arme blanche. Et mon arme de prédilection, c'était encore mes poings. Avec ça, je pouvais vraiment faire des ravages. Je souris dans ma barbe en pensant à Martha qui me prenait pour un intellectuel dont l'exploit le plus violent était sans doute de déchirer une contravention...

Les heures passaient lentement. Les pièces s'entassaient dans ma sébile. Un jour de générosité, peut-être à cause du froid aigre et du crachin qui, goutte légère après goutte légère, m'avait trempé jusqu'aux os. La plupart des brasseries bordant la place avaient déroulé de vastes bâches au-dessus de leurs terrasses. Je regardai la grande aiguille de l'horloge avancer d'un cran et se poser sur la demie de midi. Le carillon retentit, dispersant une volée de moineaux. Benny s'installa à une table en terrasse, tout près de moi. Il portait un large imperméable beige et une barbe blonde postiche taillée en pointe ornait son visage délicat. Des lunettes à monture carrée achevaient de lui donner l'air compassé d'un diplomate pédant et il consulta plusieurs fois sa montre, une Rollex extra-plate, d'un geste impatient. Le flic sur la place, un grand costaud aux joues rouges, ne lui accorda même pas un regard. A moi non plus d'ailleurs. Je n'ennuyais personne. Je me contentais de dodeliner de la tête sous la pluie fine, pauvre épave accrochée à son chien.

A 12 h 27, les derniers clients sortirent et, à 12 h 30 tapantes, ce fut le tour des employés. Un seul d'entre eux allait rester là jusqu'à 13 h 30, à tapoter sur ses ordinateurs, en attendant la réouverture et la relève par ses collègues de l'après-midi. C'était un type maigre et pâle, vêtu d'un vilain costume marron, avec une petite barbe en collier, et que j'estimai avoir de fortes chances de souffrir d'un ulcère et de migraines imprévisibles. Il ferma les portes, perdu dans ses pensées. A 12 h 48, un fourgon blindé s'engagea sur la place, cahotant sur les pavés et se dirigeant vers la banque.

A vingt mètres de l'entrée de la banque, il y avait une poubelle en plastique beige, la gueule béante. Tous les matins, Phil entraînait Adolf. Il lui confiait le sac en papier qui avait contenu son sandwich et Adolf, pour la plus grande joie des badauds, allait déposer le sac dans la poubelle, s'arc-boutant sur ses pattes arrière. A 12 h 54, je tendis à Adolf le sac en papier qui contenait l'explosif. Il le prit et se dirigea aussitôt vers la poubelle. Le fourgon blindé s'était arrêté devant la banque, l'arrière tourné vers les portes, et tandis qu'un garde surveillait la place, main sur son revolver, l'autre chargeait les sacs. Adolf déposa le sac en papier dans la poubelle et revint vers moi, arrachant un sourire au garde malgré sa nervosité. Je priai pour qu'aucun passant ne s'approche de la poubelle. Cette partie du plan ne me plaisait pas. C'était une idée de Max.

A l'instant même où Adolf déposait son paquet, Phil, métamorphosé, enveloppé dans un coûteux parka vert bardé de fermetures Éclair, le capuchon rabattu sur le visage, sortit de l'hôtel de ville, un guide touristique à la main, l'air pensif et admiratif. Un appareil photo pendait à son cou. Regardant en l'air, il se rapprocha insensiblement du flic planté au milieu de la place. Simultanément, Benny posa la main sur sa sacoche de diplomate, en cuir grenat, et actionna le fermoir. Puis il se leva et se mit à marcher lentement vers la banque. Adolf s'allongea près de moi.

A 12 h 58' 58", Phil sortit son revolver de la vaste poche de son parka et l'abattit sur le crâne du grand flic aux joues rouges qui s'effondra. A 12 h 59' 00", le machin bricolé par Max explosa. Le souffle de l'explosion pulvérisa les portes vitrées de la banque. Instinctivement, les deux gardes plongèrent au sol. Je me levai et me précipitai vers le fourgon. Benny, arrivé à leur hauteur en deux enjambées, avait sorti son pistolet-mitrailleur de sa sacoche et le braquait sur les deux convoyeurs abasourdis. Quelque chose dans son regard les avertit qu'il ne plaisantait pas et ils ne bougèrent pas.

Les portes de la banque étaient en miettes et l'employé aux écritures surgit, hagard. Phil, arme au poing, le refoula à l'intérieur, le plaquant contre le mur. Le conducteur du fourgon avait sauté à terre et se précipitait imprudemment à l'arrière. Je m'élançai vers lui et c'est à cet instant que je la vis.

Elle traversait rapidement au fond de la place, au milieu des cris et des gens qui s'enfuyaient, indifférente au drame qui se jouait, sanglée dans un élégant tailleur rouge.

Je la dévisageai, hébété, une fraction de seconde.

« Attention ! » Le cri de Phil m'alerta et je plongeai au moment où le conducteur appuyait sur la gâchette. Je lui rentrai dans le bas-ventre, le renversai et le cueillis au passage d'une manchette derrière la nuque. Puis je bondis sur son siège. La clé était sur le démarreur, je mis le contact. Adolf aboyait éperdument, affolé. Phil courut vers moi, abandonnant l'employé blême qui se massait l'estomac, l'air incrédule. J'avais ouvert la portière et Phil sauta sur le siège du passager. Benny s'engouffra à l'arrière non sans avoir lâché en l'air une rafale qui jeta à terre les deux convoyeurs terrorisés. Les portes arrière du fourgon claquèrent. Il était 13 h 04.

– Vas-y ! hurla Benny.

Je démarrai à fond de train.

Des détonations retentirent mais le fourgon blindé ne tressauta même pas sous les impacts. Je dévalais déjà la petite rue adjacente. Phil se tourna vers moi, blanc de rage :

– Putain, Georges, t'es cinglé ou quoi ? T'as failli tout foutre en l'air ! Mais qu'est-ce que tu regardais, merde !

Je ne pouvais pas répondre : « Ma femme. » Je ne

répondis rien. Phil reporta son attention sur la route, mécontent. Le fourgon était large, les rues étroites et j'arrachai l'aile d'une Mercedes mal garée. Personne n'émit de commentaires. Je n'étais pas spécialement heureux d'avoir mis Phil en colère. Avant de se reconvertir dans le braquage, Phil était tueur à gages. Mais, depuis que des types envers qui il avait eu une dette de jeu lui avaient brisé tous les os des deux mains, il avait perdu sa sûreté de tir. Il avait dû se recycler. Sans rien perdre cependant de son mauvais caractère et de sa propension au meurtre. Disons que mettre Phil en colère, c'était un peu comme marcher sur la queue d'un serpent à sonnette.

Au croisement, le feu passait au rouge. Je le brûlai, dans un hurlement de klaxon. Je virai à gauche dans une rue pavée et nous tressautâmes un moment avant d'apercevoir les grandes portes donnant sur la cour d'un vieil hôtel particulier. Elles étaient ouvertes. Je m'y engouffrai à toute allure sous l'œil médusé de quelques piétons. Les premières sirènes de police se mirent à hurler au loin, comme une meute de loups cherchant sa proie.

La cour était vaste et, comme l'hôtel n'abritait plus que des archives poussiéreuses, il n'y avait jamais personne, hormis un vieil employé en blouse bleue. C'était pour cela que nous l'avions choisi comme garage. Le vieil employé gisait, assommé, près de son bureau. Max, qui nous attendait, referma aussitôt les portes derrière nous. Les sirènes se rapprochaient, tournoyant dans la ville. Benny avait déjà mis pied à terre et il jetait les sacs bourrés de billets dans l'un de nos deux breaks, un break Mercedes gris, muni d'un double plancher. Phil le rejoignit et entreprit de charger l'autre véhicule, un break

Renault bleu terne du modèle dit « société », dépourvu de vitres arrière. En quatre minutes, on avait chargé l'équivalent de 700 000 dollars. Phil jeta une bâche sur le plancher de la Renault et des sacs de plâtre sur la bâche. Pendant le bref trajet en fourgon, il avait ôté son parka vert et ses jeans, révélant une combinaison de peintre maculée de taches. Benny, lui, avait arraché sa barbe postiche et s'était collé sous le nez une magnifique moustache poivre et sel, assortie à sa perruque grise.

Max rouvrit les grandes portes en bois sculpté qui fermaient la cour de l'hôtel et Phil démarra, suivi de Benny. Ils prirent chacun une direction différente. Je m'étais rapidement extirpé de ma défroque d'aveugle et avais revêtu mes fringues de négociant en vins. Max revenait vers moi en courant après avoir encore une fois refermé les lourdes portes et mis en place les barres de sécurité.

– On y va ! me jeta-t-il, haletant.

Il y avait un passage à l'arrière de l'immeuble, au bout d'un long couloir pisseux, et nous nous y précipitâmes tandis que des cris excités retentissaient à l'extérieur. Des coups sourds résonnaient contre les vantaux. La meute arrivait... La porte au bout du couloir était habituellement fermée à clé, mais Max l'avait fracturée une demi-heure avant. Je la poussai d'un coup d'épaule et nous nous retrouvâmes dans une vieille rue sinueuse, bordée d'entrepôts et de boutiques abandonnées. Un quartier mûr pour la rénovation... Nous nous éloignâmes d'une allure posée. Je tournai à gauche, Max tourna à droite. Et à Dieu va !

Max allait regagner la France en train. Benny avait loué une planque dans un immeuble de luxe près du palais de l'Europe, avec ascenseur direct menant du parking aux appartements, et c'était là qu'il allait se planquer avec l'argent, le temps que ça se calme. Phil, lui, occupait un pavillon de banlieue avec garage. Là, il transvaserait le fric dans un van spécialement aménagé et passerait tranquillement la frontière d'ici trois ou quatre jours. Benny l'imiterait et on se retrouverait tous sur le seuil de la Banque des cantons helvétiques, à Genève, dans six jours exactement. Pour faire un petit dépôt... Comme nous en faisions régulièrement depuis trois ans.

J'avais commencé par faire équipe avec Benny, dont j'avais fait la connaissance d'une bien curieuse façon. Une nuit où je sortais du casino bourré aux as, une jeune femme très élégante, à la voix rauque, enveloppée d'un ample manteau à capuchon laissant son visage dans l'ombre, m'avait abordé. Son véhicule, une Porsche rouge garée un peu plus loin, était en panne. Pouvais-je la raccompagner ? J'avais accepté avec empressement. Le peu que j'avais entrevu de ses traits m'avait laissé deviner un visage classique bien dessiné. Je venais de gagner un beau paquet de fric en toute légalité et j'avais envie de m'amuser.

Au bout de trois kilomètres, comme nous roulions dans la campagne déserte, la jeune femme avait sorti de son sac à main un automatique tout à fait conséquent et m'avait sommé de stopper. J'avais obéi, plus intrigué que terrifié. Elle m'avait enjoint de lui passer mon portefeuille et je m'étais exécuté, cherchant l'occasion de reprendre l'avantage. Elle me l'avait offerte à l'instant où elle ouvrait la portière pour rejoindre une voiture que j'apercevais garée sous le couvert des arbres.

J'avais bondi, lui saisissant brusquement le poignet.

Elle avait tiré, mais la balle s'était perdue dans les buissons et nous avions roulé au sol. A ma grande surprise, elle avait une poigne d'enfer et j'avais reçu soudain un direct au menton qui m'avait expédié au tapis, tandis qu'une voix incontestablement masculine émettait un chapelet de jurons en anglais.

Furieux et ébahi, je m'étais redressé à temps pour voir mon inconnue, les bas déchirés, ses faux seins descendus au milieu de l'estomac et la perruque en bataille, fouiller l'herbe à quatre pattes à la recherche de son automatique. J'avais éclaté de rire. Benny, car c'était lui, m'avait regardé, interloqué, et au bout d'un moment s'était mis à rire à son tour. Deux heures plus tard, nous étions copains comme cochons et nous montions notre première affaire. J'appris par la suite qu'il s'était fait une spécialité du travestissement, semant la confusion la plus totale dans les fichiers des flics.

Il avait ensuite déniché Phil, et Phil nous avait amené Max, l'année dernière. Les affaires tournaient rond, je ne pouvais pas me plaindre. Et la sensation de jouer chaque fois quitte ou double me procurait une sensation de vivre intensément dont il m'était aussi difficile de me passer que d'une drogue. J'avais besoin du danger pour me sentir exister, peut-être parce que, comme disait Lanzmann, mon enfance tourmentée m'avait persuadé de la terrible précarité de l'existence et m'en avait perversement donné le goût. Je secouai la tête pour chasser mes pensées et revenir au présent. La rue était pleine de passants anonymes, vaquant à leurs affaires, mais qui pouvaient aussi bien se transformer en un instant en une horde sans pitié.

Je marchais lentement dans la rue, regardant noncha-

lamment la vitrine des magasins : inutile d'attirer l'attention. Mon avion repartait dans une heure trente. L'image
de la femme en rouge, du sosie de Martha, ne cessait de
danser devant mes yeux. Je secouai la tête. Pure ressemblance, un point c'est tout, et, à cause de ce moment
d'égarement, j'avais failli faire tout rater ! Je songeai à
Adolf, à ses yeux interloqués quand j'avais commencé à
courir. Pauvre chien. Il devait tourner en rond sur la place
en attendant notre retour. J'espérais que quelqu'un de
sympa l'adopterait. Il méritait mieux que de servir de
poseur de bombes à une bande de vieux truands sur le
retour. Avec un peu de chance, si les flics le prenaient en
sympathie, il pourrait finir sa carrière comme chien poli-
cier... J'en étais là de mes pensées quand j'éprouvai de
nouveau cette sensation de choc, comme une main de fer
me giflant à toute volée.

Le double de Martha traversait, à vingt mètres de moi,
sanglée dans ce tailleur Chanel bordeaux, ses escarpins
noirs foulant le macadam avec élégance, ses longs cheveux roux flottant au vent. Mon cœur battait furieuse-
ment. Trois voitures de police passèrent près de nous,
dans un hululement de sirènes. J'eus envie de crier
« Martha ! » mais quelque chose me retint. Elle se
retourna en entendant les sirènes et je vis nettement son
visage. C'était Martha, c'était elle ! Martha ne m'avait
jamais parlé d'une sœur jumelle. J'avançai droit sur elle,
soudain déterminé à savoir. Elle s'était immobilisée
devant une Volvo blanche immatriculée en Allemagne
dont le conducteur, un homme âgé à ce que je pus en
voir, lui ouvrit la porte, non sans jeter un coup d'œil
autour de lui. Il me vit et cligna des yeux, sans aucune
expression particulière. Martha monta dans la voiture. Je

me mis à courir vers eux, au milieu de la circulation, déclenchant un concert d'avertisseurs. Je hurlai :

– Martha !

Ma voix fut noyée dans le vacarme de la circulation. Le type démarra rapidement comme j'arrivais enfin à leur hauteur. La voiture s'éloigna et je m'arrêtai, hors d'haleine. Un jeune flic au visage couvert de taches de rousseur me dévisageait. Un signal « danger » se mit à clignoter sous mon crâne et je m'épongeai ostensiblement le front avec ma pochette en soie, en prenant l'air désolé du type qui vient de voir ses meilleurs copains lui filer sous le nez. Le flic se détourna, l'œil attiré par un véhicule stationné à cheval sur le trottoir.

Mes mains tremblaient. Il fallait que je boive quelque chose. Je consultai ma montre. Pas le temps. Une cabine téléphonique au coin de la rue... Je m'y précipitai, retournai mes poches pour trouver un peu de monnaie. J'eus du mal à introduire les pièces dans la fente tandis que je composais le numéro de la villa. Cinq longues sonneries. Puis le déclic. Je ne pouvais pas y croire, mais pourtant c'était bien la voix rauque de Martha :

– Allô ?

– Martha, ça va ?

– Mais oui, pourquoi ? Qu'est-ce qu'il y a, Georges, un problème ?

– Je ne peux pas t'expliquer au téléphone, c'est incroyable, une telle ressemblance...

– Georges, tu es sûr que ça va ? Tu as bu ? Où est-ce que tu es ?

Le néon « danger » à nouveau, clignotant *in extremis*.

– Dans un pub, j'ai vu une femme qui te ressemblait à un tel point, mais elle était rousse, tu vois, et...

– Georges, j'étais sous la douche !

– Excuse-moi, bon, à ce soir.

– J'ai réservé à l'Edelweiss, ça te va ?

– Très bien...

– Alors ciao, chéri.

Martha avait raccroché.

J'étais en train de perdre un temps précieux. Je me remis en route vers la gare, un taxi me dépassa mais mieux valait se faire remarquer le moins possible. Martha ne pouvait pas posséder le don de l'ubiquité à moins de ne pas être humaine. Or un an de cohabitation m'avait agréablement persuadé qu'elle l'était en tout point. C'était donc moi qui devenais cinglé. Je me rendis compte que j'étais en sueur. Et ce n'était pas seulement à cause de ma course. C'était parce que je me sentais envahi d'un intense sentiment de désarroi. Je me remis en route comme un somnambule, dans le brouhaha lointain de la foule.

Devant la gare centrale, des flics patrouillaient, accompagnés de chiens. Je repensai à Adolf. Ils me demandèrent poliment mes papiers, puis me firent signe de passer. Je me demandai comment mon visage en sueur ne les avait pas alertés. Je me sentais blême, nerveux, le profil parfait du coupable. Mais mon reflet, entr'aperçu dans une des glaces qui ornaient le hall, était le même que d'habitude : un homme d'affaires entre deux âges, aux cheveux bien coupés, élégamment vêtu, l'air pressé.

J'étais pressé. Pressé de ficher le camp de Bruxelles et encore plus pressé de rentrer chez moi vérifier *de visu* que j'étais devenu fou.

J'attendais, immobile sur le quai, malgré mes jambes frémissantes, guettant le grondement de la rame qui semblait ne devoir jamais arriver. Mais, bien entendu, le métro express démarra à l'heure. Jamais une fois il n'avait eu plus d'une minute de retard. C'était exaspérant comme toutes les choses qui ont l'air de vous jeter au visage la manière supérieure dont elles fonctionnent. J'eus l'impression fugitive de reconnaître dans un homme en imperméable debout près de la portière une silhouette entrevue ailleurs. Mais l'homme descendit à Bruxelles-Nord et je ne pus étudier ses traits.

A l'aéroport, c'était la pagaille. Des cordons de policiers bloquaient les accès aux comptoirs. D'autres circulaient dans la foule, toisant les passagers. Mais je savais que ce n'était que du vent. Ils n'avaient pas notre signalement. Ils n'avaient rien. Après avoir fait la queue pour ma carte d'embarquement, je me mis dans la file d'attente pour le contrôle des passeports. De l'autre côté, dans les salons des départs internationaux, tout semblait calme. Des milliers de passagers se déversaient chaque jour ici ou en repartaient. Un réel contrôle était impossible, à moins de paralyser totalement l'aéroport. Et après tout il ne s'agissait que d'un braquage, pas d'une attaque de terroristes. Mon tour approchait et je sortis mon passeport avec impatience et l'air excédé du type crevé désireux de rentrer chez lui. Devant moi, une vieille dame fouillait son sac à la recherche du précieux document sans le trouver.

Elle s'affola et le contenu du sac se vida par terre. Je me baissai poliment pour l'aider à le ramasser tout en l'injuriant mentalement au moment même où des aboiements déchirèrent soudain la salle surpeuplée. Je levai machinalement la tête. Mon sang se figea dans mes veines. Tenu en laisse par deux énormes flics, Adolf aboyait à perte de voix dans ma direction. Se tordant le cou, les flics essayaient de localiser ce que regardait le chien. S'ils le lâchaient, j'étais fichu. Adolf! Comment n'avions-nous pas pensé que ces balourds allaient s'en servir pour nous repérer? Un grand type me bouscula, s'intercalant providentiellement entre eux et moi. Il se baissa pour ramasser la monnaie échappée du sac de la vieille dame. C'était le type en imperméable bleu marine entrevu dans le métro! Les gens grognaient et se bousculaient derrière nous, et ce n'était pas le moment d'entamer la conversation avec ce type. Je me relevai, tendis mon passeport à l'employé qui le tamponna sans même le regarder, les yeux tournés vers le raffut que faisait Adolf.

Je passai le contrôle sans me retourner, m'engouffrai dans le long couloir qui menait à ma porte d'embarquement dont le numéro clignotait sur les panneaux d'affichage. L'hôtesse prit ma carte en me priant de me dépêcher. Je ne me le fis pas dire deux fois. Trois minutes plus tard, j'étais assis dans l'avion. Par le hublot, je vis Adolf dévaler le long couloir vitré en aboyant comme un perdu, les deux gros flics à sa suite. Le commandant de bord nous souhaita la bienvenue. Adolf s'était arrêté, décontenancé. Une grande blonde tout en cuir, accompagnée de trois caniches, lui faisait face et les caniches s'étaient précipités sur Adolf pour jouer. Je priai pour qu'il les trouve à son goût. L'avion se mit à rouler sur la piste d'envol. Pourvu que ces imbéciles ne pensent pas à bloquer les vols en partance. Mais c'était dangereux, avec le nombre d'avions qui attendaient pour atterrir. Et Adolf, après tout, n'était qu'un chien. Nous décollâmes dans un bruit d'enfer qui me parut le plus doux du monde. Mais ce qui me désolait c'était de savoir que si je m'en étais bien sorti c'était vraiment malgré moi.

Le retour en voiture fut morne. Je roulai vite, les yeux fixés sur la route devant moi, dans le silence entrecoupé du chuintement des véhicules que je croisais. Je n'allumai pas la radio : il n'y en avait pas dans la Lancia. J'avais refusé de la faire équiper d'un poste. J'aimais rouler en silence, seul avec le paysage et mes pensées. Mais là, j'étais loin d'apprécier le voyage. Je me sentais épuisé. Je passai un coup de fil à la maison et proposai à Martha de la rejoindre directement au restaurant. Elle acquiesça.

L'Edelweiss était un établissement cossu, au bord du lac. L'été, les cygnes dérivaient paresseusement le long de la berge, au pied des tables en terrasse. L'hiver, un feu de bois flambait dans l'imposante cheminée et le chef servait d'épaisses grillades odorantes. On se serait cru dans une de ces publicités pour cartes de crédit. Confort et volupté. Ma couverture de « brillant-conseiller-international » me grignotait lentement. Parfois, je rêvais encore de bacon gras recroquevillé sur des œufs trop frits et arrosé de café trop fort, une cigarette aux lèvres et le goût de la bière de la veille dans l'arrière-gorge, parfois, mais de plus en plus rarement comme s'efface un rêve. Je devenais réellement un jeune business man d'envergure. Je souriais pour moi tout seul en pénétrant dans le restaurant aux trois quarts plein. Si les clients avaient su qu'ils dînaient près d'un repris de justice recherché par toutes les polices d'Europe, nous aurions eu la salle pour nous seuls.

Martha était déjà là, elle buvait un champagne-cocktail en picorant des amuse-gueules. Je me penchai sur elle :

— Vous permettez que je vous tienne compagnie ?

— Je vous en prie, mon mari est toujours en retard.

Je consultai ma montre.

— Tu exagères, il est à peine 19 h 53 et on avait dit 19 h 30.

— Et je peux savoir d'où tu viens ?

— De quoi suis-je accusé au juste ?

— Je t'ai rappelé juste après que tu m'as appelée pour te demander si tu pouvais t'arrêter chez Socks, ils ont dû recevoir la monographie que j'ai commandée sur les collections étrusques, et le cerbère qui te tient lieu de secrétaire m'a répondu que tu n'étais pas là. En rendez-vous à l'extérieur.

— Et alors ?

— Et alors, je te rappelle que, lorsque tu m'as appelée il y a un peu moins d'une demi-heure, tu m'as dit te trouver au bureau et prêt à partir...

Je sentis mon pouls s'accélérer, mais répondis avec décontraction :

— Jalouse ? Tu es jalouse ? Tu me fais une scène ? Martha jalouse, essai numéro un. Tu sais bien que Straub filtre tout le monde. Si je ne lui ai pas laissé ton nom le matin, elle ne me passera pas ta communication même si la maison est en train de brûler...

Henri, le chef, vint nous interrompre pour prendre la commande. Jovial, il nous raconta quelques plaisanteries, les derniers ragots de Genève, puis se retira. Je n'avais pas très faim. Je me contentai de brochettes et de vin rouge. Ainsi, je me retrouvais en position d'accusé. J'avais complètement oublié d'appeler la fille qui me servait de « secrétaire » afin de savoir si j'avais eu des messages. Décidément, j'accumulais les imprudences. Je me conduisais en amateur. Contrarié, je dus faire un effort pour m'intéresser à ce que disait Martha, très en verve. Elle riait nerveusement et je la trouvai tendue. Je me demandai brusquement si elle m'avait reconnu à Bruxelles avant de me souvenir que je n'avais pas pu *voir* Martha à Bruxelles.

Je bus plus que de coutume et la soirée se termina de façon vaseuse. Avant d'aller me coucher, j'allumai la télé, mais les informations étaient terminées. J'eus un bref aperçu d'une harpiste au teint brouillé égrenant une mélodie angélique avant de basculer sur mon lit.

Troisième jour – samedi 10 mars

Je m'éveillai à l'aube, le crâne en marmelade, le cœur battant. Décidément, ça devenait une habitude, je me faisais peut-être trop vieux pour ce genre de sport. Martha dormait, enfouie sous les draps. Je me levai sans bruit, me rendis au salon et allumai la télé. Je zappai successivement sur toutes les chaînes jusqu'à ce que le visage fatigué d'un vieux présentateur relégué au journal du matin retienne mon attention. Il parlait de nous.

« Suite au hold-up commis hier à 13 heures sur la Grand-Place à Bruxelles, le commissaire Malinois, chargé de l'enquête, nous a précisé que la capture des trois bandits ne saurait tarder. Des barrages ont été mis en place sur toutes les routes et aux frontières. Les trois hommes ont raflé un million de francs belges en cinq minutes en s'emparant du fourgon blindé qu'ils ont ensuite abandonné dans la cour de l'hôtel de Leysse où il est presque sûr qu'un complice les attendait. De sérieux indices laissent penser qu'il pourrait s'agir de la même bande qui avait commis le fameux hold-up de la poste de Douai... »

Quelques photos des lieux du crime suivirent, et nos portraits-robots. Je me contemplai grimé en « aveugle ». Aucun risque que ma propre mère me reconnaisse. Une photo du fourgon vide, entouré de flics excédés. Une interview des convoyeurs, plutôt abattus, si l'on peut dire. Le directeur de la banque pleurant misère. Bref, le train-train. Et puis une image d'Adolf aboyant et agitant joyeusement la queue, tenu en laisse par une femme flic courtaude et rayonnante. Je lui fis un petit coucou qu'il ne pouvait voir. Sacré Adolf, il avait failli me coûter ma tête hier soir...

La seule chose vaguement inquiétante était que Malinois, un flic sérieux, avait fait le rapprochement avec Douai. Les Quatre Mousquetaires devenaient un peu trop voyants. Il faudrait modifier la composition de l'équipe la prochaine fois.

Je me rasai avec mon vieux rasoir sabre. J'aime le crissement de la lame sur ma peau, cette traînée nette qu'elle laisse dans la barbe drue. Je me coupai deux fois. Un présage ? J'appliquai un peu de lotion désinfectante sur les coupures et commençai à préparer le petit déjeuner. J'avais une soif du diable. J'attrapai une bouteille d'eau gazeuse et bus longuement au goulot. Bon, où en étais-je exactement ? Je n'aurais aucune nouvelle de Phil, Max ou Benny avant notre rendez-vous. A moins qu'un code d'urgence, téléphoné à Miss Straub, ne m'informe que tout avait foiré ou qu'on était repéré. Dans ce cas-là, je devais rester immobile dans ma tanière jusqu'à ce que je reçoive le code de déblocage et un nouveau rendez-vous. Nous avions mis au point le système de Miss Straub, car nous ne tenions pas à connaître nos adresses personnelles ou nos numéros de téléphone respectifs. Moins on en sait, moins on peut trahir.

Depuis quatre ans qu'on faisait équipe, nous suivions ces règles très strictes. C'était amusant, comme d'élaborer les bases d'un nouveau jeu de stratégie. Un peu rude pour les nerfs, parfois, mais où serait le plaisir s'il n'était pas précédé d'une grande tension ? Et moi, Georges Lyons, l'exemple même du type calme et mesuré, du joueur de poker impassible, du mec sur qui on peut compter, j'étais en train de craquer comme un bleu. Des hallucinations, voilà ce que j'avais, des hallucinations... Et pourtant, il fallait que j'en aie le cœur net... Mais impossible de retourner à Bruxelles en ce moment. Je devais rester ici à ronger mon frein.

Martha surgit, souriante. Elle était déjà habillée.

– Tu peux me déposer en ville ? Je vais passer chez Socks.

Socks était une galerie réputée, spécialisée dans l'art des civilisations disparues. Son propriétaire, le vieil Edmond Tanner, un homme charmant et d'une grande distinction, appréciait l'érudition de Martha, et Lily, sa femme, était devenue son amie. Je lui effleurai la joue :

– Tu veux qu'on déjeune ensemble ?

– Je ne peux pas, j'ai promis à Lily de déjeuner chez elle. Comme tu n'es jamais libre d'habitude...

– Eh bien tant pis, je noierai mon chagrin dans l'alcool et les femmes légères.

– L'alcool, tu ferais bien de ralentir un peu, tu ne crois pas ?

– Oui, mon capitaine !

Mon ton enjoué me parut sonner affreusement faux, mais Martha haussa les épaules et gagna la salle de bains.

Peu après je la déposai en ville, puis roulai vers mon bureau fantôme, un deux pièces situé dans la zone industrielle à la sortie de la ville qui contenait en tout et pour tout une table, un fauteuil, un téléphone, des centaines de bouquins et mon sac de sable d'entraînement. Il fallait bien passer le temps. Miss Straub, elle, occupait un studio dans l'immeuble voisin mais elle ne m'avait jamais vu. Toutes nos transactions s'étaient effectuées par courrier poste restante, et je lui faisais parvenir son salaire par mandat.

Je me débarrassai de ma veste, de ma chemise, et, torse nu, entrepris de flanquer une dérouillée à ce brave vieux sac de sable. Ensuite, je me lançai dans une série de pompes et d'exercices divers censés me maintenir en forme. Lorsque je consultai ma montre, il était presque midi. J'allai prendre une douche, puis ouvris ma sacoche où j'avais fourré un sandwich au poulet, confectionné par ma tendre épouse. Une carte de visite s'échappa du sac, je la ramassai : j'y avais hâtivement griffonné une heure et une date. Bon sang ! J'avais dit à Martha que je passerais la prendre à 18 heures à la pâtisserie qui jouxtait la galerie Socks et j'avais complètement oublié ce brave docteur Lanzmann. Je vérifiai encore une fois la carte. J'avais rendez-vous le jour même à 17 h 30.

Le docteur Lanzmann était mon psychanalyste. Grand, maigre, lunettes à monture métallique, yeux clairs, ventre plat, sourire mince, il avait tout à fait l'allure d'un intellectuel ascétique. J'avais fait sa connaissance après mon accident, en 1985. Le 25 mai 1985, très exactement. Sans que j'aie jamais su pourquoi, ma Volkswagen noire s'était envolée par-dessus le parapet d'une route sinueuse du Jura suisse. J'avais survécu par miracle. L'auto-stoppeur que j'avais chargé en route avait eu moins de chance : il était mort carbonisé.

A la clinique, Lanzmann était chargé des entretiens psychologiques avec les blessés graves et les malades irrécupérables. D'adoucir les derniers instants des mourants, en quelque sorte. Et ils pensaient tous que je ne m'en sortirais pas. J'étais resté dans le coma près de deux semaines. Revenu à moi, je délirais complètement, j'ignorais où j'étais et ce qui s'était passé. Lanzmann m'avait peu à peu ramené à la réalité. Nous avions sympathisé. J'appréciais son humour un peu froid. Comme j'avais beaucoup de temps libre entre deux « missions », j'avais pensé, deux ans plus tôt, que ça ne serait pas plus mal de le mettre à profit pour me réconcilier avec moi-même. Et puis ça me donnait l'occasion de bavarder avec quelqu'un. Quoi qu'il en soit, le docteur Lanzmann n'était pas le genre de type avec qui l'on pouvait décommander un rendez-vous, sauf en cas de mobilisation générale.

Je décidai d'appeler Martha pour m'excuser. Sans réfléchir, je composai machinalement le numéro de sa mère, et la sonnerie résonna. A ce moment-là, je m'aperçus de mon erreur et j'allais raccrocher lorsque quelqu'un décrocha. Je me dépêchai de parler, peu soucieux d'entamer une conversation avec le dragon :

– Excusez-moi, je crois que j'ai fait un faux numéro...

– Georges ! C'est moi. Lily est dans la cuisine. Je te manque à ce point ?

– Martha ? Non, c'est juste que je ne pourrai pas passer te prendre, j'ai un rendez-vous impossible à annuler.

– Tant pis, je trouverai bien quelqu'un pour me raccompagner ! Bon, je te quitte, Lily m'appelle.

Je reposai l'appareil, abasourdi. Comment ma femme pouvait-elle me répondre chez sa mère alors qu'elle se trouvait chez son amie Lily ? Ou bien avais-je effectivement composé le numéro de Lily ? Impossible, je ne le connaissais pas par cœur. Ou encore, les deux numéros étaient peut-être voisins et j'avais, par un pur hasard, composé le bon ? Je vérifiai aussitôt dans mon agenda de cuir noir, un cadeau de Martha : ils n'avaient aucun rapport. Je respirai à fond et refis le numéro de Lily. Martha décrocha à la deuxième sonnerie.

— Oui ?

Je raccrochai sans un mot. Le docteur Lanzmann allait être content. J'aurais des tas de choses passionnantes à lui raconter. Entre autres que, grâce à son traitement, je devenais vraiment cinglé...

Je retournai au sac de sable, enfilai mes gants et tapai dessus jusqu'à ce que les muscles de mes épaules soient tétanisés. Épuisé, je m'affalai dans le vieux fauteuil en cuir.

J'appelai Straub. Il y avait un message. 08567, de la part de 23567. 23567, c'était notre indicatif de reconnaissance ; 08567, le code d'urgence. Quelque chose était en train de foirer. Je me sentis devenir calme, trop calme, de ce calme glacé qui suit les grands chocs. Je rappelai Straub et lui laissai un numéro à transmettre à n'importe quel 23567 qui rappellerait. Puis je me rhabillai et filai jusqu'à la cabine au coin de la rue. Je m'assis sur un rebord en ciment, dépliai le journal et me mis à attendre. Il était 15 h 02 et j'avais jusqu'à 17 heures avant de devoir me rendre à mon rendez-vous. Précepte numéro un : en cas d'alerte, surtout ne rien modifier dans votre vie habituelle.

A 16 h 50, le téléphone de la cabine sonna. 23567 avait dû avoir mon message. Je me précipitai dans la cabine et décrochai. La voix de Max résonna, lointaine, couverte de grésillements.

– C'est toi, Athos ?

C'était Phil qui avait eu cette idée de nous donner des noms de code tirés des *Trois Mousquetaires*. J'avais trouvé ça un peu ridicule mais je n'avais pas voulu le vexer, sachant que c'était un des seuls livres qu'il ait jamais lus. Max, bâti comme un lutteur de foire, avait été désigné à l'unanimité comme Porthos. Benny, à l'allure si aristocratique bien que son père travaillât dans une usine de sardines sur les docks de Londres, avait paru un Aramis évident. Et Phil, toujours modeste, s'était attribué d'Artagnan. Quant à moi, j'avais hérité d'Athos.

– Athos ? répéta la voix de Max.

Je répondis :

– C'est moi. Qu'est-ce qui se passe ?

– Je crois qu'il y a un problème avec d'Artagnan. Il m'a appelé, il avait pris froid. Il est parti se reposer. Et tu sais quoi ? Il a perdu le fric que je lui avais prêté. Des types ont mis la main dessus. Tu m'entends ?

– Je t'entends. Continue.

– Et ces types, ils ont dit qu'ils venaient de ta part. D'Artagnan ne les a pas crus, bien sûr. Mais Aramis est furieux. Il veut lancer une OPA contre toi. Tu m'entends ?

– Bon Dieu ! Qu'est-ce que tu racontes ? Tu sais très bien que je suis régulier. Il faut qu'on se voie.

– On se verra à notre rendez-vous habituel. J'ai déposé le message pour Aramis.

– Non, attends...

Max avait raccroché.

Je réfléchissais à toute vitesse en remontant l'escalier miteux qui menait au bureau.

Phil avait été attaqué par des types qui lui avaient piqué

le fric. Il était gravement blessé et était parti se mettre au vert. En laissant entendre que j'étais à l'origine de la fuite. Benny, furieux, voulait ma peau. Et Max avait suggéré que nous nous rencontrions demain à notre « rendez-vous habituel » – ce qui signifiait selon notre code : Strasbourg – afin de mettre les choses au clair. Si quelqu'un savait quelque chose sur nous, et l'agression contre Phil en semblait la preuve, il n'était pas possible à Benny de se lancer sur les routes et il nous était encore plus déconseillé de nous retrouver dans le hall feutré de la banque pour y faire un dépôt qui pourrait bien nous valoir la prison à vie.

Plusieurs solutions se présentèrent à mon esprit. Phil avait monté toute l'opération et, le fric escamoté, en rejetait la responsabilité sur moi. Car, sinon, pourquoi ses mystérieux assaillants ne l'avaient-ils pas descendu ? Ou bien, pour une raison X, mes partenaires avaient décidé de se débarrasser de moi. Après tout, nous n'étions pas des amis d'enfance. Ou enfin, et c'était en quelque sorte le plus grave, quelqu'un nous avait démasqués.

A bien y réfléchir, le rendez-vous de Strasbourg risquait fort de m'être fatal. D'un autre côté, ne pas y aller signerait sans équivoque ma mise à mort. Je n'avais pas vraiment le choix. Je consultai ma montre : 17 h 08. J'avais juste le temps de foncer chez Lanzmann.

Je lui racontai tout. Du moins tout ce qui concernait Martha. Cela l'amusa beaucoup, et il me suggéra même un petit jeu auquel je n'avais pas songé. Il pensait en effet que je souffrais non pas d'hallucinations mais de la volonté morbide de voir ma femme me tromper. En quelque sorte, j'avais composé le numéro de Lily mais je m'étais persuadé que c'était celui de la mère de Martha pour pouvoir me torturer à mon aise, parce que je ne pouvais pas admettre que Martha m'aimait. Tout ce qui en moi avait été un enfant mal-aimé et maltraité par sa mère s'y refusait... Ma mère... J'en avais gardé un souvenir si doux ! Une vraie princesse blonde et tendre. C'était comme ça qu'elle nous forçait à l'appeler, mon frère et moi : Princesse. Et c'était en grande partie à cause d'elle que je me retrouvais aujourd'hui allongé sur ce foutu divan. Car la vérité était que ma mère, aigrie et malade, nous avait traités comme des chiens, avant de crever toute seule dans les atroces souffrances du delirium tremens.

J'avais presque tout oublié de ma petite enfance (une défense, expliquait Lanzmann) et tout ce qui surnageait dans ma mémoire c'était l'odeur aigre de son haleine empuantie d'alcool, une sensation confuse de cris et de coups, de pleurs et de douleurs, mêlée de baisers passionnés et de regrets hystériques.

Et cette odeur lourde de parfum musqué, qui imprégnait tous ses vêtements, sa peau, nos quelques meubles...

J'évitai en général de penser à cette époque de ma vie, de me souvenir des lèvres moites de ma mère pressées contre mon cou, implorant mon pardon, tandis que j'entendais les sanglots de Grégory déchirer le silence revenu.

Grégory, mon pauvre Grégory, mon compagnon de souffrance. Nous nous ressemblions comme deux gouttes d'eau et j'en avais déduit que nous devions être jumeaux, car il me semblait que Grégory avait toujours été là, mais tout cela était si vague, si loin...

Je ne sais pourquoi ma mère l'avait particulièrement pris en grippe. Il était sans doute trop exubérant, trop bruyant, trop dérangeant, il n'était pas « sage » : « Grégory, tu n'es pas sage », disait ma mère, de son air désolé, et cela sonnait comme une terrible promesse de souffrances variées...

Je m'agitai sur le divan et Lanzmann se pencha en avant, intéressé.

– Oui ?

– Rien, des pensées confuses...

Je n'avais pas envie de lui en parler, je n'avais pas envie de revenir encore et encore sur ce jour terrible, le seul dont j'avais un souvenir précis, où elle m'avait annoncé, avec son calme des mauvais jours, que Grégory était mort. J'avais quatre ans et je m'étais senti déchiré en deux.

Ce jour-là, un jour de beuverie prononcée, Grégory avait vraiment été « insupportable ». Il était malade, et, bien qu'il soit brûlant de fièvre, je l'avais vue le battre comme plâtre. Et le soir, il pleuvait à verse, j'avais appuyé mon front contre la vitre ruisselante de pluie – je sens encore le contact glacé du verre sur ma peau – le soir, elle m'avait annoncé que Grégory était mort, que la fièvre l'avait emporté. Il faisait froid. Je me souvenais du froid. Des larmes sur mes joues et de la morve qui coulait de mon nez. Le froid dans mes os. Le crépitement de la pluie, dur, pointu, sans pitié.

Un vrai roman à la Zola, comme disait Lanzmann avec son ironie mordante. J'avais quatre ans et j'avais découvert ce jour-là un sentiment horrible : la joie maudite de savoir qu'un autre souffre à votre place, *que vous y avez échappé pour cette fois-ci* ! Oh ! ma mère, la Princesse, j'avais eu de la chance de survivre à son amour.

Elle-même n'avait pas vécu bien longtemps. Elle était

morte quelques jours après Grégory, pendant que je jouais dans la rue, seule dans sa chambre en désordre, rongée par la drogue et l'alcool. Je m'étais retrouvé à l'orphelinat, entouré de petits durs qui n'aspiraient qu'à devenir chefs de bande, et j'en avais bavé. Oui, Lanzmann avait du boulot s'il voulait me redonner confiance dans le genre humain. Confiance dans ma propre femme...

Je l'entendis toussoter et le vis regarder l'heure à la pendule murale en noyer : 18 h 30. La séance était finie. Je me redressai, fouillai dans ma poche et lui tendis la somme convenue, mais, avant que je ne prenne congé, il me fit approcher de son bureau.

— Allez-y, appelez Martha.

— Où ça ?

— Où vous voulez.

Je composai rapidement le numéro de la maison. Martha répondit, tout essoufflée.

— Je viens juste d'arriver, tu rentres vers quelle heure ?

Je lui répondis puis raccrochai. Lanzmann m'observait.

— Faites le numéro de sa mère maintenant.

J'obéis, bien qu'une sorte de peur m'ait envahi. La sonnerie retentit. Une fois, deux fois, trois fois, puis la voix de Martha s'éleva dans le bureau enfumé, claire et mélodieuse :

— Oui ?

— Excuse-moi, chérie, balbutiai-je, je voulais savoir si tu désirais dîner en ville...

— Oh non, je suis crevée, rentre vite, on se passera un film...

Je raccrochai à nouveau. Martha m'avait paru excédée. Mais ce n'était pas le plus important. Le plus important c'est qu'elle était à la fois chez sa mère et chez nous. Je consultai Lanzmann du regard. Il semblait perplexe.

— Alors, quel numéro ai-je fait ?

— Vous avez composé deux numéros différents. Mais comment puis-je savoir que vous n'avez pas deux lignes à votre domicile ?

— Parce que je vous le dis.

— Comment puis-je être sûr que vous ne me mentez pas ?

— Regardez dans l'annuaire, lui lançai-je en lui jetant dans les bras son vieil annuaire tout déchiré. Sa mère s'appelle Moser. Jeanne Moser. Et voici son numéro.

Je griffonnai le numéro sur un bout de papier. Il le considéra puis me le rendit.

— O. K. ! Je vous crois. Eh bien, dans ce cas, vous aviez raison, votre femme est une sorcière.

— Merci, docteur, vous me rendez vraiment service, je ne regrette pas le montant de vos honoraires.

— Attendez, Georges, cette histoire n'est pas claire. Est-ce que vous êtes sûr de m'avoir dit toute la vérité ? Est-ce que vous vous êtes disputé avec Martha ?

Exaspéré, j'ouvris la porte.

— Vous voulez savoir la vérité, docteur ? Je l'ai tuée ! A la semaine prochaine.

Je refermai la porte derrière moi et rentrai à la maison. Demain serait un jour nouveau.

Quatrième jour – dimanche 11 mars

J'arrivai à Strasbourg à 12 h 06. J'avais expliqué la veille à Martha qu'un rendez-vous urgent avec un importateur hongrois m'obligerait à passer le dimanche loin d'elle. Habituée à mes déplacements et à mes absences, elle avait acquiescé sans poser de questions, m'assurant qu'elle avait une tonne de bouquins en retard à finir.

Le temps était froid et sec, le ciel très bleu, traversé de gros nuages blancs qui semblaient lancés là à toute allure par une main invisible.

Je me garai en lisière du centre-ville, mis une pièce dans l'horodateur (j'avais toujours un peu de monnaie française et belge dans mes poches) et parcourus à pied le chemin jusqu'à la place de l'Horloge.

Un groupe de touristes japonais jouait des coudes avec les passagers d'un car auvergnat pour mitrailler à qui mieux mieux la cathédrale, et des centaines de pigeons voletaient, attirés par les grains que leur lançait généreusement une vieille femme aux longs cheveux gris. Je songeai à cette plaisanterie sur la « gentille vieille dame » qui nourrissait amoureusement les pigeons avec des grains empoisonnés et je souris tout seul. Chacun est susceptible d'être un autre, c'était ce que m'enseignait ma propre histoire.

Le couteau à cran d'arrêt fixé contre mon avant-bras me semblait brûlant à travers sa gaine de cuir. Je flânai un moment autour des étalages de marchands de souvenirs, guettant un mouvement suspect, un visage trop attentif, mais rien ne m'alerta.

Max m'avait fixé rendez-vous à 15 heures devant l'escalier menant à l'horloge astronomique. *A priori*, c'était un rendez-vous rassurant car la foule serait nombreuse. D'un autre côté, ce serait aussi le genre de mêlée propice aux exécutions rapides, avec un automatique muni d'un silencieux pressé contre l'abdomen de la victime...

Je consultai ma montre : 13 h 03. Je pris un billet pour le musée qui faisait face au transept abritant l'horloge astronomique et grimpai rapidement à la galerie des costumes. Là, je m'approchai d'une des fenêtres à meneaux et regardai en contrebas. La foule commençait à s'assembler devant l'escalier. Il fallait faire la queue près d'une heure pour pouvoir assister à la mise en mouvement de l'horloge. Je revis mentalement les personnages superbement sculptés défiler au son du carillon, rythmé par la mort et sa faux.

Des gens passaient derrière moi, commentant les objets exposés dans les vitrines. A 13 h 57, Max se pointa sur la place. Il avait rasé sa barbe brune. Ses cheveux ainsi que sa moustache étaient devenus blond vénitien. Mais je reconnus immédiatement sa démarche chaloupée, son regard d'un noir profond, son teint perpétuellement hâlé impossible à dissimuler et sa carrure solide. Pour l'heure, notre Porthos examinait les alentours, puis, comme doué de prescience, il leva les yeux vers le musée. Je me rencognai dans l'embrasure de la fenêtre. Il détailla ensuite lentement un à un les véhicules stationnés sur la petite place et son regard passa beaucoup trop vite sur une Panda blanche au volant de laquelle je distinguai une silhouette immobile.

Apparemment satisfait, il alla s'adosser à la balustrade canalisant la foule des visiteurs, un guide vert roulé dans la main gauche, la main droite ballante. Le type à la Panda était garé de manière à pouvoir déboîter aussitôt. C'était bel et bien un piège que Max m'avait tendu. J'aurais pu entrouvrir la fenêtre et planter ma lame entre ses yeux en moins de cinq secondes, je m'étais suffisamment entraîné pour cela. Mais ça ne m'aurait apporté aucune réponse. Et ce n'était pas une cible en carton.

Je redescendis, passai devant un gardien doté d'un superbe nez bourgeonnant d'ivrogne invétéré, et profitai d'un moment où le regard de Max était attiré par un groupe d'Américains vociférants pour me mettre à longer, à demi courbé, le trottoir contre lequel la Panda était stationnée, dos à moi. Le conducteur, le regard rivé sur la place, ne me vit pas arriver. Je notai que les deux vitres avant étaient grandes ouvertes et ce détail me remplit de soulagement. Je m'accroupis contre le mur, près de la roue arrière gauche, protégé des regards par sa carrosserie.

J'avançai tout doucement. Parvenu à sa hauteur, je me détendis d'un bond et projetai mes deux poings réunis dans sa pomme d'Adam, saisis dans le même mouvement son col de chemise et, l'attirant vers moi, lui cognai violemment la tête contre mon propre front. L'opération prit moins de trois secondes.

Le souffle coupé par mon coup de massue dans la gorge, puis sonné par le coup de tête, il retomba mollement en avant. Je lui filai en prime un grand coup de poing sur la nuque, à la base du cervelet. Il allait être dans les choux pour un bon moment. Heureusement, le soleil frappant la carrosserie laissait l'intérieur du véhicule baigné d'ombre. Je récupérai le pistolet posé sur ses genoux : il était muni d'un imposant silencieux. Je jetai le tout dans le caniveau après avoir ôté le chargeur. Une bonne chose de faite. Courbé en deux, je continuai à longer la file de véhicules stationnés, puis me redressai pour émerger le long du mur d'angle de la cathédrale dont l'entrée monopolisait l'attention générale. Jusque-là, j'avais eu de la chance. Mon petit manège était passé inaperçu.

Je me dirigeai à grands pas vers Max. Il me repéra aussitôt et me sourit chaleureusement.

— Tu es en avance !

— Toi aussi.

Il hésita, cherchant ses mots :

— On marche un peu ?

J'acquiesçai. Nous nous éloignâmes de la foule. Le vent balayait les feuilles de marronniers, soulevant une poussière ocre. Je sentais l'épaule de Max contre ma manche, je voyais nettement les pores dilatés de sa peau, la touffe de poils noirs dans son oreille. Il reprit, d'une voix détachée :

— Phil va mieux, il s'en tirera.

— Qu'est-ce qui s'est passé ?

Il s'arrêta, les yeux dans le vide.

— Deux types ont débarqué chez lui. Sur le moment, il a cru que c'étaient des flics. Il n'a pas ouvert. Un des types a crié : « On vient de la part de Georges. » Phil a pensé que c'était impossible et n'a pas bronché. Les deux types ont fait mine de partir. Cinq minutes plus tard, tout a sauté. La porte du garage était en miettes et ils s'étaient tirés avec le van et le fric. Phil était criblé d'éclats de verre, toutes les vitres avaient explosé. Il a réussi à appeler ce brave vieux docteur Morgan. Morgan s'est ramené avant les flics et il a emmené Phil. Il l'a recousu de partout, il ressemblera à un puzzle mais il s'en tirera, ce n'étaient que des blessures superficielles.

Je le regardai bien en face :

– Conclusion ?

Max prit un air embarrassé :

– Comment ces types ont su ton nom ?

– J'aurais peut-être été assez con pour les envoyer de ma part ?

– Quelqu'un veut peut-être te faire plonger...

– Ce qui veut dire ?

– Tu es bien nerveux, dit Max en me tapotant le bras, ça veut juste dire qu'il faudrait peut-être t'évanouir dans la nature. Tu deviens dangereux pour nous.

Il ponctua sa phrase en me frappant l'épaule de son guide roulé, le regard fixé derrière moi. Je compris que c'était le signal pour le type dans la Panda. Comme rien ne se passait, une ombre voila le regard de Max. Il enchaîna laborieusement :

– Tous pour un...

– Chacun pour soi, terminai-je la vieille plaisanterie.

J'avançai d'un pas. Il recula.

– Écoute, Max, « il » ne tirera pas. Il est K.-O. Je vais me faire tout petit et je trouverai les responsables. Mais ne lance pas de contrat contre moi. Parce que, sinon, je te tuerai.

– Phil est après toi.

– Phil est un psychopathe, tu le sais aussi bien que moi. C'est à toi de le contrôler.

Il ouvrit la bouche pour rétorquer puis se tut parce que la lame du couteau venait de jaillir de ma manche et s'appuyait contre son ventre. Le sang perlait sous sa chemise de popeline crème. Les cris joyeux des touristes résonnèrent, on venait d'ouvrir les barrières donnant accès à l'horloge.

– Tu sais ce qu'il y a là-dessous ?

J'appuyai un peu plus sur la lame, Max était livide.

– Ton foie, Max, ton foie. Si tu veux te retrouver avec dix centimètres d'acier enfoncés dans le foie, continue à faire le con. Je veux la vérité.

– Je t'ai dit la vérité.

– Et Benny ?

– Il est dans sa planque. Tout va bien du côté de Benny.

Je me penchai vers lui.

– C'est toi qui as envoyé ces types chez Phil !

– T'es fou, Georges, t'es complètement fou !

– Dans ce cas, pourquoi voulais-tu me descendre ?

– Par précaution, Georges, juste par précaution, je te le jure !

Je regardai Max dans les yeux et je sus qu'il mentait. Mais je ne pouvais me résoudre à le tuer, là, de sang-froid. Je n'étais pas un tueur. Je lui balançai mon genou dans le bas-ventre de toutes mes forces. Il se plia en deux en lâchant un juron dans une langue gutturale. Des têtes se tournèrent vers nous, des exclamations fusèrent. Je m'éloignai rapidement dans la direction opposée à la Panda, me perdant dans la foule, au milieu du brouhaha.

Comme je dépassais une femme d'une quarantaine d'années, en manteau blanc, j'entendis un bruit sourd. La main de la femme me frappa l'épaule. Je me tournai vers elle, surpris, et rencontrai son regard plein d'incompréhension : elle s'affaissait lentement, une large tache rouge s'élargissant sur son manteau immaculé. Le paquet qu'elle portait lui avait échappé des mains et des morceaux de bols brisés jonchaient le sol, de ces bols naïfs qui portent les prénoms de ceux à qui on veut les offrir. En une fraction de seconde, très loin en arrière, je surpris le regard brûlant de Max, la main enfoncée dans la poche de son imperméable. Je me mis à courir en zigzag, bousculant les passants indignés. Derrière moi, des gens criaient. Je savais que la femme était morte.

Le Max que je connaissais n'aurait jamais fait ça. Il n'aurait pas essayé de me faire descendre et il n'aurait pas tiré à bout portant dans la foule. Le Max que je connaissais n'était pas un assassin. Il y avait deux Max, le Juif alsacien braqueur de banques et un tueur entraîné qui n'hésitait pas à semer la mort gratuitement... Martha, Max, décidément l'épidémie se répandait...

Je courus jusqu'à la rive du fleuve. J'avais gardé de mes années d'armée un goût prononcé pour l'exercice physique et je m'étais toujours maintenu en bonne forme. J'avais aujourd'hui l'occasion de m'en féliciter. Je volai le long du quai. Un bateau-mouche appareillait et je bondis sur la passerelle.

– Juste à temps, lança le contrôleur en souriant et en larguant les amarres.

Le bateau s'éloigna du quai comme Max surgissait, en sueur. Un coup de sifflet strident retentit et Max se remit à courir. Il tourna au coin d'une ruelle, s'enfonçant dans la vieille ville. Deux flics passèrent au galop, arme au poing.

Le contrôleur secoua la tête, dégoûté :

– Peuvent pas aller au cinéma pour s'amuser ! Ah ! là là, le monde s'améliore pas...

Je lui grimaçai un vague sourire et gagnai l'avant du bateau.

Le bateau-mouche filait paresseusement sur l'eau calme, laissant une traînée d'écume lénifiante. La brise me rafraîchissait, séchant la sueur dont j'étais inondé. Puis le bateau prit de la vitesse et le vent redevint glacial. Mais j'avais besoin d'air frais et je restai accoudé au bastingage, le visage fouetté par la brise.

Tout mon univers s'écroulait. Ma femme semblait douée du don d'ubiquité. Mes amis devenaient enragés et voulaient me tuer. Jusqu'au docteur Lanzmann qui me faisait clairement entendre que j'étais cinglé. Est-ce que je l'étais ?

Un violent mal de crâne me vrillait la tête. Je serrai les dents. J'aurais mieux fait de tuer ce type dans la Panda et Max aussi, parce que je pressentais, sous les pulsations sourdes de la migraine, que les ennuis ne faisaient que commencer.

De surcroît, les flics, et le commissaire Malinois en tête, n'allaient pas manquer de fouiner dans cette affaire d'explosion. Qu'ils mettent la main sur Phil et nous étions foutus. Je me demandai brusquement pourquoi Max, soucieux de sécurité, n'avait pas fait descendre Phil. Peut-être que Phil était mort.

Il fallait que je me rende à Bruxelles, il fallait que je contacte Benny dès demain.

Je récupérai ma voiture à 15 h 27 et repris l'autoroute : direction Genève.

Au bout d'un moment, je me rendis compte que je ne cessais de regarder anxieusement dans mon rétroviseur et m'ordonnai mentalement de me détendre. Une grosse Ford marron roulait à deux cents mètres environ derrière moi. Je m'arrêtai sur une aire de repos et elle me dépassa. Il y avait deux personnes à l'intérieur : un couple. Je soupirai, soulagé, attendis trois minutes puis repris la route. A la station-service suivante, j'aperçus la Ford. Ils prenaient de l'essence. Et, comme par hasard, ils se retrouvèrent derrière moi. Aucune loi n'interdit aux Ford marron immatriculées en Suisse de se rendre à Genève.

Mon mal de tête avait empiré. Je me pressai la nuque, puis les tempes, en vain. J'arrivais devant une sortie et je décidai de bifurquer brusquement.

La Ford continua sa route. Elle n'avait même pas ralenti. Je roulai un moment au hasard, puis arrivai à une intersection. Un panneau indiquait la direction de Genève et, en plus petit, *SAINTE-CROIX 10 km, KLAUSEN 18 km.* A la lecture de ces simples lettres et de façon inexplicable, des points lumineux se mirent à danser devant mes yeux et mon cœur se mit à battre la chamade. Je stoppai et me contraignis au calme. Depuis quand la simple vue d'un poteau indicateur me mettait-elle en transes ? Quand mes battements de cœur se furent espacés, je me remis en route.

La route sinuait entre les champs et les collines. J'arrivai en vue d'une butte surmontée d'une haute bâtisse tourmentée, de style néo-gothique, avec tourelles et pignons. Je jetai un coup d'œil distrait vers cette sorte de château. Et tout s'éteignit.

Quand je repris connaissance, je sentis une odeur de fumée. Je pensai tout d'abord que Martha avait laissé quelque chose sur le feu. Puis je me rendis compte que mon front reposait contre une surface dure et lisse. Je levai une main et tâtai la surface dure. Elle était ronde. C'était le volant de la Lancia. Du liquide dégouttait sur mes genoux. Je fis un effort pour regarder ce qui mouillait mon pantalon, y posai une main hésitante et la ramenai rouge de sang.

Au prix d'un immense effort, je relevai la tête. La Lancia s'était écrasée contre un arbre. L'odeur de fumée provenait du capot d'où s'élevaient des volutes de fumée gris bleu. J'ouvris la portière, m'extirpai de la voiture. Je me tâtai le visage. Le sang coulait de mon nez et d'une plaie au front. Le vrombissement d'un moteur me fit me retourner d'un bond et j'entrevis du coin de l'œil une Ford marron qui s'éloignait à vive allure.

Je me sentais épuisé et totalement perplexe. Je m'essuyai le visage dans ma manche et sortis l'extincteur du coffre. J'arrosai copieusement le moteur de la Lancia. Le château sur la colline semblait inoffensif mais je ne pouvais le regarder sans ressentir ces élancements dans ma tête. Je me remis au volant et enclenchai la marche arrière. La voiture renâcla, puis obéit. Les dégâts n'avaient pas l'air trop graves. Je repris la direction de Genève, guettant un garage, et j'en trouvai un moins de trois kilomètres plus loin.

Le patron, un type solide engoncé dans une salopette couverte de graisse, ne fit aucun commentaire sur mon allure. Je lui laissai la Lancia et lui louai une vieille Peugeot 104 d'un jaune citron à faire grincer des dents. Encore deux jours de ce régime et j'étais mûr pour un séjour longue durée dans la clinique capitonnée quatre étoiles de ce bon docteur Lanzmann.

J'arrivai à Genève à 20 h 30. En me voyant, Martha poussa les hauts cris et je la rassurai en lui expliquant qu'un chauffard m'était rentré dedans et que la Lancia était en réparation. Elle m'aida à me débarbouiller et à nettoyer ma plaie. J'étais vanné et je ne songeais qu'à me coucher. Cependant, je voulais d'abord jeter un coup d'œil dans mon guide de la Suisse pittoresque. Le château de Klausen s'y trouvait en bonne place, pas très loin de la frontière allemande. Une brève nomenclature m'apprit que son dernier propriétaire, Lucas von Klausen, s'était fracassé le crâne en dégringolant dans ses escaliers, six ans auparavant. En lisant ce nom, Lucas von Klausen, j'eus l'intuition irrésistible de le connaître. C'était comme si un voile sombre tendu devant mes yeux était sur le point de se déchirer sous le poids d'une fantastique pression. Martha s'inquiéta de mon état et je lui répondis simplement que j'avais très mal à la tête. Elle m'apporta un cachet que je pris machinalement. Puis j'allai m'étendre, ce nom de Klausen toujours inscrit en lettres de feu sous mes paupières. Presque aussitôt, je m'endormis d'un sommeil lourd et agité.

Je fis un rêve curieux. Il me semblait que je parlais durant mon sommeil et que Martha, transfigurée, se penchait sur moi en dardant une longue langue de serpent tandis qu'elle me fixait avec des yeux phosphorescents. A un moment donné, j'avançais dans une immense salle dépourvue de meubles, la salle de bal du château de Klausen, avec ses lustres de cristal taillé et son parquet étincelant. Des couples valsaient solennellement mais les danseurs étaient nus et n'avaient que la peau sur les os. Le maître des lieux, un vieillard chauve au rire cruel, me tendait une main décharnée pleine de griffes et inexplicablement attendrissante. Alors Martha surgissait du néant, le touchait d'un chandelier à sept branches et il s'effondrait, métamorphosé en un répugnant grouillement d'insectes.

Je me réveillai en sueur, assoiffé, le goût amer du cachet sur la langue. Martha alla gentiment me chercher de l'eau et prononça des mots apaisants, mais il m'avait semblé un bref instant que ses yeux étincelaient de jubilation contenue. C'était ridicule et je repoussai cette pensée paranoïaque. Ma première idée cohérente fut pour Max, lancé à ma poursuite, puis pour la mystérieuse Ford marron.

Je ne me rendormis qu'aux premières lueurs de l'aube.

Cinquième jour – lundi 12 mars

Quand je me levai, courbaturé, Martha était sortie. Il y avait un mot sur la table en marbre de la cuisine. Elle était allée voir sa mère qui ne se sentait pas bien. Je soupirai. La mère de Martha était un tyran impotent et sans pitié. A mon avis, sa place aurait été dans une maison de retraite, mais Martha, bien sûr, ne l'entendait pas de cette oreille. J'avais rencontré la vieille dame une fois au début de notre relation et je n'avais jamais éprouvé depuis le besoin de revoir ce vieux dragon.

La blessure de mon front me tiraillait. J'avais une grande entaille qui partait de la tempe gauche et descendait en diagonale jusqu'au sourcil droit. Avec ma gueule de boxeur mal rasé, ça me donnait l'air inquiétant d'un vrai truand. Je me douchai, me rasai, bus une grande quantité de café noir, fort et sucré, me forçai à avaler un yaourt et m'habillai. Jeans de velours noir côtelé et chandail gris.

Le guide touristique n'était plus sur la table du salon, Martha avait dû le ranger. Martha... De nouveau, je fus submergé par un sentiment de panique et d'incohérence. Avec Max à mes trousses, je n'avais pas vraiment besoin du mystère Martha sur les bras... Brusquement, je sus ce que j'allais faire de ma journée.

La petite Peugeot jaune avait un avantage : ce n'était pas mon véhicule habituel. Je roulais lentement, attentif à tout ce qui m'entourait, mais rien ne paraissait suspect. Images familières d'une campagne paisible où de paisibles vaches paissaient paisiblement.

Arrivé en vue du hameau où résidait la mère de Martha, je m'arrêtai à la première cabine téléphonique en vue. Je composai soigneusement le numéro et attendis. Martha répondit au bout de six longues sonneries. Je raccrochai sans un mot. Puis je repris ma route.

Je pénétrai dans le hameau et longeai la rue principale : une dizaine de maisons et un café-épicerie-tabac-droguerie. La maison de la mère de Martha était isolée, en dehors du village, près d'une ancienne fonderie abandonnée. Je roulai doucement jusque-là. La voiture de Martha n'était pas en vue.

Je freinai devant le portail rouillé. A ma précédente et unique visite, il était bien graissé, des rosiers grimpants couraient sur la façade et une double haie de bégonias vous escortait jusqu'à la porte d'entrée coquettement ornée d'une couronne d'herbes tressées. Aujourd'hui, tous les volets de la maison étaient clos. Des herbes folles envahissaient le jardin. Un gros cadenas fermait la grille et la couronne gisait par terre, toute jaunie. Au premier étage, un des volets pendait, à demi sorti de ses gonds, découvrant un carreau cassé. Je me sentis trempé de sueur : la maison que je contemplais était à l'évidence inhabitée. Pourtant Martha venait d'y répondre au téléphone... Un piétinement me fit me retourner. Un vieil homme passait, tirant sur sa pipe, un cabas à la main. Je l'interpellai :

— Excusez-moi, je voulais voir Mme Moser...

– Ah ! Ça c'est pas possible !

Son accent traînant le rendait difficile à comprendre.

– Elle n'habite plus ici ?

– Ah ! Ben ça non !

Et il émit un petit rire sec.

– Vous savez où est-ce que je peux la trouver ?

Sans un mot, il tendit sa pipe droit devant lui. Je suivis du regard la direction indiquée et regardai en silence les croix blanches du petit cimetière. Le vieux reprit :

– Elle est passée ça fait six mois, la pauvre...

– C'est bien la même Mme Moser, qui était infirme et qui avait une fille ?

– J'en ai jamais connu d'autre. C'est moi qui l'ai portée en terre, avec le Julien Renaudot.

– Sa fille était là ?

– Bien sûr ! Une bien jolie jeune femme. Et courageuse, avec ça, elle a pas versé une larme.

Je remerciai le vieux paysan, remontai dans la Peugeot. J'attendis qu'il ait disparu après le tournant, descendis de la voiture, escaladai prestement la grille et courus jusqu'au porche jonché de feuilles mortes. M'aidant de la gouttière, je me hissai jusqu'au volet arraché. Je glissai la main dans le trou de la vitre, réussis à manœuvrer la poignée de la fenêtre sans me couper, opérai un rétablissement et me retrouvai dans une pièce sombre, froide et vide, hormis un sommier en bois et un matelas rayé.

La maison était vide. Une odeur de moisi imprégnait les lieux et la pénombre semblait hostile.

J'écoutai le silence. Une moto passa au-dehors, pétaradante. Puis de nouveau le silence. Il faisait froid dans la maison, un froid humide, mais malgré cela je transpirais. Les poings serrés, j'avançai sans bruit, attentif à ne pas faire craquer les lattes du plancher. J'explorai successivement les deux petites chambres à coucher, la salle de bains carrelée dont l'imposante baignoire s'ornait d'une immense toile d'araignée lui donnant l'aspect d'un tableau de Delvaux, puis je descendis au rez-de-chaussée. Là aussi tout était désert. Des draps couvraient les quelques meubles qui restaient. Une pendule murale arrêtée marquait 10 h 12 pour l'éternité. Comme partout, une épaisse couche de poussière s'était déposée par terre. Sur la toile cirée recouvrant la table de la cuisine des palombes s'enfuyaient devant de hardis chasseurs portant chapeaux à plumes. Les placards étaient ouverts et vides. Aucune trace de pas sur le sol.

Personne n'était venu ici récemment.

J'avisai un antique poste de téléphone, noir, posé sur un guéridon. Je soulevai le combiné, le portai à mon oreille : il n'y avait pas de tonalité. Personne au monde n'avait pu recevoir un appel ici. Je m'essuyai le front.

Je remontai à l'étage, jetai un coup d'œil : la voie était libre. Je me laissai tomber dans le jardin en friche. Si les choses se gâtaient avec Max, je pourrais toujours me planquer ici. C'était ce qui s'appelle voir les choses de façon positive, comme disait le docteur Lanzmann. Et j'en avais bien besoin.

Ce soir-là, à table, j'observais Martha, son sourire radieux, son regard franc et lumineux, et je fus rempli de colère. Elle me mentait, c'était maintenant une certitude. Pourquoi ? Un terrible secret oblitérait-il sa vie ? Un instant, j'imaginai qu'elle se trouvait peut-être dans une situation identique à la mienne. Ce serait une coïncidence piquante que de découvrir que Martha était, par exemple, la responsable du braquage de la Caisse des dépôts de Lausanne... Une coïncidence extraordinaire et qui me remplirait de joie et de soulagement. Si nous avions été un couple normal, j'aurais sans doute posé des questions. Mais nous n'étions pas un couple normal. J'étais un menteur, un tricheur, un être habitué à réfréner ses émotions, à les dissimuler, à rester impassible. Et même dans l'amour je ne donnais que ce que je m'autorisais à donner.

J'avais cru épouser une érudite un peu timide malgré sa grande beauté et je me trouvais marié à un mystère. Est-ce que Martha se posait les mêmes questions sur moi ? En dégustant mon crabe farci, l'idée me traversa brusquement qu'elle m'avait peut-être suivi, espionné et que ses « absences » pouvaient n'être que l'effet d'une surveillance qu'elle exercerait à mon égard. Tout en me servant du fromage, j'en vins à me demander si Martha n'était pas un flic. Elle me sourit tendrement par-dessus son verre et je lui rendis son sourire. La lutte était engagée.

Sixième jour – mardi 13 mars

Le lendemain, Martha me demanda de la déposer à une vente d'objets d'art. Bien qu'ayant son permis, elle détestait conduire, surtout en hiver, quand les routes sont verglacées. Elle déjeunerait ensuite chez Lily. J'espérais pour Lily, une charmante et richissime fofolle, qu'elle ne gisait pas aussi dans un cimetière. A peine Martha entrée dans la galerie, je fis demi-tour et fonçai à l'aéroport. Là, d'une cabine, j'appelai Miss Straub. Aucun message. J'attrapai un vol pour Bruxelles et passai l'heure qui suivit à me demander s'il était bien raisonnable de se jeter dans la gueule du loup.

Je franchis la douane sans encombre et me retrouvai bientôt dans un petit bar, pas très loin de l'immeuble où se cachait Benny. Tout en buvant ma bière, je repérai deux types en bleu de travail penchés sur une grille d'égout, qui surveillaient mine de rien l'entrée de l'immeuble, aussi repérables que s'ils avaient eu le mot « flic » peint sur le dos. Benny était foutu. Je rappelai Miss Straub et laissai le numéro 000 à transmettre à celui qui s'annoncerait comme 789. 789 c'était Benny et 000 le code de la procédure d'évacuation d'urgence. Mais, si Benny n'appelait pas, il finirait en taule. Quelqu'un nous avait infiltrés et le commissaire Malinois devait se lécher les babines à l'idée de nous mettre enfin le grappin dessus. Depuis trois ans qu'on louvoyait entre la France, la Belgique et la Suisse, lui et ses collègues s'arrachaient les cheveux. Je n'avais jamais vu Malinois ailleurs qu'à la télé : un type trapu, les cheveux gris, de petites lunettes de révolutionnaire russe et des costumes bien coupés. Il faisait nettement moins prétentieux que son compatriote Hercule Poirot, mais nettement moins efficace aussi, à moins que le jour de sa revanche ne soit enfin arrivé...

Il était fort probable qu'ils aient mis la ligne de Benny sur écoute. Je devais pourtant le prévenir. Je finis ma bière pensivement puis le déclic se fit. Je savais comment joindre Benny sans me compromettre. Je me rendis jusqu'à une cabine téléphonique (il faudra composer un jour une ode à la gloire des cabines téléphoniques), appelai le service des télégrammes et dictai mon texte à une jeune femme à l'air compétent.

Le texte était bref : « Espèce de triple zéro – stop – Je ne supporte plus tous ces parasites autour de toi – stop – Adieu – stop – Elvira. » Destinataire : appartement 113, suivi de l'adresse. Dans ce genre de résidences de grand luxe, il était habituel de désigner les occupants par leur numéro d'appartement et elle ne s'en étonna pas, pas plus que d'entendre ma voix incontestablement masculine signer « Elvira ». Décidément, la libération des mœurs avait du bon !

Elle me demanda simplement mon numéro de carte bleue et m'assura qu'elle s'en occupait immédiatement. Elvira était le nom de guerre dont s'affublait Benny lors de ses expéditions en travesti. Nous étions seuls à le savoir et j'espérais qu'il comprendrait. Je n'avais pu me permettre d'être très explicite de crainte de hâter l'intervention des flics.

J'avais d'abord pensé à signer Athos, mais il m'avait paru inutile d'accréditer la thèse de Malinois selon laquelle nous formions une bande organisée composée de quatre membres permanents. J'eus une brève vision de centaines de milliers de gamins occupés à de grandes conspirations, affublés des pseudonymes tirés de l'œuvre de Dumas, et me demandai ce qui, dans ce récit fougueux et romantique, avait bien pu séduire le reptilien Phil. Tout en pensant à Phil, je m'étais rendu dans une librairie spécialisée dans les livres d'occasion, dont la vitrine donnait sur la sortie du parking souterrain de l'immeuble de Benny, et là, faisant mine de fouiner dans les vieux bouquins exposés, je m'arrangeai pour ne pas quitter la sortie du parking des yeux.

Un balayeur coiffé d'un béret bleu balayait consciencieusement le même carré de trottoir depuis vingt minutes quand une Renault 25 pointa son museau vers l'extérieur, pilotée par une blonde coiffée d'une capeline. Un minibus Volkswagen, garé près du trottoir, mit aussitôt son moteur en marche mais le balayeur, posté près de la sortie du parking, leur fit un discret signe de dénégation. Je restai perplexe : Benny aurait dû conduire une Golf grise. Mais d'une part je connaissais son goût du travestissement et d'autre part il pouvait piquer n'importe quelle voiture dans n'importe quelles conditions. Benny était un technicien hors pair qui avait fait son apprentissage dans le quartier pakistanais de Londres.

A peine la R-25 s'était-elle éloignée de vingt mètres qu'une explosion secoua l'immeuble et les vitres de

l'appartement situé au dix-septième étage explosèrent.
Le balayeur arracha son béret, dégaina un colt Python et
se mit à courir, suivi de quatre types jaillis du minibus.
Signé Benny. Souriant tout seul, j'achetai une coûteuse
édition originale des contes de Perrault, ornée de déli-
cates gravures érotiques, et retournai tranquillement à
l'aéroport. Là, je remis mon faux passeport au douanier
qui n'y jeta qu'un coup d'œil distrait. Apparemment,
Malinois n'était pas remonté jusqu'à ma couverture de
négociant en vins.

Durant le vol, je tentai de faire le point. C'était compliqué parce qu'il me fallait simultanément me mettre à
l'abri de Max, savoir ce qui s'était réellement passé, et
éviter les sbires de Malinois tout en menant ma petite
enquête sur ma propre épouse. Une vraie sinécure ! Et
accessoirement, quand j'aurais le temps, réfléchir à ce
curieux accident sur la route de Klausen. Ce qui me
ramena à la Ford marron. Quelqu'un me surveillait. Martha ? Un tueur à la solde de Max ? Il était temps de faire
jouer quelques relations.

De retour à mon « bureau », j'appelai Cheng Ho.
Cheng était un Chinois de Shanghai entré en fraude en
Suisse par la frontière italienne. Cheng vivait dans le
restaurant de son frère, au milieu d'une quinzaine
d'autres Chinois tous interchangeables aux yeux des
Suisses qui ignoraient donc son existence. C'était un
super bricoleur, aussi à l'aise pour concocter un explosif
que pour placer une ligne sur écoute. Et j'avais besoin
de ses talents de téléphoniste. Je laissai mon « nom » à
la vieille dame qui me répondit aimablement qu'il n'y
avait aucun Cheng Ho dans son établissement respec-
table et ouvert même le dimanche soir, et cinq minutes

après Cheng rappela. Je lui expliquai mon problème et il éclata de rire :

– Enfantin, estimable fils de Descartes, un problème pour chimpanzé.

– Merci. Explique-toi.

– Dérivation téléphonique. Tous les appels en direction de ces numéros sont automatiquement dérivés sur un autre poste.

– Celui où la personne peut répondre ?

– Exact, Einstein.

– Mais si la personne est en mouvement ?

– Téléphone portatif, sans fil, nouvelle technologie des fils de pute japonais.

– Est-ce que tu peux me trouver où aboutissent ces appels ? Le numéro du poste d'arrivée ?

– Peut-être. Cher. Long.

– Essaie.

– Rappelle-moi dans huit jours.

– C'est urgent.

– Quatre jours. Moitié de temps, double d'argent.

– Cheng, tu es un salaud !

– Tu devrais être heureux que je te permette de montrer combien tu es riche !

J'éclatai de rire et Cheng raccrocha. Quand j'avais demandé un contact sûr à Genève, on m'avait dirigé sur Cheng, et je n'avais pas eu à le regretter. Cheng était le factotum du crime organisé.

Je regardai ma montre et décidai de rentrer retrouver ma perfide et ravissante compagne. Avant de partir, j'appelai Miss Straub : il y avait eu un appel. Je notai les deux numéros communiqués. C'était Benny, et tout était O. K.

En arrivant chez moi, je coupai le moteur au sommet

de l'allée et descendis au point mort jusqu'au garage, glissant sans bruit sur la couche de neige fraîche. Le dernier coup de froid avant le printemps. On était le 13 mars, dans quatre jours j'étais censé fêter mon quarante-deuxième anniversaire. Pour la première fois de ma vie, je me demandai sérieusement si dans quatre jours je serais encore en vie.

Au lieu de sonner comme d'habitude, j'ouvris la porte avec mes clés et avançai rapidement jusqu'au salon.

Martha sirotait un Daïquiri, allongée sur le canapé en cuir fauve, devant le téléviseur. Elle se retourna, me sourit :

— On dirait le Père Noël : rouge et plein de neige. Tu as couru ?

— Pas vraiment. Il fait un froid de canard. Qu'est-ce que tu regardes ?

— N'importe quoi, les informations...

Une cigarette se consumait près du téléphone sur la console noire de l'entrée. Martha avait dû raccrocher précipitamment en m'entendant manœuvrer la porte et avait oublié de récupérer son mégot. Je le saisis entre deux doigts et l'éteignis ostensiblement. Elle releva brièvement la tête, puis fit mine de s'absorber dans un énième reportage sur les événements du Moyen-Orient : on interviewait de jeunes combattants palestiniens.

Je regardais distraitement quand mon attention fut attirée par une phrase, ou plutôt un mot, que répétait un jeune garçon blessé à la jambe, qu'on ramenait sur une civière. Il n'y avait pas de traduction mais je reconnus sans peine le juron lancé par Max lorsque je l'avais frappé. Max n'avait pas juré en yiddish mais en arabe ! Le comble pour un soi-disant sioniste ! Je compris brusquement à quel point nous avions été stupides. Max s'était servi de nous et de notre organisation pour implanter son propre réseau. Maintenant, il n'avait plus besoin de nous. Une fois entré en possession de l'argent, il avait tout simplement programmé notre élimination... Un grand froid m'envahit. Ces gens-là n'étaient pas du genre à faire du sentiment : à la guerre comme à la guerre. Mais, pour l'instant, je ne pouvais rien faire contre Max, qu'attendre sa prochaine attaque. Alors autant m'occuper de Martha. Je n'étais pas à court de problèmes à résoudre.

Je me laissai tomber près d'elle, l'attirai contre moi. J'aurais cru que sa trahison me dégoûterait d'elle, mais le contact de sa peau restait aussi agréable. Je réfléchis rapidement et me lançai :

— Tu aimes les surprises ?

— Tu veux divorcer ?

— Pas encore. Pense à autre chose.

— Tu es augmenté ?

— Non plus. J'avais simplement envie de passer la journée avec toi demain. Comme on n'a pas pu se voir dimanche... Je pourrais dire au bureau que j'ai la grippe...

— Demain, je ne peux pas, mon chéri, j'ai promis à Maman de passer la voir, elle est très fatiguée, angoissée...

— Je pourrais y aller avec toi, une fois par an je peux passer lui dire bonjour...

— Non, ça ne ferait que l'énerver. Et puis, tu sais, moi aussi j'ai une surprise et je dois passer la prendre demain, alors...

— Tant pis, il ne me reste qu'à me jeter dans le lac !

Je me relevai, passablement édifié. Martha avait quelque chose à faire. Des instructions à prendre ?

Je prétextai que je n'avais plus de cigarettes et me rendis à la station-service la plus proche d'où je passai un coup de fil à Cheng.

Septième jour – mercredi 14 mars

Nous nous réveillâmes tôt. Je proposai à Martha de la déposer chez sa mère, mais elle refusa, arguant que cela me ferait faire un détour inutile. Bien que détestant conduire, elle me dit qu'elle prendrait le petit Lada 4×4 que nous avions acheté pour nos balades en montagne. Comme le temps des balades et de l'insouciance me semblait loin... Bien sûr, j'avais toujours pensé qu'un jour tout ça finirait mal. On ne peut pas mener le genre de vie que je mène sans s'attendre à de graves ennuis. Mais je n'avais jamais supposé que la trahison viendrait de Martha.

En partant, elle agita la main par la portière et, tout en démarrant, je lui rendis son salut, un sourire figé aux lèvres, qui s'éteignit dès qu'elle s'éloigna.

Nous nous suivîmes un petit moment, puis Martha bifurqua à l'embranchement habituel. Une fois hors de sa vue, je ralentis et m'engageai à mon tour sur la rampe de sortie. Une Toyota verte était stationnée sur l'aire de parking, moteur au ralenti. Je stoppai, serrai le frein à main et bondis jusqu'à la Toyota tandis que Cheng se dirigeait vers la Peugeot. Je me glissai derrière le volant, m'enfonçai une casquette à visière sur le crâne et démarrai.

Cheng devait être en train d'ouvrir l'enveloppe posée sur le siège avant de la Peugeot. Elle contenait les indications nécessaires pour aller chercher la Lancia et la ramener chez moi, ainsi que l'argent pour régler la réparation.

J'accélérai jusqu'à ce que je repère la Lada, cent mètres devant. Même si Martha surveillait son rétroviseur, elle ne se méfierait pas d'une Toyota, et ma casquette dissimulait mes traits. Au bout de cinq minutes, Martha bifurqua encore, quittant la route qui menait chez « sa mère » et prenant l'autoroute de Berne. Elle ne roulait pas très vite et je réglai mon allure sur la sienne, heureusement pour nous car nous croisâmes deux fois des motards.

Nous roulions ainsi depuis une quinzaine de minutes lorsque le véhicule qui me précédait, une R-25 crème couverte de poussière, pila net brusquement. Je freinai à mort en tentant désespérément de l'éviter et allai percuter la rampe de protection dans un hurlement de pneus. Le conducteur s'avançait déjà vers moi, les bras écartés en signe d'excuse, l'air stupide. Il était gros, avec des cheveux filasse, un blouson en daim et de petits yeux de porc.

J'allais descendre pour l'engueuler copieusement quand quelque chose m'alerta. Son sourire figé, sa main enfoncée dans la poche du blouson élimé ou la plaque d'immatriculation française, je ne sais pas, mais je plongeai par-dessus le siège du passager, actionnai la poignée de la portière et me propulsai dehors, me cognant dans la glissière en métal qui borde la bande d'arrêt d'urgence. Je l'entendis courir vers moi d'un pas lourd. Je me jetai par-dessus la rambarde et roulai le long du talus, jusque dans d'épais buissons. Un plop caractéristique résonna tout près de ma tempe droite. Les feuilles trempées me frôlaient le visage. La terre sentait la pluie. Je ne bougeais pas. J'entendais son pas lourd, précautionneux, fouler l'herbe. Je compris qu'il ignorait si j'étais armé et y allait doucement. De l'eau me dégouttait dans le cou. Je frissonnais. Un oiseau émit un son guttural quelque part dans les branches.

Là-haut, si près et si loin à la fois, des voitures bourrées de gens normaux passaient à toute allure, dans un long chuintement. Chaque fois, les feuilles frémissaient. Un frôlement sur ma gauche, je retins mon souffle en voyant luire le canon de son arme à travers les feuilles à moins de trente centimètres de mon visage et je pensai « Adieu, mon vieux Georges », aussi bêtement que ça, quand un klaxon impérieux déchira le silence. L'arme disparut. Une voix joviale s'enquit en allemand :

– Tout va bien, il n'y a pas de blessés ?

Je le compris sans peine car ma mère, originaire de Vienne, ne s'exprimait qu'en allemand et je le parlais couramment depuis mon plus jeune âge.

– Non, non, tout est O.K., répondit mon agresseur dans la même langue avec un fort accent français.

J'émergeai à toute allure des buissons. Un brave type en costume de Tergal froissé nous dévisageait. Sa femme était occupée à distribuer des taloches à trois mômes vociférants entassés dans leur petite auto. D'ex-Allemands de l'Est en vacances. Je saluai, me rapprochant en deux enjambées de mon gros agresseur que je saisis familièrement par l'épaule, mes doigts crochant à la fois l'omoplate et la clavicule dans une prise extrêmement douloureuse. Je m'adressai en souriant au petit bonhomme qui semblait perplexe.

– Tout va bien, merci, c'est juste un petit dérapage, mon ami avait cru voir un chien !

Le gros essaya de se dégager, mais j'accentuai ma prise, lui bloquant l'articulation. Sa fine moustache châtain était emperlée de sueur. Le type en costume froissé remonta dans sa Brabant grise en nous souhaitant bonne route. Je lui souris de toutes mes dents tandis qu'il mettait le contact, puis, ayant saisi le poignet du gros, je l'obligeai d'une brusque torsion à s'agenouiller derrière la Toyota en lançant à haute voix :

— Voyons s'il n'y a pas de dégâts...

A l'abri de la carrosserie, je lui cognai violemment la tête contre la portière. Il gémit, le bras retourné, prêt à se rompre à la moindre pression de ma part. Je me redressai, le lâchai et profitai de son hébétude pour lui décocher un violent coup de pied dans les reins, tout en saluant de la main la petite voiture qui s'éloignait. Les enfants nous faisaient coucou par la vitre arrière.

Le visage blême de douleur, mon agresseur s'était retourné, son arme à demi extraite de la poche de son blouson, mais je la lui fis sauter des doigts d'un nouveau coup de pied. Je le frappai ensuite durement au visage de la pointe de ma chaussure. Son nez éclata, le sang jaillit sur sa chemise bleu ciel. L'adrénaline courait dans mes veines avec la puissance d'une fusée au décollage. J'étais en colère. J'avais envie de lui faire mal. J'avais envie qu'il souffre pour la peur qu'il m'avait infligée, pour toutes les questions qui me tenaillaient, pour le désarroi où je me trouvais plongé. Mais je ne me dis rien de tout cela, je sentis simplement la colère m'emporter comme une vague très haute. Je le saisis par les oreilles et lui filai une dizaine de coups de genoux sur la bouche et sur son nez cassé. Il ne criait pas, déglutissant péniblement en avalant son propre sang, abandonné à ma violence.

Une petite voix intérieure me souffla que j'allais le tuer et je le laissai brusquement retomber sur le sol. Il s'affala, sans connaissance. Une voiture pouvait s'arrêter n'importe quand et Martha devait être loin. Je savais que j'aurais dû achever ce type mais je ne pouvais pas. Dégainant mon couteau, un Laguiole qui ne me quittait jamais, je crevai les quatre pneus de sa R-25, puis grimpai dans la Toyota. Il râlait faiblement, allongé sur le sol, dans une flaque de sang. Ma colère était tombée, mais je ne ressentais aucune pitié, aucune compassion. Juste l'impression d'en avoir fini momentanément avec ce problème-là. Je me sentais froid et déterminé.

J'enclenchai la première en me demandant si Benny avait lui aussi un tueur lâché à ses trousses.

Je roulai à toute allure pendant une vingtaine de kilomètres, certain d'avoir perdu la trace de Martha. Puis soudain la Lada rouge apparut, à cent mètres devant moi, rutilante, sur une aire de repos. Je levai le pied, freinai à mort et pris la rampe de sortie en catastrophe. La Lada était garée sur le parking de la station-service. Un employé en combinaison orange était occupé à la laver. Il n'y avait personne dans la voiture. Je roulai lentement jusqu'à la station, me rangeai devant une pompe, essuyai mes mains maculées de sang et de glaire dans un chiffon que je trouvai dans la boîte à gants.

Le type en orange accourut, frottant ses mains sur sa combinaison. Il était jeune, souriant, avec un museau pointu et des yeux vifs. Je lui demandai le plein et me rendis aux toilettes. Le petit bar était vide, pas de Martha. Je ressortis, réglai le jeune employé et lui laissai un gros pourboire tout en désignant la Lada d'un pouce désinvolte.

– Elle n'a pas dit vers quelle heure elle repassait la prendre ?

– La jeune dame de la Lada ? Vous la connaissez ?

– C'est une amie à moi. J'ai reconnu sa voiture. Je serais bien repassé lui dire bonjour...

– Je vous comprends ! Non, je sais pas, elle a dit pas avant 5 heures en tout cas.

– Vous ne savez pas où elle est allée ? Je pourrais lui faire une surprise.

– Ben, je sais pas si ça plairait à son mari, il a pas l'air commode, hein, il gueulait parce qu'ils étaient en retard : « Grouille-toi, on doit y être dans une demi-heure », vous voyez le genre, ils sont montés dans la Mercedes et, hop, ils ont filé.

– Merci quand même.

Je lui filai un autre billet et remontai dans la Toyota. Je dépliai la carte routière rangée dans la poche de la portière et l'étudiai soigneusement. Où est-ce qu'ils pouvaient se rendre en une demi-heure ? La route que l'on suivait menait droit à Berne. Elle se scindait en divers endroits en petites routes qui grimpaient dans les montagnes. Je sélectionnai trois villages pouvant être atteints dans la demi-heure. Je devais faire un choix : essayer les villages ou continuer sur Berne. Me fiant à mon intuition, je décidai que, pour se rendre dans la montagne, ils auraient gardé le 4×4. Et je mis le cap sur Berne.

Berne est une ville étrange, verte et grise dans la brume qui l'enveloppait ce jour-là, les couleurs vives de ses fontaines sont aussi surprenantes que l'irruption d'une

fanfare colorée dans un film en noir et blanc. La Markt-
gasse grouillait de monde. Je cherchai vaguement à repérer Martha dans la foule sans grand espoir. Je marchai un
moment au hasard et m'apprêtais à rebrousser chemin
quand soudain je les vis.

Elle était de nouveau rousse, et cet homme, le bellâtre
baraqué que j'avais vu à la terrasse de la brasserie avec
elle, la tenait par le bras. Martha, ma Martha dans les
bras d'un autre homme ! Je me précipitai dans leur direction. Ils longèrent la Kornhausplatz et s'engouffrèrent
dans un immeuble en pierre. Hors d'haleine, je m'arrêtai
devant la lourde porte d'entrée entrebâillée et déchiffrai
les plaques apposées sur le mur. Deux médecins, un cabinet de dentistes, un architecte et un avocat. L'avocat me
fit penser au divorce. Après tout, pourquoi ne pas essayer
celui-là ? Ce serait de circonstance. Je montai directement les trois étages, sans utiliser l'ascenseur 1930.

L'immeuble, un immeuble cossu du début du siècle,
était bien entretenu. Sur le palier de l'avocat, maître
Stefan Silberman, je fis une pause. Curieusement, de la
musique s'échappait de derrière la porte close. Un brouhaha de voix me parvenait, joyeuses. J'ôtai ma ridicule
casquette à visière, la fourrai dans la poche de mon loden
vert et sonnai.

Une jeune femme impeccable m'ouvrit, souriante.

– Oui ?

J'avais entr'aperçu des gens bien habillés, un verre à la
main. Un cocktail !

– Je ne suis pas trop en retard, j'espère ?

– Pas du tout, donnez-moi votre manteau.

Je me débarrassai du loden, tout heureux de porter mon
costume en tweed et mes mocassins Gucci qui me per-

mettaient de me fondre dans une réception manifeste-
ment très élégante. Personne ici qui eût moins d'une
petite fortune en vêtements ou bijoux sur lui. Une expo-
sition du bon goût et des bonnes manières. Je me demandai furtivement si je n'étais pas tombé dans un musée
vivant, section XXe siècle, galerie haute bourgeoisie,
vitrine Suisse, 1990. Et puis j'aperçus Martha et je ne me
demandai plus rien.

Elle devisait en riant avec un type assis sur le dossier
d'un fauteuil en cuir. Il était vêtu d'un blazer bleu marine
et d'un pantalon gris coupé sur mesure, très élégant, avec
des épaules démesurément larges, un ventre plat, des
cheveux gris coupés à la dernière mode, un profil éner-
gique et avenant. La prestance et l'allure d'un ex-cham-
pion universitaire de football américain qui aurait, de
surcroît, obtenu son diplôme de jurisconsulte avec les
félicitations du jury. Il se leva alors et je pus voir qu'il
ne devait pas mesurer plus d'1 mètre 60 et s'appuyait sur
une canne, traînant sa jambe droite, maigre et raide à partir de la hanche. A côté d'eux, le compagnon de Martha,
tout à fait à l'aise, sirotait un fond de whisky. Malgré son
costume bien coupé et son élégante cravate de banquier,
sa physionomie martiale et ses épaules massives trahis-
saient un flic ou un militaire, songeai-je. Je décidai de
risquer le tout pour le tout et je m'avançai vers eux.

– Bonjour...

Malgré ma nervosité, ma voix était claire et posée.
L'infirme élégant leva ses yeux mobiles vers moi. Il
avait un regard brun, froid et opaque. Le compagnon de
Martha piqua une olive et la goba délicatement, apparemment absorbé dans une conversation passionnante
avec son plus proche voisin. Martha me dévisagea, d'un

air absolument dénué d'expression, *comme si elle ne m'avait jamais vu*! Elle portait le même tailleur rouge qu'à Bruxelles, un tailleur qui ne faisait pas partie de sa garde-robe. Où s'était-elle changée? Ici, dans cet appartement? Dans une chambre, avec son ersatz de flic? Je bouillais de rage. Ses longs cheveux roux coulaient sur ses épaules, j'aurais voulu les saisir à pleines mains et les lui arracher de la tête.

— Bonjour, monsieur, articula-t-elle de sa voix chaude.

— Vous vous connaissez? intervint le petit type à la canne, d'une voix extrêmement policée, très vieille France, surprenante par rapport à son aspect sportif, à sa carrure démesurée.

— Non, mais vous allez nous présenter, Stefan... répondit Martha sans rougir.

Stefan pivota vers moi avec vivacité:

— Je ne crois pas vous connaître non plus, monsieur...

— Lyons, Georges Lyons, je viens chercher ma femme.

— Ah? Permettez-moi de vous présenter Magdalena Gruber et son époux, Franz Gruber.

A l'énoncé de son nom, le compagnon de Martha se tourna vers moi, impassible, et me salua vaguement...

— Je suis moi-même Stefan Silberman, avocat d'affaires, reprit-il en me jaugeant avec curiosité.

Je m'inclinai à demi devant Martha:

— Ravi de faire votre connaissance...

Martha-Magdalena me sourit sans répondre. Maître Silberman me serra la main avec effusion:

— J'espère que vous allez rapidement retrouver madame votre épouse, il y a tellement de monde...

Il se retourna ostensiblement vers Martha, me signifiant que la conversation était terminée.

Je saluai et me retirai. J'avançai à travers la foule comme un automate, en état de choc. Je me répétai que c'était bien Martha, je l'avais suivie depuis Genève ! C'était elle, je n'étais pas fou ! Comment pouvait-elle jouer cette comédie ridicule ? Et quel était le rôle de Silberman dans cette mascarade ? Et de cet enfoiré de Franz Gruber ? J'avalai machinalement une vodka-tonic que me tendait un garçon en veste blanche, et la brûlure de l'alcool me ramena sur terre. J'étais en danger. Quelque chose me le disait aussi sûrement qu'une lettre de menaces.

M'éloignant de Martha et de ses « amis », désemparé, je déambulai au hasard dans les vastes pièces moquettées de noir, meublées de gris, de blanc et de chrome, essayant de trouver des indices qui me permettraient de *comprendre*. Rien d'anormal ici. Les inévitables œuvres postmodernistes sur les murs tendus de toile de jute saumon. Et des pans entiers de cloison recouverts de livres reliés, annales juridiques, encyclopédies, recueils de jurisprudence... Non, rien d'anormal sauf que ma femme était là et prétendait être la femme d'un autre. J'éprouvai l'envie fugitive de me mordre la main jusqu'au sang pour me convaincre que je ne rêvais pas.

La sensation d'un regard sur ma nuque me fit me retourner brusquement et je surpris le dénommé Gruber en train de m'observer. Il détourna aussitôt les yeux. Haussant les épaules, je poursuivis mes investigations d'un air détaché. Avisant une porte close, je tournai discrètement la poignée. Fermée à clé. Elle m'attirait comme le placard de Barbe-Bleue. Il fallait que je revienne voir ce qui se cachait là-derrière.

Je retournai me mêler aux invités. Pas de trace de Martha. L'illusion parfaite avait disparu tout comme son répugnant Franz Gruber. Il était temps de tirer ma révérence. Je louvoyai jusqu'à la sortie mais ne pus éviter maître Silberman qui me lança un cordial :

– Au revoir, cher ami, vous devriez venir nous voir plus souvent...

Je lui souris poliment, m'interrogeant sur le sens de sa phrase, lorsque je remarquai enfin les affiches qui tapissaient les murs de l'entrée : « VOTEZ LÉO DUCHESNAY » et le rictus imbécile d'un bellâtre blond platine. Duchesnay était le chef de file d'un mouvement d'extrême droite baptisé « Renouveau social », et son visage satisfait paraissait à toutes les tables rondes à alibi culturel des programmes télévisés. Je me retrouvai dans l'escalier, me demandant ce que diable pouvait fabriquer Martha avec des avatars de nazis. Martha. Je ne pouvais murmurer son nom sans sentir ma gorge se bloquer dans une inspiration douloureuse.

Dehors, je respirai un grand coup de brouillard avant de retourner à la Toyota. Par pure provocation, j'achetai en chemin quelques tablettes de ce fameux chocolat de Berne et les fis emballer pour Martha, puis je mis le cap sur la station-service où m'attendait le 4 × 4.

Comme je m'en doutais, Martha l'avait déjà récupéré. Je fonçai sur Genève.

J'y arrivai sans que des tueurs surgis des maigres buissons de l'autoroute ne m'aient envoyé *ad patres*. J'appelai Miss Straub. Il n'y avait aucun message pour moi. Benny s'était évanoui dans la nature. Et Phil ? Et Max ? Je tournai et retournai tout cela dans ma tête jusque chez moi. La route me semblait irréelle, ruban d'asphalte imaginaire dans un labyrinthe privé de points de repère.

Je me cramponnais aux gestes quotidiens : mettre le clignotant, allumer les phares, comme s'ils pouvaient me mettre à l'abri de cette angoisse terrifiante que je sentais m'envahir. Je freinai enfin devant chez moi et restai là un moment, assis, à respirer lourdement, avant de desserrer mes mains crispées sur le volant. Tout mon être se révulsait à l'idée de rentrer, d'affronter Martha et ses mensonges. Mais je devais y aller. Je claquai la portière et marchai pesamment jusqu'à la porte d'entrée.

Martha jouait avec le jeu de solitaire en ivoire que je lui avais offert pour Noël. Noël... à peine trois mois auparavant. Des siècles auparavant. Elle portait une robe d'intérieur verte qui contrastait avec ses cheveux noirs coupés sous l'oreille. Je me demandai où elle cachait sa perruque rousse et son tailleur. Allons, je devais tenir mon rôle : je me penchai sur elle et l'embrassai dans la nuque. Et je sentis alors très nettement l'odeur de sa peur. Une odeur acide dissimulée dans sa chaude odeur habituelle. Je ressentis un grand soulagement : si Martha avait peur, c'était la preuve que je n'étais pas en train de délirer.

Je lui tendis le paquet de chocolats. Elle observa les tablettes en silence avec un sourire hésitant, puis me demanda avec une faible imitation de voix gouailleuse :

– Merci. Tu veux que je grossisse ?

– J'avais rendez-vous à Berne aujourd'hui. Et toi, tu t'es bien amusée ?

– J'ai ramené la surprise, viens voir !

Elle avait retrouvé sa voix enjouée et, me saisissant par la main, elle m'entraîna jusqu'à la chambre. Une statuette trônait sur sa coiffeuse. Haute d'une cinquantaine de centimètres, d'un noir de jais, elle représentait une femme nue aux traits asiatiques exécutant une arabesque compliquée. La matière, polie et lisse, donnait envie de la caresser.

– Elle vient de Mongolie. Elle a six cents ans.

– Elle est superbe ! Tu nous as ruinés ?

– Pas complètement ! J'ai essayé de t'appeler pour savoir si tu rentrais dîner mais tu n'étais pas là. Tu n'es jamais là !

« Mais est-ce que tu te fous de moi ? ! » hurlai-je en silence. Au prix d'un effort surhumain, je parvins à grimacer un sourire puis filai sous la douche :

– Je dois ressortir. Un emmerdeur qui veut absolument m'emmener dîner. Je suis désolé. J'ai complètement oublié de te prévenir.

Martha avait horreur des dîners d'affaires et ne m'accompagnait jamais.

– Ça ne fait rien, je vais regarder un film.

C'est ça, pensai-je, regarde un film pendant que je vais examiner le bureau de ton petit copain Silberman. Je m'habillai en sombre, embrassai gentiment Martha et m'en allai.

Par précaution, j'avais laissé la Toyota au coin de l'allée afin que Martha ne puisse pas la voir. Je me demandai si elle allait téléphoner à un de ses « partenaires » pour signaler ma sortie. Tant pis.

De nouveau, cap sur Berne. Je fonçais sur l'autoroute, rivé au volant comme un automate, les yeux fixés sur la nuit devant moi. Il pleuvait, une pluie fine et froide, comme des échardes de glace crépitant sur le pare-brise. Des échardes de glace enfoncées dans mon estomac.

J'arrivai à Berne à 21 h 02. Le temps de me garer et de rejoindre l'immeuble de Silberman, il était 21 h 16. J'avais cherché son numéro de téléphone dans l'annuaire et je l'appelai, d'une cabine bien évidemment. La sonnerie résonna, interminablement. Ou il n'était pas là, ou il ne voulait pas répondre. On verrait bien.

La porte de l'immeuble était fermée mais, grâce aux leçons de Benny, je l'ouvris en moins d'une minute. Je grimpai les escaliers sur la pointe des pieds et m'immobilisai devant la porte de chêne où brillait la plaque de cuivre. Mon stylo torche se promena le long du montant : deux serrures à trois points. Il ne se refusait rien, Silberman. Je sortis mon petit matériel et me mis au boulot. L'avantage de ces immeubles de professions libérales, c'est qu'ils sont généralement déserts la nuit.

A 21 h 35, j'étais dedans. Je refermai soigneusement derrière moi et avançai lentement jusqu'à la pièce close, sans cesser de ruminer des pensées moroses. Est-ce que Martha savait que je ne travaillais pas pour la SELMCO ? Non, si elle l'avait su, elle n'aurait pas commis tant d'imprudences... Bon Dieu, je devais cesser de songer à Martha : j'avais un boulot à faire.

Je me rendis droit à la porte fermée à clé qui m'avait intrigué, crochetai la serrure et me retrouvai dans la pièce de travail de Silberman. Tout le proclamait. Les coûteuses toiles sur les murs – des originaux de Bacon, de Sisley, et d'artistes d'avant-garde que j'avais remarqués au dernier forum d'Art Junction –, l'immense bureau façon empire où trônait un ordinateur dernier cri et deux postes téléphoniques hérissés de touches, la batterie de télex, télécopieurs, imprimantes, etc., et le meuble à tiroirs fermé à clé. Le meuble m'attirait comme un aimant. Haut, mince et laqué bordeaux, il irradiait comme la colonne soutenant le temple. Je m'en approchai, le humai et entrepris de le fracturer, tout en guettant d'éventuels visiteurs. Mais tout était parfaitement silencieux. Le tiroir inférieur céda : il était bourré de dossiers. Je les parcourus rapidement : des noms, des curriculums vitæ, les membres du parti néo-libéral de Duchesnay. Les deuxième et troisième tiroirs contenaient les dossiers des clients de Silberman. Banques d'affaires, comptes numérotés, sociétés bidons du Panama, relevés bancaires, bilans, contrats dont les sommes en dollars comportaient le plus souvent sept ou huit zéros... Il eût fallu des heures pour les dépouiller. Mais tout semblait parfaitement banal en regard de ce genre d'activités propres aux requins affairistes.

Je balayai la pièce du regard. Il n'y avait pas de coffre. Je m'approchai de l'ordinateur et le branchai. Une lumière rouge s'alluma, puis l'écran clignota avant de me souhaiter la bienvenue. Je tapotai sur le clavier, m'attendant à ce qu'il soit verrouillé par un code d'accès. Ce n'était pas le cas. Il m'indiqua gracieusement que son fichier contenait toute la comptabilité du cabinet Silberman, Hollenzein et Marriot. Autant chercher une aiguille dans une botte de foin. Je songeai à la lettre volée d'Edgard Poe. C'était toujours le meilleur moyen de cacher quelque chose. Le présenter de telle sorte qu'on ne pense pas à vous le voler. Qu'est-ce qui dans cette pièce semblait sans importance ?

Je me rapprochai du bureau. Un sous-main en cuir, un bloc de papier blanc vierge. Un stylo Mont-Blanc. Un cadre, avec la photo d'un Silberman plus jeune, souriant à l'objectif, d'une femme avenante qu'il tenait par les épaules et de deux gamins rieurs. Je fis glisser le verre, sortis la photo du cadre. Quelque chose s'échappa et tomba à terre. Une photo, dissimulée sous la première. Je me penchai, la ramassai et mon cœur s'arrêta :

Un type me regardait, engoncé dans un uniforme vert-de-gris de RDA, une casquette vissée sur le crâne. Il était brun, il sentait le sable froid et c'était *moi*. Moi, sanglé dans un uniforme de RDA. Moi, plus jeune d'une quinzaine d'années, le nez encore aquilin. Je retournai la photo. Une inscription manuscrite courait sur le papier glacé : *G. VON KLAUSEN – 1972*.

Von Klausen... le même nom que le château. Qu'est-ce que c'était que cette salade ? Je regardai encore la photo, éberlué. Le type avait des épaulettes de lieutenant. Il avait mes yeux, ma bouche, mon sourire. Une incoercible envie de vomir me submergea et je n'eus que le temps de me pencher sur la corbeille à papier. Tout en libérant un flot de bile brûlante, j'essayai de comprendre. Je n'avais jamais fait partie de l'armée de RDA, je n'avais même jamais mis les pieds dans l'ex-Allemagne de l'Est. L'idée que je vivais dans le rêve d'un autre me traversa. Mais je me sentais si affreusement réel... Un frôlement imperceptible dans le couloir me tira de ma stupeur. Quelqu'un venait, s'efforçant de ne pas faire de bruit.

Je jetai un coup d'œil autour de moi. Nulle part où me dissimuler. Je me précipitai vers la fenêtre, l'ouvris. Elle donnait sur une cour intérieure et était bordée d'une étroite corniche d'une trentaine de centimètres. Je m'y glissai avec précaution, me fondant dans la nuit grisâtre. L'appartement d'en face était éclairé. J'avais vue sur une cuisine étincelante de blancheur où une jeune femme blonde me tournant le dos remplissait son lave-vaisselle.

Je me plaquai étroitement contre le mur, conscient des trois étages qui me séparaient du dallage de la cour et ma main gauche étreignit fermement le tuyau de la gouttière.

On entrait dans le bureau. Je songeai brusquement à la lumière rouge sur le clavier de l'ordinateur et me demandai s'il n'était pas couplé avec une alarme. Le son caractéristique d'un pistolet que l'on arme interrompit le cours de mes réflexions. « On » semblait prêt à tout. « On » essayait de se déplacer furtivement mais, au boucan qu'« on » faisait, je déduisis qu'« on » devait être lourd, et lent. L'inconnu s'approcha de la fenêtre en respirant bruyamment. La femme, en face, examinait un verre d'un air critique, avant de le déposer dans la machine.

Plaqué contre le mur, priant pour que la ménagère qui s'activait dans sa cuisine à trois mètres de moi ne se retourne pas, je retins ma respiration et affermis ma prise sur la gouttière.

Le nouveau venu écarta les rideaux et se pencha en avant. La myriade de gestes antérieurs qui avaient abouti à ce que nous nous trouvions tous les deux ici ce soir connut alors son accomplissement. Hasard, miracle, il regarda d'abord sur sa droite et j'étais à gauche. Je saisis son bras tendu, armé du revolver, et, tirant d'un coup sec, je le propulsai en avant. Déséquilibré, il vacilla et me jeta un coup d'œil étonné, presque indigné, avant de basculer dans le vide. Il n'y eut aucun cri, juste un choc sourd trois étages plus bas. Dans la cuisine, la femme fermait la porte du lave-vaisselle, le mettait en route et commençait à dénouer les cordons de son tablier. Je réintégrai le bureau. J'avais eu le temps d'entrevoir un faciès épais, à la large mâchoire de brute, l'image parfaite d'un garde du corps-poseur d'affiches électorales... Je frissonnai.

L'homme était certainement mort et je l'avais tué. Même si je n'avais pas eu le choix, c'était un meurtre. Mon premier meurtre. Je venais de couper définitivement les liens qui me rattachaient encore au monde « normal ».

Je fourrai la mystérieuse photo dans ma poche et m'enfuis sans rencontrer personne. Je débouchai hors d'haleine dans la rue sous les phares paisibles d'une Ford marron. C'en était trop ! Je fonçai droit sur elle, mais elle démarra sous mon nez, m'évita et disparut. Je regagnai la Toyota à grands pas, furieux... Loin de résoudre quoi que ce soit, ma visite chez Silberman n'avait fait qu'épaissir le mystère.

Huitième jour – jeudi 15 mars

Cette nuit-là, je mis des heures à m'endormir, ressassant sans cesse les mêmes questions, tentant de récapituler les faits.

D'un côté, il y avait Max. Max, le fidèle Max, qui se révélait être à 99 % de probabilités un terroriste qui s'était servi de nous pour se procurer l'argent nécessaire à sa cause... Et, non content de nous avoir doublés, Max voulait en plus nous faire la peau. Il devait craindre nos représailles. Ou que je le balance aux flics par vengeance.

De l'autre côté, Martha, ma femme, qui fricotait avec une bande de nazillons et prétendait s'appeler Magdalena Gruber.

Et au milieu, en équilibre sur le fil tendu au-dessus de l'abîme, applaudissez, Messieurs Dames, il y avait moi, Georges Lyons, *alias* G. von Klausen ! Je devais à tout prix comprendre ce que signifiait cette photo. Un habile montage ? Mais dans quel but ? Que me voulait-on ? La présence de la photo semblait indiquer un plan. Comment tenaient-ils Martha ? Et pourquoi l'avaient-ils envoyée auprès de moi ? Car, après tout, pour ce que j'en savais, *c'était peut-être moi l'intrus et pas Franz Gruber* !

Et ce G. von Klausen, qui était-il ? Les questions se bousculaient dans mon esprit comme des papillons attirés par la lumière. Mon mal de crâne était revenu, lancinant. J'avais souvent des maux de crâne depuis mon accident, cinq ans auparavant. Lanzmann... est-ce qu'il pourrait m'aider ?

Je me tournais et me retournais entre les draps. Je les trouvais lourds, le corps de Martha trop chaud, l'oreiller poisseux de ma sueur. Tout m'oppressait. Je ne m'endormis enfin que vaincu par la fatigue.

La première chose que je perçus en me réveillant, ce fut le chuintement de la neige. Une lumière grise rongeait la pièce. Je me levai péniblement, Martha avait ramassé mon costume de la veille et l'avait suspendu dans l'armoire. Je plongeai la main dans la poche intérieure de la veste. La photo n'y était plus. Je cherchai fiévreusement dans les poches extérieures, puis dans le pantalon. Pas de photo ! C'était impossible. La pensée me traversa que l'on voulait que je devienne fou. J'avais mal à l'estomac, je me sentais nauséeux. Est-ce que Martha essayait de m'empoisonner ? La stupidité d'une telle question m'aurait paru évidente quinze jours plus tôt. Aujourd'hui, c'était une éventualité parfaitement envisageable. Étais-je tombé dans un livre de Kafka ? Étais-je le brouillon d'un livre qu'il ne finirait jamais, un personnage ignoré de tous, condamné à finir dans la corbeille à papier ? N'avais-je jamais existé ? J'étais peut-être bien le héros d'un sordide feuilleton télévisé qui faisait hurler de rire les populations de la galaxie... Stop ! J'avais besoin d'air !

J'ouvris la fenêtre et respirai la neige à pleins poumons. Des flocons frais et légers se posèrent sur mon avant-bras. Je les regardai fondre. Le froid me faisait du bien, m'apaisait. Un oiseau s'envola, je le suivis des yeux, vol noir sur fond gris, et je le vis. L'éboueur en costume orange. Le capuchon rabattu sur le visage. Des lunettes noires. Et une main dans la poche de sa combinaison. Il me sourit. Je plongeai sur le parquet verni. Derrière moi, la lampe explosa avec un bruit sec. Martha ! Il fallait la prévenir.

Je rampai sur le sol jusqu'au couloir. On sonnait à la porte. Je hurlai « Martha, n'ouvre pas ! » tout en dévalant l'escalier comme un fou, nu comme un ver et armé d'une chaise. Trop tard. Martha achevait d'ouvrir la porte, le type en orange s'encadrait sur le seuil, toujours souriant. Je me jetai en avant et balançai la chaise à la volée sur Martha. Elle la reçut dans le dos, s'effondra sous le choc et la balle la rata d'un centimètre, s'enfonçant dans le plâtre derrière elle. Le type se tourna vers moi avec son horrible sourire. J'avais déjà roulé-boulé dans la cuisine.

Saisissant au passage un couteau posé sur la planche à découper, je me plaquai dans l'étroit interstice entre le frigo et le mur, retenant mon souffle. Martha ne bougeait pas. Est-ce que... ? J'étais bien décidé à planter mon couteau dans le ventre de ce fils de p... dès qu'il serait à ma portée. La porte claqua contre le mur. Son pas précautionneux. La cuisine ne comportait qu'une grande table de travail en marbre blanc et les éléments de rangement, laqués vert. Il ne pouvait pas me rater. Un pas encore. Je me sentis stupide à l'idée de mourir nu dans une cuisine, le ventre contracté au maximum, le sexe recroquevillé de froid et de trouille. Ma paume plaquée contre le manche du couteau était glissante de sueur. Un autre pas et il allait me découvrir. J'affermis ma prise sur mon arme improvisée, bien décidé à le blesser avant de mourir.

Une détonation retentit, suivie du choc sourd d'un corps sur le carrelage. Bon sang ! Martha ! Je jaillis de ma cachette, la lame en avant.

Le type gisait par terre à plat ventre, l'arrière de la tête emportée. Martha regardait d'un air perplexe le canon fumant de son pistolet. Elle le redressa vers moi et un instant je faillis lever les bras.

– Je l'ai tué ! Mon Dieu, Georges, j'ai tué cet homme !

– Martha, pose ce flingue. Pose-le.

Elle semblait en état de choc et tremblait. Je m'approchai doucement d'elle, en enjambant le corps du tueur, et lui ôtai le pistolet des mains.

– Où as-tu pris cette arme ?

Elle me répondit d'un air absent, le regard fixé sur le corps.

– Je l'avais achetée, tu sais à cette vente au bénéfice des œuvres de la police... C'est l'arme d'un inspecteur très célèbre. Je ne me rappelle plus son nom.

– Comment se fait-il qu'elle était chargée ?

– J'ai peur toute seule à la maison... Je ne voulais pas t'inquiéter, alors j'ai acheté des munitions et puis je l'ai chargée et je l'ai rangée dans le tiroir de la commode.

Et tu as appris à tirer et à te déplacer sans bruit, songeai-je en silence... Nous nous regardâmes un moment sans rien dire. Puis Martha éclata de rire. C'était tellement incongru que je la dévisageai, stupéfait.

– Oh, Georges, tu es tellement... ridicule, à poil, avec ce couteau...

Son rire monta dans les aigus et s'acheva en un rictus

suivi d'une crise de larmes. Martha sanglotait, les mains sur les yeux, en proie à une vraie crise de nerfs.

Je posai le couteau et la pris dans mes bras, murmurant des paroles apaisantes. J'avais le crâne éclaté du tueur juste dans mon champ de vision et je détournai les yeux. Martha se calmait peu à peu, elle me tapota l'épaule :

– Je, je crois que ça va aller, excuse-moi...

Je l'embrassai doucement au coin de ses lèvres menteuses. Elle reniflait encore un peu, mais semblait maîtresse d'elle-même.

Rassuré, je la lâchai, m'agenouillai près du cadavre. Avec répulsion, je le saisis aux épaules, évitant de regarder la blessure béante d'où s'échappait son cerveau en une masse blanchâtre. Je le retournai d'un coup sec et rabattis son capuchon en arrière. C'était Phil. Je lui ôtai ses lunettes noires. C'était bien lui. Ce connard de Phil, ses lèvres pâles et minces, ses yeux clairs, fixes comme des pastilles de verre. Je relevai son pull. De grandes cicatrices toutes fraîches striaient son torse imberbe. Max l'avait remonté contre moi comme un gosse remonte un robot mécanique et, à peine sur pied, il s'était précipité à mes trousses. Pauvre vieux connard de Phil. Martha me regardait.

– Georges, qu'est-ce qu'on va faire ?

Curieusement, Martha ne proposait pas d'appeler la police. Je me relevai.

– Je vais passer un pantalon. Essuie la crosse de ton arme.

Elle obéit, l'essuyant avec le torchon de cuisine. J'enfilai un survêtement, des baskets et la rejoignis. Phil contemplait le plafond de ses yeux translucides, la bouche entrouverte sur des dents impeccables. Il avait dépensé une petite fortune pour se faire poser un bridge en porcelaine sans réussir à modifier quoi que ce soit à son sourire de lézard.

Je pris une grande inspiration :

– La police ne croira jamais qu'il nous a attaqués sans raison, nous allons au devant d'un tas d'ennuis. Tu risques d'être inculpée pour meurtre. Il faut se débarrasser du corps.

Martha se rongeait nerveusement l'ongle du pouce.

– C'est risqué.

– Moins risqué que d'avoir les flics sur le dos.

Elle ne répondit rien et, pendant un instant, nous fûmes dans une sorte de *no man's land*, hors de nos rôles habituels, comme deux acteurs faisant un aparté sur scène. Puis Martha enchaîna :

– Tu as sans doute raison.

– J'ai raison, crois-moi.

– Et comment comptes-tu t'en « débarrasser », comme tu dis ?

C'était justement ce à quoi je réfléchissais intensément. Pas question de transporter le corps dans le coffre de la voiture, à la merci de la moindre fouille. Et pour le décharger où ? Je n'avais jamais été vraiment convaincu par les immersions nocturnes au cœur des marécages abondamment décrites dans les polars. Et je n'avais aucune intention de faire brûler ma voiture dans un accident simulé. D'autant que les abords immédiats de Genève manquaient singulièrement de falaises. Il fallait que Phil disparaisse et que son corps soit impossible à identifier. Martha me regardait en silence et c'est alors que j'eus l'idée.

– La chaudière.

– Pardon ?

– On peut le faire brûler dans la chaudière. Elle est assez puissante. Il ne restera aucune trace. Ce sera comme s'il n'était jamais venu.

– Georges ! Mais c'est monstrueux !

– Mais il est mort, Martha, mort, il n'y a plus personne là-dedans. (Je lui désignai le cadavre de Phil.) Ce n'est pas pire que si nous le faisions incinérer !

Je me rendais compte du côté sordide et macabre de notre dialogue, mais il fallait bien continuer.

– Sincèrement, je pense que c'est la meilleure solution.

– La solution finale, jeta Martha avec mépris, je ne savais pas que tu étais un adepte du four crématoire, Georges...

– Je ne crois pas que ce soit le moment d'entamer une polémique sur ce sujet. Tu m'aides ou non ?

– Je t'aide.

– Bon, alors aide-moi à le soulever.

Il n'était pas très lourd. Phil mangeait peu. Tout ce qu'il aimait, c'était le jeu. Il pouvait passer des jours d'affilée autour d'une table de poker, se nourrissant de gnôle et de crakers. Pauvre Phil. Jamais, même dans mes rêves les plus fous, je n'aurais pu imaginer Phil tué par Martha. C'était la collision de deux planètes qui n'auraient jamais dû se rencontrer. Quelque chose s'était déréglé dans mon microcosme.

Nous descendîmes le corps de Phil dans la cave. Nous eûmes du mal à le soulever pour l'introduire dans la chaudière, plié en deux, et je crus à plusieurs reprises que Martha allait craquer. Mais elle ne dit rien, se contentant d'essuyer la sueur qui lui coulait dans les yeux. Je claquai enfin la porte métallique. C'était telle-

ment incroyable de me retrouver là, en train de brûler le
cadavre de Phil en compagnie de Martha, que j'en arrivais presque à me sentir détaché, comme si je n'étais
qu'un simple spectateur, le spectateur distrait des aventures de ce pauvre imbécile de Georges Lyons ! Je réglai
le tirage au maximum en évitant de penser à ce que je
faisais. Puis nous remontâmes et, bien que ce fût le
matin, je me servis une large rasade de cognac. Martha
ne disait rien. Elle semblait en état de choc. On l'aurait
été à moins. Elle s'approcha de moi :

– Georges, tu le connaissais ? Ce type, tu le connaissais ?

– Pas du tout. Un fou certainement.

– Tu ne me mens pas ?

Je ricanai *in petto* : Pourquoi est-ce que je te mentirais,
mon amour ? Quelle drôle d'idée ! Je me servis un autre
verre sans répondre à sa question et le levai, en esquis-
sant une grimace désabusée.

– A ta santé, Martha !

Elle sursauta brusquement :

– Mon Dieu, Georges, et ton travail, il est bientôt
10 heures ! Il faut que tu suives ton emploi du temps
habituel !

J'avais complètement oublié la SELMCO !

– Merde, j'avais oublié ! Je vais y aller. Martha, écoute,
il ne faut plus penser à tout ça, O. K. ? Personne ne viendra jamais chercher ce type ici. Crois-moi, c'est mieux
comme ça.

Je me sentis particulièrement stupide en prononçant ces
vagues paroles de réconfort et je fus atterré que Martha
ne me demandât pas plus d'explications. Comme si elle
avait l'habitude de ce genre de situations !

Je ne pouvais pas lui expliquer pourquoi j'étais si sûr que le service de l'hygiène n'ouvrirait jamais d'enquête sur la disparition de l'un de ses employés. Mais je savais que Martha me croirait. Elle devait commencer à comprendre que, moi aussi, j'avais mes petits secrets. Je fonçai m'habiller tout en lui expliquant que je ne voulais pas qu'elle reste seule dans la maison et lui demandai perfidement si elle voulait que je la dépose chez sa mère. Elle refusa vivement et me demanda de la déposer chez Lily. Et nous partîmes en voiture, laissant Phil partir en fumée. Ce mauvais jeu de mots me fit honte. Mais ce genre d'ironie amère me procurait toujours le coup de fouet nécessaire pour continuer.

Une fois Martha entrée chez Lily, je passai récupérer la Lancia. Elle était garée à l'adresse convenue, les clés scotchées sous la calandre avant. Je laissai la Toyota à sa place, glissai les clés dans le tuyau d'échappement et me rendis à mon « bureau ».

Miss Straub avait un message pour moi. Benny. Il me donnait rendez-vous demain, à la villa Barton. Benny... Peut-être que Benny pourrait m'aider. J'appelai Cheng Ho. Il me rappela dix minutes plus tard.

— C'est toi, Raging Bull ?

— C'est moi. Alors ?

— On avait dit quatre jours, ô merveille de l'Occident...

— Cheng, je suis dans la merde.

— Le numéro que tu cherches, il a été attribué à un avocat...

— Pas de nom. Je sais qui c'est. Merci.

— Si tu as besoin d'aide et que tu as du fric à dépenser, je peux toujours te donner un coup de main, ô joie de mon portefeuille...

Je le remerciai et raccrochai. Bon, j'avais du pain sur la planche. J'ouvris le dernier tiroir de mon vieux bureau et j'en sortis mon flingue. Bien que je ne m'en serve jamais, je le gardais depuis dix ans. Je l'avais conservé après ma désertion de la Légion. Je commençai à le démonter pour le nettoyer et le graisser. Je connaissais son numéro matricule par cœur, mais pour la première fois j'eus l'œil attiré par le « K » gravé à la main qui le terminait. Je ne savais pas à qui avait appartenu cette arme avant moi. Mais le « K » me ramena aussitôt à la mystérieuse photo. Je revis mon visage fixer l'objectif avec une expression rigide que je ne lui connaissais pas. Et soudain, ce fut comme une déchirure dans le brouillard qui m'encombrait le crâne : Grégory ! G. von Klausen : Grégory von Klausen et non Georges von Klausen ! Grégory n'était pas mort, la Princesse m'avait menti, elle l'avait abandonné quelque part, vendu, jeté, oublié peut-être, mais Grégory, sous un nouveau nom, était vivant quelque part en Allemagne de l'Est. Si Grégory était vivant et s'il était soldat, il y avait un endroit où l'on pourrait me répondre. J'appelai les renseignements internationaux et demandai le numéro du ministère des Armées à Berlin-Est.

Là, je tombai sur un employé revêche que mon excellent allemand sembla amadouer un peu. J'expliquai que j'avais eu un frère, Grégory von Klausen, que nous avions été séparés lors de l'édification du Mur, que je l'avais toujours cru mort, mais que des informations me laissaient penser qu'il était vivant et qu'il appartenait à la brillante armée est-allemande, et qu'en ces jours de liesse et de réconciliation j'espérais que l'on pourrait me le confirmer afin d'entreprendre aussitôt le voyage.

A ce que je compris, nous étions des millions à poser les mêmes questions à des centaines de fonctionnaires submergés de demandes. Trente années d'histoire interrompue cherchaient à recoller leurs morceaux. On me balada de service en service pour finalement me demander de rappeler le lendemain matin à 9 h 30 précises. J'acquiesçai, le cœur battant. Je repensai à ma pauvre mère. Était-il possible qu'elle ait abandonné un de ses deux fils ? Oui, c'était parfaitement possible. Alcoolique au dernier degré, ma mère ne brillait ni par l'intelligence ni par la bonté. Et, sans la calomnier, je pouvais même dire qu'elle était folle à lier. Certaines cicatrices que je portais sur le ventre et les cuisses en témoignaient. D'après ce que j'avais pu savoir, elle avait fui l'Allemagne en ruine dans le sillage d'un riche protecteur et était venue s'échouer à Bâle, où elle était morte d'éthylisme l'année de mes quatre ans, peu après le prétendu décès de mon frère. Je n'avais jamais connu mon père et ignorais son identité. Tout ce que je savais, c'est que j'avais hérité du nom d'un des innombrables « admirateurs » de ma mère.

Sujet brillant mais indocile, j'étais sorti de l'orphelinat pour m'engager dans la Légion. Puis j'avais déserté et j'avais commencé le parcours classique des têtes brûlées, hold-up, cavales, braquages, cavales, etc. Ensuite avait démarré la période « Mousquetaires ». Fin de mon curriculum vitæ.

J'enfilai mon pardessus et sortis. L'eau jaillissait d'une gouttière le long du mur de briques noircies. Une angoisse soudaine me tordit l'estomac. La pluie fine me fouettait le visage. Le vent aigre me glaçait les oreilles. Je m'engouffrai dans la Lancia et démarrai, le regard fixe.

La vérité. Il fallait que je trouve la vérité. J'étais obsédé par cette pensée, et la crainte de Max et de ses tueurs s'estompait devant cette quête de moi-même. Car c'était de cela qu'il s'agissait : me retrouver, retomber dans ma vie comme un chat retombe sur ses pattes, stopper cette sensation de chute vertigineuse dans un univers parallèle dont je n'avais pas les clés.

Martha, elle, avait une des clés. Cela, j'en étais certain. Elle me mentait. Elle faisait partie du complot qui visait à me rendre fou. Je ne pouvais plus être sûr de rien ni de personne. Tant que j'ignorais ce que Martha et sa clique me voulaient, je ne pouvais même pas savoir de quoi je devais me méfier. Il ne me restait qu'à soupçonner tout et tout le monde. Le processus classique de la paranoïa.

J'arrivai chez moi en proie à la plus grande confusion. Martha était là et elle me sourit, elle semblait heureuse de me voir. Une boule se dénoua dans ma gorge. Martha. Elle était belle et je l'aimais. Je voulais continuer à l'aimer. J'avais besoin d'elle.

Je la pris dans mes bras, heureux de sentir sa chaleur, désespéré de nos mensonges, et nous nous aimâmes ainsi, amis et ennemis, amants et adversaires. Ce fut une expérience saisissante, intense et douloureuse que d'éprouver à la fois la tendresse la plus absolue, le désir le plus vif et la tristesse la plus lourde. J'aimais Martha avec le désespoir de l'amant condamné à tuer, et elle me le rendit bien, plus passionnée que jamais, des larmes silencieuses ébauchées au coin de son regard de jais.

Neuvième jour – vendredi 16 mars

Le lendemain matin, Martha était redevenue elle-même. Elle semblait bien avoir sur le bout des lèvres une question brûlante à me poser, sans doute en rapport avec la SELMCO ou ma petite visite au bureau de Silberman ou encore le cadavre de Phil, toutes choses un peu extravagantes sur lesquelles n'importe quelle ménagère se serait permis de vous questionner, mais non, elle n'en fit rien. Je l'imitai et, jouant l'homme d'affaires pressé, je pris mon petit déjeuner debout, m'habillai en vitesse et partis comme à l'accoutumée. Nous nous appliquions tellement à jouer nos rôles habituels que l'on aurait pu croire deux acteurs en train de passer une audition. Mais ici le public était particulièrement exigeant : il sanctionnait la représentation d'une balle dans la tête ou de tout autre moyen aussi définitif.

Je me rendis au « bureau ». Miss Straub n'avait rien pour moi. J'appelai le ministère des Armées à Berlin-Est. Mon honorable correspondant se souvenait de moi. Il farfouilla dans ses dossiers pendant une dizaine de minutes avec beaucoup d'excuses, puis me délivra le verdict de sa voix compassée :

– Grégory von Klausen... Date de naissance inconnue, lieu de naissance inconnu, officier dans l'armée de l'air de 1970 à 1984. Porté disparu en mission le 13 septembre 1984 lors d'un vol d'essai au-dessus des Carpates. Hum hum... Vous êtes là, monsieur ?

Je lui demandai de bien vouloir me préciser le signalement de von Klausen. Il me répondit de sa voix froide que von Klausen mesurait 1 mètre 77, pesait 65 kilos, avait les cheveux bruns, les yeux noirs, puis il ajouta :

– Eh bien, monsieur, pensez-vous que le lieutenant von Klausen puisse être votre frère ?

– J'en ai bien peur... Avait-il de la famille ? Une femme, des enfants ?

– Voyons... Son père, Lucas von Klausen, est lui-même décédé en 1985. Il habitait en Suisse, le château von Klausen... Je ne sais pas si vous connaissez... Mais, chez nous, il n'avait pas de famille. Il était orphelin de mère et a été élevé dans un pensionnat à...

– Le nom de sa mère est-il mentionné dans le dossier ?

– Heu, non, enfin pas de manière officielle... A vrai dire, il s'agit d'un enfant trouvé, ce qui explique le manque d'informations. La fiche précise, excusez-moi, mais l'écriture est ancienne et décolorée, voyons : « Trouvé le 17 mars 1952 dans – excusez-moi – une poubelle, place du Peuple (ex-place Frédéric-Nietzsche), portant de nombreuses traces de coups de couteau sur tout le corps et une plaie à la tête... »

Une question me vint aussitôt à l'esprit :

– Comment, dans ce cas, avez-vous pu identifier l'enfant ?

– Oh ! pas moi, cher monsieur, pas moi, mais mes distingués prédécesseurs n'ont pas eu de mal : il portait une étiquette autour du cou avec son âge – quatre ans –, ses prénom et nom de famille, et la mention, curieuse, je vous l'accorde : « Retour à l'envoyeur. » Croyez bien que je suis désolé...

Je le coupai :

– Sait-on pourquoi le père ne l'a pas ramené chez lui, en Suisse ?

– Si Lucas von Klausen avait remis les pieds en RDA, il aurait été arrêté par les nouvelles autorités, cher monsieur. Bien qu'ayant bénéficié du doute à Nuremberg – et sans doute d'accointances du côté américain –, c'était un dirigeant nazi. Et il n'était certainement pas question de lui faire cadeau de son fils. Mais, à vrai dire, il n'est dit nulle part qu'il ait jamais réclamé l'enfant... Quant à la mère, l'enfant prétendait qu'elle se nommait Ulrike Stroh, mais, quand la police a réussi à retrouver la trace d'une femme de ce nom, elle était morte.

Je le remerciai et lui demandai un dernier service : me communiquer les coordonnées du corps d'armée où avait servi « mon frère » afin de pouvoir éventuellement contacter d'anciens camarades à lui qui pourraient me fournir plus de détails. Dans l'allégresse de la *perestroïka*, il me communiqua tout ce qu'il avait en sa possession et me souhaita aimablement en français de « bonnes condoléances ». La formule me fit sourire malgré moi. De bonnes condoléances. J'en avais bien besoin. En effet, je mesurais 1 mètre 77, pesais 70 kilos, avais les cheveux bruns et les yeux noirs. Non seulement Grégory avait survécu, mais il était devenu quasiment semblable à moi. Et je ne l'avais retrouvé que pour le perdre à jamais. Quant à la Princesse, elle était coupable de bien plus qu'une simple négligence. Elle était coupable d'une tentative de meurtre.

Oui, ainsi tout devenait clair ! C'était certainement après lui que Martha et Silberman en avaient. Grégory, mon frère égaré, officier est-allemand mystérieusement disparu en 1984. Un militaire, un gradé... Un espion ? C'était probable. Ils avaient certainement cru le voir réapparaître sous mes traits après mon accident... Peut-être avaient-ils pensé que je m'étais fait modifier le nez volontairement. Oui, c'était ça, ils avaient cru à une machination ! Mais eux, qui étaient-ils ? Pour qui travaillaient-ils ? La CIA ? Une puissance du Moyen-Orient ? Les Russes ? Mais quels Russes ? Bon sang, avec mon métier un peu particulier, j'avais bien besoin de tomber au milieu d'un micmac d'espionnage incompréhensible. Je m'étais toujours éperdument foutu des intrigues politiques et des guéguerres entre services secrets qui encombrent les trois quarts des romans.

C'était cependant l'explication la plus plausible. Je me trouvais à l'épicentre d'une tragique méprise. Mais je ne pouvais pas rentrer chez moi et lancer gaiement à Martha : « Coucou, chérie, désolé mais c'est pas moi, c'est mon frère ! Il est mort, moi je suis juste un brave braqueur de banques recherché par toutes les polices d'Europe... Et, tu sais, c'est pas grave si tu es un officier du GRU, de la STASI ou de tout autre vestige de la guerre froide, pas grave du tout... » Non, je ne pouvais pas. Si Martha était officier d'un quelconque service secret d'Est, d'Ouest ou d'Orient, elle ne devait pas être particulièrement sentimentale et ma suppression serait peut-être la solution la plus pratique pour préserver l'anonymat de leurs petites combines.

Dehors, il se mit à pleuvoir. Les gouttes roulaient le long de la vitre. Je nous revis soudain au bord du lac, un jour d'été. L'odeur fraîche de l'eau, ridée de minuscules vaguelettes. Le chant léger d'une mésange. La douceur du vent sur la peau brûlante. Les yeux de Martha plongés dans les miens. Ma tête sur ses genoux. Sa main caressant ma joue. Et je ressentis une bouffée de haine pour cette femme que j'avais tant aimée et qui m'avait trahi.

Je m'obligeai à respirer lentement. Ce n'était pas le moment de m'occuper de Martha, il fallait d'abord que je liquide le problème Max. Et donc mon rendez-vous avec Benny.

J'y arrivai en avance. Il pleuvait de plus en plus fort, des trombes d'eau balayaient la ville et les rues s'étaient vidées. En cette saison, même par beau temps, les abords de la villa Barton étaient quasiment déserts, les parcs alentour privés de leurs promeneurs.

Garé un peu en retrait, j'observais le lac, noir sous la pluie battante, et le ciel bas, alourdi de nuages sombres. De mon poste d'observation, je couvrais les deux rues adjacentes, le pont, la place déserte de l'autre côté du pont.

Deux jeunes gens passèrent en courant sur le pont, s'abritant de l'averse sous leurs sacoches d'étudiant. Ils riaient, s'invectivant joyeusement. Les cygnes se rassemblaient frileusement près d'un tertre affleurant, sous la protection d'un vaste saule pleureur. L'un d'eux fendit la surface dans un battement d'ailes, le blanc violent de son plumage se détachant sur l'eau sombre et les nuages tourmentés.

L'envie d'une cigarette me taraudait. Je fouillai mes poches et trouvai un vieux paquet de Lucky enfoui dans mon imperméable. Je fumais peu, le plus souvent dans les moments d'attente. Et c'était ce que je faisais : j'attendais. Benny, comme la mort, pouvait prendre n'importe quelle apparence. A l'abri derrière les vitres closes de la Lancia, j'entendais la pluie tambouriner sur le toit. L'odeur du tabac se mêlait à l'odeur humide de la voiture. Je me sentais calme. De ce calme lointain du combattant avant l'attaque, quand brusquement plus rien n'a d'importance.

Un homme corpulent arrivait en pestant, abrité sous une vaste canadienne, capuchon rabattu sur les yeux. Ma main droite fila vers le contact rassurant de l'arme, dans ma poche. La gauche écrasa soigneusement la Lucky dans le cendrier. Le gros homme s'éloigna, courbé en deux sous l'averse. Je me détendis. Une vieille dame trottinait, luttant avec son parapluie qui se retournait sous l'effet du vent. Je l'imaginai en train de s'envoler, Mary Poppins en perdition, et de retomber dans le lac glacé. Non, je ne plongerais pas pour la sauver. Mais je savais bien que si. J'étais ce genre d'imbécile. Je détournai les yeux pour prendre un autre clope et, quand je les relevai, la vieille dame appuyait le canon d'un colt 45 contre la vitre et me souriait.

Benny ! Je sentis mon cœur se décrocher, ma main fila jusqu'à ma poche, mais il secoua négativement la tête d'un air grave. « Ouvre la vitre », articulèrent avec soin ses lèvres recouvertes d'un beau rouge à lèvres carmin. J'obtempérai. Le canon du colt fila jusqu'à mon nez et s'y colla. La pluie ruisselait sur le parapluie de Benny, inondant son joli manteau vert. Ses yeux souriaient froidement derrière ses lunettes cerclées de métal, au milieu des rides factices et des mèches grises qui se plaquaient sur son front. Il portait un coquet chapeau noir avec une petite voilette. Je restai silencieux. Benny remua le colt, me forçant à relever la tête.

– Georges, ta vie ne vaut pas un pet de lapin.

– Je le sais, Benny.

– Je suis en colère, Georges.

– C'est moi qui t'ai prévenu à Bruxelles, Benny, tu le sais.

– N'importe qui peut se faire passer pour Athos. Max dit que tu es un ver dans le fruit, Georges.

– Max ment. Il a envoyé des tueurs chez Phil, il a volé l'argent, il vous a montés contre moi.

– Prouve-le.

– Phil est dans ma chaudière, Benny. Un petit tas de charbon. Tu veux venir le voir ?

– Que tu aies tué Phil n'est une preuve de rien, Georges. Je suis toujours en colère.

Mais il écarta d'un millimètre ou deux le colt de mes narines. Je respirai à fond.

– Benny, Max travaille pour les Palestiniens. Il nous a doublés. Il t'a donné aux flics. Il a envoyé Phil à mes trousses. Il nous a manipulés depuis le début. Merde, Benny, crois-moi !

– C'est toujours en croyant quelqu'un qu'on se fait avoir, Georges. Il faut que je croie ou Max ou toi.

– Benny, je suis dans les emmerdes jusqu'au cou ! Je laisse tomber ma part de fric, j'en ai rien à foutre, mais foutez-moi la paix, Max et toi, j'ai autre chose à faire.

– Tu abandonnes 250 000 francs belges parce que tu as mieux à faire, c'est ça ?

– Je ne peux pas t'expliquer. Je suis tombé dans un truc énorme.

Benny agita doucement le colt.

— Georges, Georges, tu prends la mauvaise pente, celle qu'on ne remonte pas ! Qu'est-ce que c'est que ces salades ?

J'en avais marre. J'étais épuisé et de mauvaise humeur. Benny me fatiguait comme un mauvais film, le sable de ma vie filait entre mes doigts sans que je puisse le retenir. Je fermai les yeux et croisai les bras, renonçant à lutter.

— Oh et puis merde, Benny, vas-y, tire-moi une balle dans la tête. J'en ai marre.

C'était comme de jouer à la roulette russe. J'entendais la respiration de Benny, la pluie mouillait ma joue par la vitre ouverte. Une seconde s'écoula. Puis une autre. Je ne bougeais pas. Je comptais lentement dans ma tête, un, deux, trois, quatre, cinq... Benny soupira... Une détonation retentit. Je rentrai involontairement la tête dans les épaules, attendant la douleur. A la place, une deuxième détonation. J'ouvris les yeux. Je n'étais pas mort. La tête grimée de Benny pendait en travers de la vitre, son flingue fumant à côté de mon épaule. Sa perruque avait glissé sous l'impact de la balle qui lui avait traversé le crâne, lui donnant un air grotesque.

Je ne pris pas le temps de réfléchir : je me propulsai jusqu'à l'autre portière, l'ouvris, dégringolai sur le sol trempé et m'accroupis contre la carrosserie en moins de cinq secondes. Une balle fit exploser le pare-brise tandis que des pas rapides se dirigeaient vers la voiture. Je me relevai et tirai au jugé. Un gros type en blouson, le visage en partie masqué par une écharpe, plongea derrière un banc. Des écoliers qui passaient se mirent à crier et s'égaillèrent en tous sens, terrifiés. Je me mis à courir, courbé en deux, fonçant vers le pont, la Lancia faisant écran entre le tireur et moi.

Un grand mec en ciré gris apparut à l'autre bout de l'allée. Son capuchon rabattu sur les yeux dissimulait son visage. Je vis son bras se lever, prolongé par un énorme silencieux. Il me mit en joue posément et tira. Je me jetai à terre en roulant sur moi-même. La balle siffla à mes oreilles, arrachant un peu d'asphalte. Le petit gros, abrité derrière le banc, tira à son tour, au jugé. Un cri déchirant retentit, un cri d'enfant, et un des gosses s'envola dans un long vol plané. Je me dressai. Le gros, paniqué, eut un instant d'hésitation et je fis feu au milieu des hurlements des gamins affolés. La balle s'enfonça entre les deux yeux du petit gros sans que je ressente le moindre remords. Il bascula en arrière, sur le gazon détrempé.

Le gamin gisait dans une flaque d'eau, son cartable à côté de lui. Je ne pouvais qu'espérer qu'il s'en sortirait. L'autre tueur, le grand, s'était embusqué derrière ma bagnole qu'il contournait lentement pour m'avoir dans sa ligne de mire. Je rampai dans l'herbe, m'attendant à chaque instant à sentir une balle s'enfoncer entre mes omoplates. Un troisième homme, revêtu d'un casque intégral et d'une combinaison de motocycliste, apparut en haut du pont. J'étais pris entre deux feux. Je n'avais pas d'issue. J'allais crever sous la pluie, comme ce môme innocent que je ne pouvais même pas venger.

Je hurlai « Merde ! », me relevai d'un bond et plongeai dans le lac sous un déluge de balles. Les cygnes, dérangés, protestèrent bruyamment. Je m'enfonçai sous l'eau glacée, le souffle coupé, frappé par le froid comme par une série d'uppercuts. Les balles crevaient l'eau opaque du lac. J'avançais à l'aveuglette, environné de vase et de lichens. Brusquement je heurtai quelque chose. Une grosse masse dure. Je reculai précipitamment comme le bec du cygne fendait l'eau avec fureur, déchirant la manche de mon imperméable. Il frappa encore deux ou trois fois, me manquant de peu, puis cessa soudain. Une flaque noire et tiède s'élargissait autour de lui. Je remontai à la surface, respirai brièvement et replongeai dans l'eau glauque. M'orientant suivant mon souvenir, je me dirigeai dans la direction supposée du saule pleureur. Mes chaussures gonflées d'eau et mon imperméable me tiraient vers le fond. Chaque mouvement me coûtait un effort immense. Mes poumons semblaient sur le point d'éclater et je sentais mes os s'entrechoquer de froid, mais je ne pouvais pas ressortir avant d'être à l'abri.

Des masses en mouvement. Les cygnes. Une masse plus grande. L'affleurement de rochers. Je me cognai brutalement dedans et hissai un visage précautionneux jusqu'à la surface. De l'air !

J'étais collé contre la terre trempée, à l'abri des longues branches de l'arbre. Les cygnes discutaient à quelques centimètres de moi, apparemment indifférents à ma présence. Ils étaient occupés à fouiller et à gratter dans leurs plumes et à se lancer de peu amènes coups de bec sur le crâne. J'essayais de rester parfaitement immobile. Un bruit étrange résonnait et je compris que je claquais des dents. Tout mon corps tremblait. Ma température allait baisser et j'allais crever d'hypothermie en plein centre de Genève. Pourquoi fallait-il que chaque fois que la mort se présentait à moi ce fût de façon ridicule ? !

Des cris me parvenaient de la berge. Une sirène de police, le vrombissement d'une moto. Quelqu'un hurlait « Mon Dieu, mon Dieu ! », une voix d'homme paniquée, et je songeai au gamin couché dans la flaque. Si je ne crevais pas de froid, si je m'en sortais, j'aurais la peau de

Max et de Silberman, ces espèces de salauds qui jouaient à la guerre avec des mômes innocents. Si je ne crevais pas. J'essayai de me décontracter, de pratiquer des exercices de respiration et de me mettre en ondes alpha, car je savais que le tremblement entraîne une déperdition encore plus grande de chaleur, comme tout mouvement destiné à se réchauffer. Les seuls survivants à des immersions dans de l'eau glacée l'avaient été parce que leur cœur était descendu à quelques pulsations minutes et leur température à 27 ou 28 degrés. Une sorte d'autohibernation.

Je réussis tout au plus à contrôler mon claquement de dents. Je me hissai un peu plus hors de l'eau. Le cygne mort avait dérivé jusqu'à l'arbre. Je l'accrochai avec mon pied et le tirai vers moi. Des flics sondaient le fleuve en aval sous la pluie battante. Je distinguais à peine leurs silhouettes affairées à travers le rideau de pluie. Le cadavre du cygne heurta ma jambe. Je me glissai sous lui et, centimètre par centimètre, me hissai sur les roches moussues. Il était lourd et chaud. Merveilleusement chaud. Ses entrailles chaudes se répandaient sur mon dos glacé. Je ne bougeais pas, la main crispée sur mon arme que je n'avais pas lâchée. Une ambulance arriva. J'entendis les diverses manœuvres, les cris, les coups de sifflet. La pluie, loin de cesser, semblait redoubler de violence. Les flics devaient être absolument trempés et pressés d'en finir. Une demi-heure s'écoula, puis l'ambulance repartit, suivie des voitures de police. Un gars armé d'un fanal faisait signe d'interrompre les recherches dans le fleuve. Il faisait trop sombre et le brouillard qui montait de l'eau était trop épais. Je bénis ce mauvais tour de la météo. Je bénis la Suisse et son climat dégueulasse.

Le brouillard se répandait maintenant comme un gaz de combat, enveloppant tout de silence et d'ouate. J'avais des crampes partout mais j'avais moins froid, protégé par la chair de l'animal. Je ne tremblais plus. Je repoussai un peu le corps du cygne et regardai autour de moi. J'étais à une vingtaine de mètres de la rive et l'idée de replonger dans cette eau mortelle me paralysait. Mais il n'y avait pas d'autre solution. Je m'arrimai tant bien que mal sur la bête morte et me laissai glisser à la surface de l'eau, dirigeant mon esquif improvisé avec des battements de pied. J'atteignis rapidement la berge. Mes doigts engourdis eurent du mal à trouver une prise dans le mur en béton, mais je réussis finalement, au prix d'un terrible effort, à me hisser jusqu'au quai. On n'y voyait pas à deux mètres.

J'avançai avec précaution dans la purée de pois, frissonnant et claquant des dents, les yeux plissés pour mieux scruter l'invisible. Contre toute attente, la Lancia était là où je l'avais laissée. Ils allaient sûrement envoyer une remorqueuse la chercher. Je la longeai jusqu'à la portière. Fermée à clé bien sûr. Aucune importance. La carte grise était au nom de Simon Malverne, antiquaire à Zurich, et l'adresse était bidon : une bicoque abandonnée. Adieu donc, fidèle Lancia ! Je m'éloignai rapidement, trempé et transi, anonyme dans la brume. Dans la poche intérieure de ma veste, fermée par un zip, je récupérai mon portefeuille détrempé, et, muni d'une de mes nombreuses cartes de crédit, pénétrai dans le premier grand magasin que je rencontrai.

Il y avait peu de monde, et pas mal de types trempés comme moi, surpris par la violence de la pluie, quasi tropicale. J'achetai un imperméable noir muni de poches

profondes, un costume en laine peignée grise, une chemise, un chandail noir, des chaussettes grises et une paire
de richelieux noirs, essayai le tout dans une des cabines
et annonçai à la vendeuse que je gardais l'ensemble
sur moi. Un peu surprise, elle enfourna mes vêtements
mouillés dans un sac plastique. J'ajoutai à mes achats
une mallette en cuir bordeaux, un parapluie noir, et réglai
en lui adressant mon plus beau sourire.

Comme c'était bon de se sentir sec et chaud ! Je fendais
le brouillard avec une certaine jubilation. Une longue file
de taxis vides patientait à la station centrale. Je me juchai
dans le premier et donnai au chauffeur l'adresse de la
villa des Brundel. Il mit le contact en maugréant, c'était
loin, on n'y voyait rien, etc. Sans l'écouter, je dépliai le
journal que j'avais pris dans le distributeur automatique
et m'abîmai dans la lecture des faits divers. En page 15,
il y avait une brève mention : l'un des gangsters impli-
qués dans le hold-up de Bruxelles avait filé entre les
doigts des hommes du commissaire Malinois, mais on
avait bon espoir de le retrouver d'ici peu. C'était fait :
Benny était à la morgue, à la complète disposition de ces
messieurs de la police. Le plan de Max n'était pas si
mauvais. Il avait lancé Benny à mes trousses, puis l'avait
suivi, certain ainsi de nous épingler tous les deux. Max
devait maintenant se douter que Phil était mort. Combien
de tueurs gardait-il encore en réserve ? Comme si j'allais
le dénoncer ! Je voyais dans son obstination à m'élimi-
ner la preuve d'un esprit froid, purement pragmatique,
une sorte de machine que je soupçonnais même d'être
dotée d'un certain plaisir de la mort. Le genre d'être plus
cybernétique qu'humain que j'exécrais. Je ressentis le
désir violent de l'écraser contre un mur comme une

mouche, savourant le plaisir de l'écrabouiller complètement. La violence de ma réaction envers Max m'inquiéta. J'étais sous tension, il fallait que je me calme ou je risquais de disjoncter.

Au bout d'une demi-heure de course dans la campagne invisible à travers les vitres embuées, le chauffeur stoppa. Je le réglai avec la monnaie que j'avais récupérée dans mon ancien costume et il put ainsi tempêter à son aise contre les salopards qui vous fourguaient des billets trempés prêts à se déchirer. Je lui claquai la porte au nez et m'engageai dans l'allée menant à la maison des Brundel. Dès que j'entendis la voiture s'éloigner, je regagnai la route et ma propre demeure, cent mètres plus loin.

Tout était éteint. Martha n'était pas là. Je consultai ma montre : 17 h 50. Je me rendis à la cuisine et me confectionnai un énorme sandwich au poulet et à l'huile d'olive. La natation m'avait donné faim. Par précaution, je n'allumai aucune lampe, me servant de la torche électrique de secours. Aucune envie de servir de cible à qui que ce soit. Je descendis ensuite au sous-sol et ouvris la porte centrale de notre énorme chaudière. Il ne restait rien, que des cendres, des braises et l'odeur écœurante de la chair brûlée. Mais elle se dissiperait d'ici un jour ou deux. Bon, de ce côté pas de problème. Le problème, c'était de savoir si Max m'avait balancé aux flics. Apparemment non. Pourquoi ? Pourquoi ce fils de p... ne m'avait-il pas donné ?

Le seul embryon de réponse qui me vint fut que Max craignait que je ne révèle ce que je savais de lui, sachant de qui viendrait mon arrestation.

L'ouverture de la porte d'entrée au-dessus de ma tête me tira de mes pensées confuses. J'allais remonter lorsque le son d'une voix me parvint. Je m'immobilisai sur les marches en ciment. Martha parlait :

– Oui, je suis seule. J'ai vérifié : il n'a jamais travaillé à la SELMCO. Il nous mène en bateau depuis le début... Laissez-moi encore une chance. C'est trop important pour nous, vous le savez bien... Oui, d'accord, non, non, je ne peux pas, expliquez-le à Franz. Je sais, mais il faut bien qu'il patiente ! Moi aussi, j'en ai assez, croyez-le. Est-ce qu'on a trouvé quelque chose sur ce type qui est venu hier ? Rien ? Non, je ne sais pas, je ne comprends pas. Bon, je vous quitte, il va bientôt rentrer.

Martha raccrocha. J'entendis ses pas dans l'escalier, puis le bruit de la douche. Je montai à pas de loup et me glissai dans le couloir en refermant doucement la porte qui menait à la cave. Là, je trottinai jusqu'à l'entrée, ouvris la porte sans bruit, la refermai en la claquant et en criant aussi joyeusement que je le pus :

– Il n'y a personne dans cette baraque pour accueillir les travailleurs éreintés ?

– C'est toi, Georges ?

– Non, c'est Frankenstein.

– Je suis sous la douche. Prépare-moi un verre !

– Fort ou doux ?

– Fort !

Je nous préparai des cocktails bien tassés, vodka, citron, curaçao bleu et Cointreau. Après tout, Martha avait raison : autant se détendre. Franz s'impatientait ! Le salaud ! Se languir de ma femme ! J'aurais bien pris sa tête de sous-off borné comme punching-ball. Martha avait demandé qu'on la laisse encore essayer. Essayer quoi ? Et sinon ? Cela signifiait-il qu'on était prêt à interrompre sa mission ? De quelle façon ? En la rappelant ou en m'effaçant de la surface de la terre comme cela semblait être devenu le rêve de tous mes concitoyens ? Je portai mon verre à mes lèvres et m'aperçus qu'il était déjà vide. Je m'en préparai un second. Martha revint de sa douche et liquida le sien en deux secondes. Je lui en préparai un autre. Georges Lyons, le roi des barmen... Elle avait relevé et attaché ses cheveux, mettant en valeur l'ovale de son visage. Elle semblait fraîche et dispose. Et moi, je me sentais vieux et crevé, vraiment crevé. Toutes ces aventures n'étaient plus de mon âge. J'allais avoir quarante-deux ans le lendemain. J'avais des courbatures partout. En tendant son troisième cocktail à Martha, je ne pus résister à la tentation de lui demander :

— Tu connais un certain Stefan Silberman, un avocat ?

Elle ne se troubla pas le moins du monde, son beau visage à peine intéressé :

— J'ai lu quelque chose sur lui, il n'y a pas longtemps... (Elle désigna d'un geste vague un magazine posé sur la table basse. Décidément, elle avait tout prévu !) Il milite pour un groupe d'extrême droite, si je me souviens bien, pourquoi ?

Angélique Martha ! Comme j'aurais eu plaisir à lui envoyer une paire de claques ! Je me contrôlai :

— Non, rien, j'ai eu affaire à lui. Il est plutôt sympathique pour un nazi.

— Nazi... Tu exagères un peu, non ?

Je vidai mon verre d'un trait et dévisageai Martha :

— Tu crois ? A vrai dire, je m'en fous... Et Gruber, Franz Gruber, tu connais ?

— C'est un interrogatoire en règle !

Martha remonta la bretelle de sa combinaison noire sur son épaule blanche et continua, mutine :

– Non, je ne connais pas de Franz Gruber. Pourquoi, si ce n'est pas trop indiscret ?

– Il fait partie de la même clique. Des connards.

– Tu me sembles bien agressif. Ils t'ont fait du tort ?

– Non, je ne sais pas, ils m'énervent, c'est tout.

Je me servis un autre verre, de la vodka pure. Martha semblait si innocente, si indifférente, comment pouvait-elle jouer la comédie à ce point ! Et si elle avait réellement une sœur jumelle ? Je me raccrochai à ce bref espoir comme un naufragé à une planche pourrie. Elle sombra en même temps que je me remémorais sa conversation téléphonique avec un correspondant inconnu, Silberman sans aucun doute.

Je profitai de ce que Martha s'affairait dans la cuisine pour parcourir le magazine en question. Il y avait un article sur la nouvelle droite et on y parlait de Stefan Silberman, un brillant avocat d'affaires, issu d'une longue lignée de notables helvétiques. Sur toutes les photos, Silberman souriait, franc et sympathique. Il ne faisait pas mystère de ses opinions politiques mais s'arrangeait pour les minimiser, leur donner une tournure anodine. J'appris qu'il avait été marié, mais que sa femme était décédée dans le tragique accident de voiture qui l'avait lui-même rendu infirme, huit ans plus tôt. C'était elle qui conduisait, elle avait eu un malaise et avait perdu le contrôle du véhicule. L'article ne précisait pas quel genre de malaise. Au vu des photos de cette femme d'une quarantaine d'années, très blonde, très maigre et au visage néanmoins bouffi, je penchai pour l'alcool ou les tranquillisants. Silberman avait confié ses deux enfants à sa mère, qui les élevait dans leur propriété familiale, près de Berne. Je reposai le magazine et allai m'asseoir à table.

J'étais de mauvaise humeur. La vodka avait un goût âcre. Il faisait diablement chaud. J'avais envie de boire, de boire jusqu'à m'écrouler sur la moquette, ivre mort, sans pensées, sans regrets, sans soupçons, et c'est ce que je fis.

Dixième jour – samedi 17 mars

Avant d'ouvrir les yeux, je me demandai un bref instant si on ne m'avait pas passé dans un mixer géant et si je n'étais pas déjà transformé en compote pour le petit déjeuner d'un Gargantua affamé. Tout mon corps me faisait mal. Je me sentais dans l'état d'esprit d'un paquet de linge sale prêt à partir à la lessive. Je tentai de bouger les bras, puis les jambes, péniblement. Pour ne pas être en reste, un orchestre dodécaphonique se déchaînait sous mon crâne, jouant sa dernière composition : *Mort d'une note isolée mais stridente au coin d'un bois*. Je me massai l'estomac, me demandant vaguement si j'allais vomir. La réponse fut positive et je m'arrachai à la moiteur des draps pour courir à la salle de bains.

J'achevais de me rincer la bouche, l'œil torve, le visage fripé, le menton bleu de barbe, quand une bourrade m'envoya cogner contre la glace. Je me retournai comme un fou furieux, prêt à placer un atémi à la gorge, et retins mon geste *in extremis*. Martha me souriait, radieuse, un énorme paquet dans les bras, chantant à tue-tête :

– Joyeux anniversaire, Georges. Joyeux anniversaire, mon amour !

Elle me lâcha le paquet dans les bras et je me pliai en

127

deux sous le choc. C'était sacrément lourd. Hébété, je la contemplai.

– Tu peux l'ouvrir, ballot !

Je posai le paquet sur le sol et entrepris de défaire les nœuds. Mes doigts tremblaient, souvenirs de vodka, et Martha, impassible, me tendit une paire de ciseaux. Je tranchai le ruban.

– Attention, c'est fragile !

Sa voix claire et enjouée me pinçait cruellement le cerveau. Je hochai la tête et arrachai consciencieusement le papier doré. Une caisse en bois apparut. Mon cercueil ? Une inscription s'étalait. Je tournai la caisse vers moi et déchiffrai : « Château Pétrus ». Je levai un œil glauque et incrédule vers Martha, souriante :

– Martha ! Tu es folle !

– Ouvre-la...

Le couvercle céda, me laissant une ou deux échardes sous les ongles. Douze bouteilles de Château Pétrus 1962 me tendaient leurs robes grenat. Retenant un spasme, à quatre pattes sur le carrelage, je levai un pauvre visage de chien écrasé et balbutiai :

– Merci, mais tu t'es ruinée !

– Non, je t'ai ruiné ! Tu n'as pas l'air dans ton assiette ?

– Je me sens un peu fatigué...

– Tu veux te recoucher ? Tu veux qu'on en ouvre une ?

– Non ! Ce soir, ce soir, s'il te plaît... Je crois que je vais aller m'allonger. Excuse-moi. En tout cas, c'est un cadeau formidable !

– Mais tu es un type formidable... susurra Martha à mon oreille avant de m'aider à me relever.

Je la laissai me traîner jusqu'au lit et m'affalai dessus. C'est ainsi que commença la journée de mon quarante-deuxième anniversaire. Sous le signe du malaise.

Je me rendormis profondément et lorsque je m'éveillai il était près de 11 heures. La neige avait cessé. Un soleil radieux faisait fondre le givre sur l'arbre en face de la fenêtre. Je n'avais plus mal au crâne et presque plus envie de vomir. Je m'assis précautionneusement dans le lit et me massai les tempes. Je restai ainsi un instant, au calme, à regarder le soleil jouer dans les branches, les draps jetés sur moi comme un suaire. Au bout d'un moment, Martha passa sa tête brune par l'entrebâillement de la porte.

– Tu es réveillé ? Ça va mieux ?

– Super ! Excuse-moi pour tout à l'heure...

– J'excuse toujours les types capables de descendre un litre de vodka et de vous souhaiter poliment bonne nuit avant de s'endormir.

– Et entre la vodka et le « bonne nuit » ?

– C'était pas mal non plus.

Elle vint se blottir sur le lit, aussi charmante que si l'on ne se débattait pas dans un cauchemar, m'embrassa sur le nez :

– Salut, chéri.

– Salut, Martha...

Ma voix était moins enthousiaste, mais j'avais l'excuse de la gueule de bois.

– J'ai téléphoné à ton bureau pour dire que tu étais malade. La pimbêche m'a dit qu'elle prenait bonne note.

Je me sentais las de ce jeu imbécile. Mais que faire ? J'attirai Martha contre moi, je ne voulais plus qu'elle parle, plus l'entendre mentir. Nous restâmes ainsi un moment, sa tête contre ma poitrine, en silence. Je me demandais quelle serait la réaction de Martha si je lui avouais que je voyais clair dans son jeu. M'abattrait-elle ? Quel enjeu représentais-je pour eux ? Que voulaient-ils de G. von Klausen, mon double ? Exaspéré par ces questions sans réponse, je décidai de me lever.

— Je crève de faim. Je vais me lever.

— Bien, chef. Tu veux des œufs ?

— Volontiers.

Je passai sous la douche et descendis en peignoir. Un peignoir de boxeur noir et rouge que Martha m'avait offert à Noël. Je n'aurais jamais pu faire de la boxe en professionnel. Trop dur pour le tendre que j'étais. J'aimais cogner mais pas sur des types. Il aurait fallu inventer la boxe à la cible comme le tir à la cible...

Je m'étais lavé la tête, et l'eau dégouttait agréablement sur ma nuque et le long de mes reins tandis que je m'installais à table. Je dévorai les œufs, le jambon et le reste du lapin de la veille, avalai de grandes rasades de café glacé très sucré et allumai la télé. J'avais redescendu les précieuses bouteilles pour les porter à la cave. Martha connaissait mon goût pour le bon vin. C'était un gentil cadeau. Le cadeau d'une femme aimante. Le cadeau d'un monstre de duplicité et de fourberie. Oh ! Martha, pourquoi ne pas redevenir nous-mêmes, tout simplement ?

Sur l'écran plat, la speakerine à la voix de crécelle et à la crinière flamboyante disparut sous mon regard morne et fut remplacée par des photos. Benny ! Allongé sur une civière, la perruque de travers, les yeux grands ouverts vers le fric qu'il ne palperait jamais. Martha fit irruption :

— Georges...

– Chuut ! Attends...

Maintenant, ils montraient le tueur que j'avais abattu. Je le reconnus : c'était mon agresseur de l'autoroute, avec sa moustache et ses yeux chassieux, le nez recouvert d'un gros pansement que son écharpe m'avait dissimulé. Puis une photo du gamin allongé dans la flaque d'eau, son cartable à côté de lui, les cahiers répandus sur le sol mouillé. Il était actuellement en salle de réanimation. Je sentis mon cœur se serrer. Martha posa une main sur mon épaule et pressa doucement sans que je comprenne la signification de ce geste. Ils terminèrent par la présentation de mon portrait-robot, relativement ressemblant cette fois-ci. Je montai le son :

« La victime supposée de l'agression n'a pas été retrouvée. Toute personne susceptible de donner des renseignements est priée de téléphoner au numéro qui s'inscrit sur votre écran. La police va reprendre les opérations de dragage du lac aujourd'hui. De source sûre, il semblerait qu'il s'agisse d'un règlement de comptes entre gangsters. En effet, d'après le commissaire Malinois, chef de la PJ de Bruxelles, le cadavre travesti en vieille dame serait celui de Benjamin Irons, un gangster anglais bien connu des services de police européens et impliqué dans l'affaire du hold-up de la Grand-Place de Bruxelles. On pense que le disparu serait un de ses complices. Le commissaire Malinois et le commissaire principal Holtz se sont déclarés prêts à travailler la main dans la main pour le retrouver. Et maintenant, des images plus gaies : la vaccination d'une classe d'écoliers du Sahel grâce à vos dons ! »

Heureusement, ils n'avaient pas montré la voiture ! Martha l'aurait immédiatement reconnue.

Je coupai le son. Martha me regardait, un regard simple et direct. Lumineux. Triste.

– Est-ce que je peux faire quelque chose, Georges ?

Elle ne manquait pas d'air ! Je rétorquai :

– De quoi est-ce que tu parles ?

– Tu as l'air ennuyé...

– Non merci, Magdalena, je me débrouillerai tout seul.

Martha ne cilla pas. Elle ne remua même pas un cil. Elle continuait à me regarder de son regard vibrant.

– Georges, on pourrait peut-être s'entraider, non ?

– Pourquoi, tu as des ennuis ?

– Non, je veux dire, on est censés tout partager, non ? Les bons comme les mauvais moments...

– Martha, on est toujours seul quand ça va mal. Je vais m'habiller.

Martha ne dit rien. Elle soupira. Qu'est-ce qu'elle voulait ? Que je remette mon sort entre ses blanches mains ? Que je pose la tête sur le billot en souriant pendant qu'elle tendrait la hache à son Franz Gruber ?

Ce con de Max avait réussi à me gâcher la vie. Maintenant que Malinois était après moi, je devais envisager ma retraite. Et je ne pensais pas emmener Martha. Quoi qu'il m'en coûtât.

J'enfilai un jogging gris sombre, mes baskets et mon vieux blouson de cuir. Martha était occupée devant sa serre miniature renfermant ses chères cactées. Elle les taillait avec des gestes précis. Elle s'était reprise et m'adressa un regard anodin :

– Tu sors ?

– J'ai quelqu'un à voir. Je reviens de bonne heure. Tu ne m'en veux pas ?

– Georges ! Viens là !

J'obéis. Et brusquement, lâchant son sécateur, Martha se jeta contre moi, ses bras passés autour de mon cou, comme une petite fille implorante.

– Georges, tu reviens, hein ?

Sa voix contre ma gorge me chavira. Je lui caressai les cheveux. Je ne savais plus où j'en étais, je ne savais plus quoi faire.

– Mais bien sûr, bien sûr que je reviens. C'est juste un truc urgent que je ne peux pas remettre.

– J'ai l'impression d'être une esclave de harem attendant son maître...

Sa tentative de plaisanterie tomba à plat. Je rétorquai pauvrement :

– Je suis très sensible à la danse du ventre... Attends, il faut que j'appelle un taxi, la Lancia est en panne...

Martha me regarda en biais et retourna à ses plantes. Cinq minutes plus tard, le taxi klaxonnait.

J'embrassai Martha et sortis. Le ciel clair se couvrait déjà. Je gagnai rapidement mon bureau, téléphonai comme toujours à Miss Straub. Elle me transmit le message de Martha disant que je n'irais pas au bureau et me signala un appel anonyme. Le correspondant avait raccroché dès qu'elle avait répondu. Personne à part moi ne savait où localiser Miss Straub. Mais, si la police avait son numéro, ils la trouveraient en un rien de temps.

Il fallait quitter les lieux au plus tôt. Mais je devais d'abord m'occuper de mon avenir. Je disposais d'une importante somme en liquide dans l'un de mes divers coffres ainsi que de bons et titres en nombre suffisant pour m'assurer une confortable retraite. J'avais de surcroît, au nom de Franz Mayer, un compte numéroté et une carte de crédit que je réservais pour les coups durs.

Utilisant ce pseudonyme, j'appelai un agent immobilier réputé et me présentai comme Franz Mayer, retraité. J'expliquai au directeur de l'agence que je désirais acquérir une maison de campagne en Provence, le plus rapidement possible, payable cash. Il acquiesça obséquieusement, habitué aux caprices de ses clients aisés, et me demanda de le rappeler le surlendemain.

Je téléphonai ensuite à Cheng Ho et lui demandai de me procurer des papiers au nom de Franz Mayer. Il avait un lot de photos de moi en prévision de ce genre de demandes et je lui précisai d'en choisir une avec moustache. J'avais commencé à la laisser pousser le matin même. Il me promit tout ça pour lundi.

J'emballai ensuite mes affaires et les fourrai dans un grand sac de sport. Je vérifiai qu'il ne restait rien ici de compromettant, décochai un dernier uppercut au sac de sable et refermai la porte derrière moi. Comme je m'éloignais d'un pas tranquille d'honnête citoyen, je vis deux types en blouson de cuir s'engouffrer dans l'entrée du bloc de Miss Straub. Une camionnette beige était stationnée en bas de l'immeuble. Pauvre Miss Straub, elle aurait du mal à les convaincre qu'elle n'avait jamais vu son curieux patron. Je me promis de lui envoyer un dédommagement substantiel dès que possible.

L'étau se resserrait. Les rouages de mon petit cerveau tournaient à toute allure. Maintenant que les flics étaient sur l'affaire, je n'avais plus à m'inquiéter de Max. Il avait dû regagner ses pénates, un camp d'entraînement libyen ou quelque chose d'analogue. Je n'aurais même pas le plaisir d'épingler ce salopard. Ne restaient plus en lice que les flics et la bande à Silberman.

Je regardai l'heure. 17 h 14. L'heure de me rendre à

mon rendez-vous avec Lanzmann. Avant de regagner ma demeure pour un somptueux et sinistre dîner d'anniversaire.

Lanzmann me fit entrer, courtois comme toujours. A peine m'étais-je allongé que la sonnette de la porte d'entrée retentit et il s'excusa, tirant la porte du bureau derrière lui. J'attendais patiemment quand le timbre de voix de son interlocuteur me fit sursauter. C'était une voix de femme, étrangement familière : Martha ! Je jaillis de la pièce comme un diable et entrevis une robe rouge disparaissant sur le palier. Je me ruai en avant et me cognai dans Lanzmann qui revenait vers moi, interloqué.

– Laissez-moi passer !

– Qu'est-ce qu'il y a ?

– Cette femme !

Déjà le déclic de la porte d'entrée de l'immeuble résonnait. Elle était partie !

Lanzmann me guida par les épaules jusqu'à son bureau.

– Voyons, vous me semblez très perturbé...

– Qui était cette femme ?

– Je n'ai pas le droit de vous dévoiler l'identité de mes visiteurs. Ne soyez pas infantile.

– Bon sang, docteur, c'est important !

– Elle n'a rien à voir avec vous. Elle venait me voir pour un motif tout à fait personnel, si cela peut vous tranquilliser.

– Physiquement, comment était-elle ?

– Elle n'était pas brune et ce n'était pas votre femme.

– Qu'en savez-vous ? Vous ne l'avez jamais vue !

– Vous me l'avez décrite. Écoutez, si vous me parliez de ce qui ne va pas ? Des ennuis à la SELMCO ?

J'eus envie de rire. Si seulement il s'était agi de simples ennuis à la SELMCO ! Lanzmann me regardait avec ses yeux sagaces. A brûle-pourpoint, je lui demandai :

– Vous vous rappelez de Grégory ?

Il cligna rapidement des yeux.

– Oui, bien sûr. Pourquoi ?

– Eh bien, en fait, il avait survécu...

– Ah bon... Et qu'est-ce qu'il fait, ce frère soudain ressuscité ? De mauvaises actions, je suppose ?

– Il est mort.

– Vous avez un double qui est mort...

– Mais on croit qu'il est vivant. En fait, on croit que c'est moi. Alors, on veut me tuer. Parce que c'était un espion est-allemand.

Lanzmann me sourit gentiment.

– Vous semblez surmené. Ce doit être épuisant en effet, ces centaines de tueurs lancés à vos trousses et ces jumeaux est-allemands qui ressuscitent...

– Je n'ai pas dit qu'il y avait des centaines de tueurs...

– J'avais cru comprendre...

Je l'interrompis, tout à mes pensées :

– Grégory von Klausen...

– Pardon ?

– C'est son nom, von Klausen.

– Il ne porte pas le même nom que vous. Heureusement pour vous, d'ailleurs.

– Pourquoi ?

– Il y a un domaine de ce nom, vers la frontière allemande. Le château von Klausen. Le dernier propriétaire, le vieux Lucas von Klausen, passait pour être le chef d'un ordre fasciste clandestin officiellement dissous dans les années soixante, mais en fait toujours très actif. On raconte qu'il possédait la liste de tous les membres officieux de ce parti et qu'il avait été un des initiateurs du projet « Odessa », vous savez, la mise en lieu sûr du mystérieux et fabuleux trésor nazi, ainsi que des réseaux d'évasion en direction de l'Amérique du Sud mis en place dès 1944. De quoi faire chanter bien des gens très haut placés un peu partout sur la planète. A mon avis, une de ces légendes liées au complexe de castration et de puissance du père qui ont la vie dure...

– Qu'est-ce qui lui est arrivé ?

– Il est mort. D'après la version officielle, d'une chute dans un escalier. Officieusement, il a certainement été assassiné. On n'a jamais su par qui. Vous me disiez donc que votre vilain frère, cet enfant insupportable, Grégory von Klausen, est revenu vous tourmenter ? Et pourquoi au juste veut-on le tuer ?

– Parce qu'il sait !

La réponse avait jailli indépendamment de ma volonté. J'avais un terrible mal de tête, des phalènes dansaient devant mes yeux. Lanzmann se pencha sur moi et sa voix me parut lointaine.

– Vous vous sentez bien ? Vous voulez un verre d'eau ?

Son visage se déforma, devint moqueur, cruel, sa main semblait se prolonger d'une seringue, je tentai de lever les bras pour le repousser et perdis connaissance.

Quand je revins à moi, Lanzmann était assis sur le coin de son bureau et me regardait.

– A la bonne heure, je commençais à m'inquiéter. Il y a bien dix minutes que vous êtes dans les vapes. Décidément, nous avons touché là quelque chose de sensible.

Sans l'écouter, j'examinai mes bras. Pas de trace de piqûre. Je m'assis, la tête lourde. Il toussota, se gratta la joue :

– Si je vous suis bien, Georges, vous croyez que Grégory n'est pas vraiment mort... Vous vous souvenez pourtant parfaitement de sa disparition.

– Non, je m'en souviens mal. Tout ça est si confus... Écoutez, vous m'aviez parlé un jour d'essayer l'hypnose. Eh bien, je veux essayer. Maintenant.

Lanzmann soupira, puis se leva pour mettre un petit magnétophone en marche.

– Bien, si vous y tenez... On peut toujours essayer. Mais je ne vous garantis rien. L'hypnose est une méthode aléatoire. Il y a des sujets-écrans qui ne parviennent pas à l'état de relaxation nécessaire, et vous êtes particulièrement tendu...

– Allez-y !

Il me fixa en silence, parut sur le point de dire quelque chose, puis se ravisa.

– Bon, regardez-moi et respirez lentement. Comme ça, c'est bien, encore plus lentement et plus profondément. Je vais compter jusqu'à vingt. Vous entendez ma voix. Vous êtes calme. Vous descendez en vous-même, palier par palier, sans à-coup, progressivement, vous descendez dans votre propre conscience...

Est-ce qu'il croyait m'avoir avec ce genre de baratin ? J'avais l'impression d'être devant un bonimenteur de foire !

Ce fut ma dernière pensée consciente.

138

J'émergeai en sursaut d'une lourde torpeur. J'étais en sueur, avec un terrible mal de tête. Lanzmann me considérait, son foutu sourire gravé sur le visage. Il pleuvait, la pluie battait les carreaux, et la pièce était sombre. Comme s'il avait suivi mes pensées, il alluma une petite lampe 1900 répandant une douce lumière rosée.

– Reposé ?

– Épargnez-moi vos sarcasmes. Que s'est-il passé ?

– Nous avons discuté. Voulez-vous entendre notre discussion ?

– A votre avis ? Bon sang, docteur, vous avez juré de me rendre fou ou quoi ?

Il éclata de rire et se leva pour mettre en marche le magnétophone.

Après quelques tâtonnements, ma voix s'éleva, curieusement déformée, enfantine, oui, enfantine, plus aiguë, plaintive. Je ressentis un malaise en entendant cette voix qui était comme un écho malhabile de la mienne, cette voix venue d'une partie de moi où je n'avais pas le contrôle. *Et le plus angoissant de tout était que cette voix parlait allemand, comme dans mon enfance !*

« Où est-ce que je suis ?

– Georges, vous êtes dans votre propre esprit. Et vous allez me parler de Grégory.

– Grégory est méchant. Maman dit qu'il est méchant.

– Grégory a peur de Maman ?

– Non, il la déteste. Il désobéit toujours. Alors Maman est obligée de le frapper.

– Obligée ?

– Oui, pour qu'il comprenne, pour qu'il soit sage. A cause de Grégory, on est toujours punis. Maman le frappe tout le temps. Et moi j'ai peur.

– Tu connais bien Grégory ?

– Oui, c'est mon frère.

– Georges, où est Grégory maintenant ?

– Maintenant quand ? »

J'étais soudain revenu au français et ma voix était plus adulte.

« Maintenant, en 1990.

– Je ne sais pas. Qui êtes-vous ?

– Georges, je suis le docteur Lanzmann. Tout va bien, vous êtes en sécurité, votre mère ne peut pas venir ici.

– Qu'est-ce que vous en savez ?

– Votre mère n'existe pas ici. Il n'y a que vous et moi. Georges, vous avez huit ans, d'accord ? Où êtes-vous ? »

Ma voix se modifia sensiblement, comme si je rajeunissais.

« A l'orphelinat.

– Bien. Et où est Grégory ?

– Je ne connais pas de Grégory.

– Georges, écoutez-moi bien.

– Je vous écoute. J'ai sommeil.

– Ne vous endormez pas ! Georges, vous avez quatre ans...

– Non ! »

Ma voix s'était élevée dans le cabinet tranquille, pleine de terreur, de nouveau en allemand. La bande continuait à se dérouler.

« Vous avez quatre ans, Georges, où est Grégory ?

– Pas ce jour-là !

– Qu'est-ce qui s'est passé ce jour-là ?

– Rien, rien ! Grégory est vraiment trop vilain ! »

La voix de Lanzmann, persuasive :

« Georges, détendez-vous, vous êtes totalement en sécurité, votre mère ne viendra plus jamais vous faire de mal. Qu'est-il arrivé à Grégory ce jour-là ?

– Elle ! Elle l'a... Il était si vilain, elle l'a... frappé, oui frappé, fort, très très fort ! Je me suis caché sous la table. Elle le frappe si fort ! J'ai peur, j'ai peur qu'elle me voie, je bouge pas, je respire pas, elle le frappe si fort avec le truc brillant... et elle crie, elle crie : "Sale cochon", et il crie, il crie : "Maman, non, Maman !"

– Quel truc brillant ?

– Elle l'a pris dans la cuisine...

– Qu'est-ce qu'elle a pris dans la cuisine ?

– Le couteau, le couteau à découper la viande ! »

La bande s'arrêta d'un coup, j'étais trempé de sueur. Lanzmann me regardait sans rien dire, puis il déclara :

– J'ai préféré vous réveiller.

– Mon Dieu, articulai-je avec difficulté, elle l'a vraiment assassiné, et j'ai tout vu ! Mon Dieu, Lanzmann, c'est horrible !

Il soupira, puis me fit face :

– Je ne sais pas si l'hypnose était une bonne idée, Georges. Vous ne me semblez pas suffisamment équilibré en ce moment pour digérer une information de cette sorte, une information que vous aviez soigneusement enfouie tout au fond de votre cerveau et qui n'aurait jamais dû refaire surface...

J'étais abasourdi :

– Elle l'a tué ! Elle a tué son propre enfant ! Je pensais qu'elle était folle mais pas à ce point !

Lanzmann me reprit comme s'il discutait un point de bridge :

– Voyons, réfléchissez : elle a *essayé* de le tuer. S'il était mort, il n'aurait pas pu devenir officier.

Hors de moi, je hurlai :

– Mais elle voulait qu'il meure !

– Beaucoup de femmes ont de ces moments de folie passagère. Des crises homicides envers leurs proches. Songez à la légende de Médée, elle exprime cette haine que l'on ressent parfois envers ceux-là même que l'on aime.

– Épargnez-moi le baratin, docteur. Je viens d'avoir la confirmation que ma mère était une folle homicide, et je me fous complètement de Médée et d'Œdipe réunis.

Lanzmann fronça les sourcils :

– Écoutez-moi, Georges, il reste encore la possibilité que vous ayez assisté à une scène que vous avez mal interprétée. Une scène peut-être fantasmée.

– Que voulez-vous dire ?

– Eh bien, vous venez ici me raconter vos histoires de frère ressuscité, vous ramenez au jour des souvenirs jusque-là enfouis, eh bien, Georges, je ne sais pas, mais peut-être avez-vous besoin de croire à ce frère ? Un espion allemand ou je ne sais quoi...

Je sentis une colère froide m'envahir. Ce n'était pas Lanzmann qui avait jeté un homme dans le vide deux soirs auparavant, c'était moi, ce n'était pas Lanzmann que des tueurs anonymes, et Max, et Phil, et Benny avaient essayé de supprimer, c'était moi ! Non, il ne pouvait pas comprendre. J'étais aussi seul ici qu'en face de Martha, qu'en face du monde entier. Seul dans ma peau et, à cause de Grégory, seul dans la peau d'un autre !

– Il faut que je parte.

– Vous avez encore quinze minutes...

– Je vous les offre. Merde, docteur, je me sens mal !

– Vous n'êtes pas très brillant, effectivement. Dites-moi, vous souvenez-vous de votre séjour en clinique, après votre accident ?

– Vaguement.

– Et de l'accident lui-même ?

Un élancement terrible me vrilla le crâne.

– Non, non, non, je ne m'en souviens pas !

Je me levai vivement, sortis l'argent que je lui devais et le posai sur la table basse. Il m'arrêta :

– Georges, vous ne pensez pas qu'un peu de repos vous ferait du bien ?

– Quel genre de repos ?

– Eh bien, vous pourriez venir séjourner quelque temps à la clinique, vous y seriez tranquille, et vos persécuteurs ne pourraient rien contre vous.

– Je ne suis pas cinglé !

– Réfléchissez-y. Appelez-moi, au besoin. Vous seriez au calme. Vous pourriez... repenser à tout ça.

Il me tendit la main et je la serrai machinalement.

Je me retrouvai dans la rue dans un état second et ce n'est qu'en voyant les passants emmitouflés que je me rendis compte qu'il faisait froid. De la buée s'échappait de mes lèvres, comme la vapeur jaillissant d'une machine en pleine activité. Lanzmann me croyait givré. Est-ce que je l'étais ? Et qu'est-ce que ça changeait ? Je n'avais pas rêvé tous ces morts autour de moi. Même si j'étais fou, même si j'interprétais mal les événements, j'étais bel et bien poursuivi, acculé comme un animal traqué, les flics me collaient de près, il fallait que je foute le camp, mais j'avais besoin de *savoir* !

Martha m'attendait. Un feu flambait dans la cheminée. Sur la nappe damassée, elle avait disposé des chandeliers garnis de bougies torsadées dégageant une lumière douce et ondoyante qui me fit du bien. Elle me tendit un verre de champagne que je bus d'un trait. J'avais soif. Elle portait un caftan noir bordé de rouge et semblait paisible, comme la mer après la tempête. C'était une soirée de fête : j'allai passer un smoking et redescendis. La maison était calme, reposante, la musique de Satie virevoltait dans la pièce comme un éclat de rire.

Nous nous mîmes à table sans avoir échangé plus de quelques mots, soucieux de ne pas briser cet embryon d'harmonie. Le carpaccio de saumon était parfait et je complimentai Martha. Nous jouions à être un peu guindés, un peu cérémonieux, et cela me permettait de dissimuler mes pensées moroses.

Le champagne glacé me rafraîchissait agréablement, je commençai à me détendre. Martha voulut danser. Elle mit du Strauss et nous valsâmes dans le reflet des flammes, comme un couple idyllique dans une publicité pour les pâtées pour chiens, et j'étais aussi bien que possible. A un moment, elle dégrafa son kaftan. Je me posai sur le canapé. La voix somptueuse d'Oum Kalsoum s'éleva, le kaftan tomba et, tandis que je dégustais ma mousse au chocolat amer, Martha à demi nue se mit à danser. Elle était ivre. Sa tête dodelinait sur ses épaules et elle vacillait. Je m'approchai de Martha. Moi aussi je voulais m'étourdir. Oublier. M'absenter de ce cauchemar qu'était devenue ma vie. Au moins quelques heures.

Tout compte fait, ce fut une belle soirée d'anniversaire. La dernière belle soirée, en fait.

Onzième jour – dimanche 18 mars

Ma première pensée en me réveillant fut que nous étions dimanche et que je n'avais pas besoin de faire semblant de me rendre à la SELMCO. On aurait pu m'objecter que, la conversation téléphonique que j'avais surprise me prouvant que Martha n'ignorait plus que la SELMCO était une couverture bidon, je n'étais pas obligé d'en maintenir la fiction. Mais je ne voulais rien modifier à mon comportement : je me sentais plus en sécurité si Silberman & Co continuaient à croire que je ne savais pas qu'« ils » savaient !

Martha dormait encore. Elle s'éveilla en m'entendant bouger et ouvrit les yeux. Nos regards se croisèrent. Je lui caressai la joue d'un geste impulsif que je regrettai aussitôt, je ne voulais plus la désirer, je ne voulais plus l'aimer, je voulais la haïr, je la haïssais ! Elle s'étira comme un chat, bâilla. Je m'attendais presque à la voir sortir et rentrer ses griffes. Je m'assis :

– Ça te dirait d'aller faire une balade ?

– Où ça ?

– Un château que j'ai envie de visiter. Le château de Klausen.

– C'est loin ?

– Vers la frontière allemande.

– Quoi ?! Pourquoi est-ce que tu veux voir ça ?

– Comme ça. On y va ?

– Si tu veux...

Martha bâilla avant de mettre pied à terre, mine de rien, mais j'avais noté qu'elle était extrêmement contrariée. Le mouton ne se laissait sans doute pas assez docilement mener à l'abattoir à son gré !

Elle me rejoignit dans la salle de bains, s'examina dans la glace d'un œil critique.

– J'ai une tête horrible !

Je répondis machinalement :

– Comme toutes les danseuses pour matelots...

Martha haussa les épaules et descendit faire chauffer le café. L'air vibrait d'agressivité contenue, mais nous nous comportions de manière calme et polie, de cette politesse dangereuse qui précède souvent les plus terribles explosions de violence. Je commençai à penser que c'était une bonne chose de sortir de la maison, château à visiter ou pas.

A 10 heures, nous étions prêts à partir. Je claquai les portes du 4 × 4.

Il faisait beau, vraiment beau pour une fois, sans aucun nuage à l'horizon. Un vrai temps de dimanche. Martha portait un pull irlandais en laine verte qui allait bien à son teint mat. Elle avait laissé aller sa tête contre la vitre, lointaine, absente. Tout en conduisant, je repassais les phrases de Lanzmann dans ma tête. Il me croyait fou, c'était évident. Mais, d'autre part, j'étais sûr d'avoir reconnu la voix de Martha dans la mystérieuse inconnue venue lui rendre visite à son cabinet. Faisait-il lui aussi partie du complot ? Le soupçon se planta en moi comme une flèche.

Je connaissais Lanzmann depuis cinq ans, depuis ce jour stupide de mai 1985 où j'avais frôlé la mort. J'avais décidé de retourner le voir après que nous nous fûmes organisés avec Max, Benny et Phil. Et, bien que je ne lui aie jamais parlé de mes activités extra-légales, il était la personne qui me connaissait le mieux. La plus apte à renseigner un quelconque service secret sur mon compte. A moins qu' « ils » ne cherchent à l'utiliser à son insu...

Je respirai profondément l'air vif des montagnes et décidai de ne plus penser à tout ça pour le moment. Nous roulions vite, suivant l'itinéraire que j'avais pointé sur la carte. Je m'attendais un peu à ressentir un certain malaise en approchant du but, voire un foutu mal de tête, mais rien ne se produisit, et le château de Klausen se profila à l'horizon à 12 h 56. Martha s'agita sur son siège. Elle était restée tranquille durant tout le voyage, apparemment absorbée par le paysage. Je ralentis au pied de la colline et m'engageai sur le chemin qui menait au mur d'enceinte.

– Tu es sûr que le château se visite ?

– D'après le guide, il y a un gardien à qui on demande les clés.

Martha soupira comme quelqu'un qui ne peut empêcher un événement de se produire et s'y résigne à son corps défendant.

Je garai le 4 × 4 devant un lourd portail en fer forgé noir. Une allée ratissée menait au bâtiment principal, une bâtisse au corps carré, hérissée de tours, d'ogives et de créneaux, mélange surprenant de plusieurs siècles d'architecture. La chaîne désuette d'une cloche pendait à l'extérieur et je l'agitai vigoureusement. Un curieux sentiment m'emplissait. Quelque chose proche de l'exaltation. Un vieil homme apparut, remontant lentement l'allée. Il portait un tablier bleu marine, un chapeau de paille de jardinier protégeait son visage et un énorme trousseau de clés pendait à sa ceinture. Image bucolique d'un temps révolu. On s'attendait presque à entendre corner une antique Dedion-Bouton et à voir courir joyeusement des jeunes filles vêtues de mousseline blanche. L'air embaumait le chèvrefeuille.

Le vieux domestique atteignit enfin la grille et nous dévisagea. Avant que j'aie pu dire un mot, il poussa un cri perçant, porta les mains à sa poitrine et s'écroula. Ses lèvres semblaient vouloir happer l'air comme celles d'un poisson hors de l'eau. Impossible de lui porter secours à cause de la grille fermée à clé ! Je me tournai vers Martha, paniqué :

– Martha, il a une attaque !

– Il faut prévenir un médecin, il faut redescendre en ville... Vas-y, je reste ici, au cas où il reprendrait connaissance, dépêche-toi !

Je fonçai dans le 4 × 4 et dévalai la pente en lacets. Trouver un médecin un dimanche ne fut pas facile. Un jeune praticien, dérangé en pleine partie de tennis, accepta enfin de se déplacer, et je le ramenai au château. Le vieil homme avait repris connaissance, il respirait difficilement, congestionné, les narines pincées, le visage bleui, une main posée sur le cœur. Martha, à force de patience, avait pu obtenir qu'il lui glissât les clés à travers la grille et elle se tenait auprès de lui, le soutenant.

Le jeune médecin l'examina rapidement, secoua la tête avec cette curieuse expression qui accompagne le constat de la mort imminente. Un mélange de désolation, d'amertume et de colère.

– Il faut appeler une ambulance.

– Il doit y avoir le téléphone à l'intérieur...

Nous remontâmes l'allée au pas de course. Heureusement, le vieux domestique avait laissé la porte d'entrée ouverte derrière lui. A la suite du médecin, je débouchai dans un immense hall au parquet verni, baigné de la lumière jaune que diffusait une verrière. Des meubles futuristes ornaient la salle, mélange de design italien contemporain et des recherches les plus originales des années trente. Le jeune médecin se tourna vers moi :

– Vous voyez un téléphone, vous ? Ce type est en train de crever !

– Dans le bureau, à droite.

Une porte capitonnée de cuir noir donnait dans un vaste bureau, orné de dizaines de photographies. Sur une grande table carrée dont le plateau en verre reposait sur quatre lions en ébène, un poste téléphonique ultramoderne attendait.

Le jeune médecin s'en empara et composa fébrilement un numéro. Je l'entendais parler sans réellement écouter ce qu'il disait. J'étais trop absorbé dans la contemplation des photos qui recouvraient les murs. Elles représentaient toutes sans exception des scènes militaires ou historiques de la Seconde Guerre mondiale. Les grands autodafés de livres à Berlin. Les vitrines brisées des magasins juifs durant la guerre. Des hommes portant l'étoile jaune battus ou traînés à travers les rues. Des hommes en guenilles, maigres, émaciés, dans la cour d'un camp de concentration...

C'étaient de superbes agrandissements, encadrés avec soin. Certaines images étaient presque banales à force d'avoir été reproduites dans les magazines ou à la télévision. Mais il y en avait d'autres, horribles, insoutenables, de ces documents interdits auxquels n'ont accès que les chercheurs ou ceux qui les ont commis ! Exécutions d'hommes et de femmes squelettiques dans des conditions atroces, charniers dégagés par les bulldozers, prisonniers soumis à des expériences médicales et dont le regard halluciné avait percuté l'objectif de l'appareil... Je détournai les yeux, profondément choqué mais, où que se portât le regard, c'était la même chose. Et partout des dignitaires du Reich en grand apparat. Des militaires au front, en tenue de combat, souriant à l'objectif, l'œil fixe et halluciné... Un véritable musée des horreurs hanté par tous ces regards désespérés, au-delà de toute douleur et de toute humanité. J'eus envie de me protéger le visage. Je ne voulais plus voir ces crocs de boucher enfoncés dans des gorges humaines, ces haches sectionnant des jambes vivantes... Quel homme avait pu désirer accrocher dans son bureau de tels témoignages ? !

Le jeune médecin avait raccroché. Il regarda rapidement autour de lui, avec dégoût :

– Qu'est-ce que c'est que ces horreurs ! ? Bon, ils envoient une ambulance, je retourne là-bas.

Je hochai la tête sans répondre, fasciné par les images qui m'entouraient comme une souris par un nid de serpents. Au-dessus du bureau trônait la photo d'un homme sévère. Ses épais cheveux gris coupés ras mettaient en valeur un visage carré, au nez busqué, aux yeux d'aigle profondément enfoncés, caricature de l'aristocrate prussien. Les yeux, comme la ligne des sourcils et les pommettes, me parurent étrangement familiers. Jusqu'aux lèvres pleines, bien dessinées, découvrant les dents dans un demi-sourire ironique. Je savais qui était cet homme : c'était Lucas von Klausen. Je le savais aussi certainement que je sentais battre mon cœur.

Des pas résonnèrent sur le dallage noir et blanc du couloir. Je les entendais vaguement au loin. Mon regard tomba sur le téléphone. Le téléphone ! Ce fut comme une déchirure. Comment avais-je pu savoir où se trouvait le téléphone ? Je n'étais jamais venu ici ! Dans un mouvement de panique, je me tournai vers la porte. Un miroir vénitien en décorait le dos et j'y vis mon reflet. Un homme de quarante-deux ans, vêtu d'un vieux pantalon de velours noir côtelé, d'un pull à col roulé en laine grise, les cheveux courts... Ces yeux, ces pommettes, ces sourcils, je savais où je les avais vus, c'étaient les miens !

Je me précipitai vers le portrait du vieux Lucas. Oui, pas de doute possible ! Ainsi, si l'étiquette trouvée sur Grégory abandonné ne mentait pas, Lucas von Klausen, cet ignoble vieux nazi, était sans aucun doute notre père, ce père dont j'avais toujours ignoré l'identité ! Je me sentais partagé entre le dégoût d'une telle ascendance et l'exaltation de la découverte. Mon crâne vibrait étrangement comme s'il eût voulu m'envoyer des signaux que j'étais, hélas ! incapable de décoder. Tout cela avait un sens, j'en étais sûr maintenant... Les pas atteignirent la porte et, à la seconde où je pris conscience que ce n'étaient pas ceux de Martha et pivotai sur moi-même, quelque chose s'abattit violemment sur le côté de ma tête.

Sous le choc, je tombai à genoux. On me frappa de nouveau, mais j'avais roulé sur moi-même et le coup ne m'atteignit qu'à l'épaule, déclenchant une onde brûlante de douleur. Une matraque, sans aucun doute. J'entrevis une paire de pantalons marron, une main large comme un battoir au bout de laquelle se balançait effectivement une lourde matraque. Je pris mon élan et jetai mes jambes réunies vers le bas-ventre de mon agresseur. Il accusa le choc et s'effondra sur le bureau, entraînant le téléphone dans sa chute. Je me redressai, haletant ; déjà il revenait sur moi. Il portait une cagoule en laine bleu marine, et je ne pouvais voir que ses yeux, des yeux bleu pâle, animés d'une rage glacée. La matraque se dressa comme un serpent furieux, je fis un saut de côté mais ne pus éviter sa caresse sur mes côtes. Le souffle coupé, je m'adossai au mur.

L'homme ne disait rien. Il m'observait, prêt à l'attaque, décidé à me fracasser le crâne en silence. Sa taille, sa corpulence, j'aurais parié que c'était Gruber. On n'entendait aucun bruit. Où était l'ambulance ? Juste comme je me posais la question, une sirène retentit. On allait venir. Et Martha ? Où était Martha ? L'homme fonça vers moi, faisant des moulinets avec son arme. Je parai tant bien que mal ses coups de mon avant-bras gauche qui me sembla éclater sous le choc. Une matraque plombée ! Simultanément, de ma main droite, je le crochai entre les cuisses et serrai de toutes mes forces. Instinctivement, il se plia en deux avec un grognement et je le frappai de la gauche, très vite, dans la bouche. Je sentis ses dents céder, du sang inonda la cagoule. La bouche, les yeux, le sexe, ce sont les trois points faibles de n'importe quel homme, nain ou géant. Fou de rage, il se mit à me frapper au hasard, déluge de coups brûlants. Il ne me restait qu'une seule issue. Rassemblant mes forces, je sautai par-dessus le bureau, pulvérisai la vitre de la grande porte-fenêtre et me retrouvai sur une plate-bande d'hortensias, criblée d'éclats de verre. L'homme masqué bondissait déjà derrière moi.

Je me relevai et me mis à courir, entaillé des pieds à la tête par de minuscules échardes de verre.

Je longeai une allée de cyprès, dépassai en trombe un plan d'eau délicatement orné de nénuphars, le souffle court, la gorge en feu.

Derrière moi, l'homme à la cagoule arrivait à toutes jambes, et je le sentais presque saliver à l'idée de me réduire en chair à pâtée. Il tenait quelque chose à la main, quelque chose de noir. Il s'arrêta un bref instant pour fixer un second objet sur le premier et j'identifiai aussitôt le tout : un silencieux sur un colt Python. On n'allait plus faire dans la dentelle. La vue de l'ambulance, portes grandes ouvertes, parut le déconcerter. J'en profitai pour piquer un sprint vers la grille. Le vieil homme était toujours allongé au même endroit. Pas de Martha en vue. Ni de médecin.

Je me mis à courir comme un fou, à bout de souffle, en zigzag. Il fallait que j'atteigne cette grille ! J'y étais presque quand un choc à l'épaule me propulsa au sol. Le salaud ! Il m'avait eu ! Une autre balle s'écrasa près de ma tête, faisant ricocher les graviers. Je sentais le sang couler le long de mon bras. Je me redressai tant bien que mal, tout flageolant. Deux infirmiers portant des masques blancs se précipitèrent vers moi. Mes jambes fléchirent malgré moi et je tombai entre leurs bras.

– Un homme armé... Attention...

Sans me répondre, ils me tirèrent rapidement vers l'ambulance. Du coin de l'œil, j'enregistrai le corps rigide du vieux domestique, ses yeux fixes. Il était mort. Je jetai un regard en arrière : l'allée menant à la demeure était vide. Pas de fou en cagoule. Juste le vol des papillons et une légère brise paisible. Pourtant j'avais une balle dans l'épaule et je perdais du sang. Comme je me contorsionnais pour tâter ma blessure, le plus grand des infirmiers m'enjoignit de rester tranquille et me sangla sur le brancard. L'autre me fit une piqûre.

Je voulus leur dire qu'il fallait emporter la dépouille du vieil homme, que ma femme avait disparu, qu'on avait voulu me tuer, mais les mots se brouillèrent sur mes lèvres comme des bulles de savon. Je me sentais faible, l'infirmier me paraissait terriblement loin. Chaque mouvement me coûtait un terrible effort.

Un moteur démarra. Mais ce n'était pas celui de l'ambulance. Je tournai lentement la tête. A travers la vitre, je vis une voiture glisser lentement. Une Ford marron. Je reconnus le conducteur. C'était l'homme à l'imperméable que j'avais vu à Bruxelles, dans le métro tout d'abord, et ensuite à l'aéroport, quelques années-lumière plus tôt. Avais-je une hallucination ? Je cherchai du regard l'un des infirmiers et je remarquai soudain qu'il y avait quelqu'un d'autre dans l'ambulance, allongé sur le brancard voisin. Je me concentrai pour faire le net jusqu'à ce que je distingue clairement la personne dans l'ombre. Je voulus alors crier, mais je n'y parvins pas.

Le jeune médecin me regardait de ses yeux couleur paille, la gorge ouverte jusqu'aux oreilles.

Au même instant, nous démarrâmes sur les chapeaux de roues et l'ambulance se mit à dévaler la colline. A chaque tournant, la tête du mort rebondissait sur le drap blanc et j'avais l'impression horrible qu'elle allait se détacher et rouler jusqu'à moi. Je tirai vainement sur mes liens. Une sirène retentit soudain. La police, était-ce la police ? L'ambulance freina. Une seconde ambulance s'arrêta à notre hauteur, je voyais la croix bleue peinte sur la carrosserie. Ma gorge était sèche comme de l'amadou, mes lèvres épaisses et insensibles. Je sentais ma conscience se remplir d'ombre. Ils m'avaient drogué.

Une voix d'homme, avec un fort accent suisse :

– Vous venez de Klausen ?

– Ouais, un dérangement pour rien !

– J'comprends pas, on nous a appelés pour une crise cardiaque.

– Nous aussi, mais y avait personne.

– Tu parles d'une blague à la con !

Leurs voix me parvenaient, déformées, ralenties. Il fallait que je parle à ces hommes, il fallait que je me libère. Je me débattais, je ne pouvais pas bouger, les courroies me comprimaient la poitrine. J'avais l'épaule en feu. J'essayai d'appeler : impossible.

– Allez, salut, la bourgeoise nous attend !

– Bonne journée !

Mon dernier espoir de salut s'en alla tranquillement déguster la fondue dominicale.

Redémarrage. Où m'emmenait-on ? Les cahots me secouaient, propageant des ondes de douleur dans tout mon corps. J'étais tombé dans un piège. A cause de moi, un jeune médecin innocent était mort. Un goût âcre m'emplit la bouche à cette pensée et je perdis conscience.

Quand je revins à moi, un rayon de soleil me frappait les yeux. Je voulus me protéger de la lumière mais je ne pus bouger les mains. L'idée, extravagante, que j'avais été amputé me traversa, m'inondant de panique. Puis je songeai à remuer les doigts et les sentis à leur place habituelle. J'étais simplement prisonnier d'une sorte de carcan. Je m'habituai peu à peu à la lumière et regardai autour de moi. Hélas ! ce n'était pas le chaud soleil d'une plage des Maldives qui m'avait réveillé, mais le rayonnement impitoyable d'une lampe halogène placée au-dessus de ma tête. Tout autour de moi, il y avait des murs recouverts d'un épais capitonnage. Pas de fenêtre, des murs capitonnés... Une angoisse m'étreignit. Je relevai la tête pour m'examiner. J'étais enveloppé d'une camisole de force d'un beau rose vif, certainement choisi à l'issue d'un séminaire ardu sur les vertus thérapeutiques des couleurs gaies.

Était-ce une hallucination due à la drogue ou bien étais-je vraiment enfermé dans une cellule psychiatrique ? J'avais un goût amer dans la bouche et je me sentais tout à fait lucide. Non, pas de doute, mes mystérieux sauveteurs m'avaient bel et bien interné. Un ronronnement m'alerta et, fouillant la pièce des yeux, je décelai vite l'œil sombre d'une caméra vidéo installée au-dessus de moi, protégée par le halo de lumière de la lampe.

Je fixai la caméra et essayai de parler, mais les sons qui franchirent mes lèvres ressemblaient à des grognements inarticulés. Un peu de bave coula de ma bouche sur mon cou. J'aurais voulu cracher, mais je ne pouvais pas me pencher. Une forte envie d'uriner me tenaillait. J'essayai encore de parler et, au bout d'un moment, je réussis à articuler d'une voix rauque qui m'écorchait la gorge :

– J'ai envie de pisser.

Rien ne se produisit. James Bond n'arriva pas pour me sauver, Martha ne se métamorphosa pas près de ma couche avec une coiffe d'infirmière.

Je songeais à libérer quand même ma vessie, lorsqu'un pan de mur coulissa, livrant passage à un infirmier inconnu, porteur lui aussi d'un masque blanc. Il tenait un urinal à la main. Je l'accueillis avec une grimace railleuse :

– Comme c'est gentil à vous !

Sans manifester le moindre sentiment, il plaça l'urinal et attendit que j'aie terminé. Puis il se retira.

Le séjour commençait bien. Service impeccable mais un peu froid. Est-ce que j'avais été transféré directement dans un goulag ? Mais les goulags n'existaient plus. Dans une unité de débriefing de la CIA alors ? Un de ces centres d'interrogation et de lavage de cerveau qui ont fait les beaux jours des romans de gare... Normal, si « on » croyait que j'étais un jeune et brillant agent d'Allemagne de l'Est. Mais l'Allemagne de l'Est n'existait plus. Enfin, l'avantage c'était que ni Max ni le commissaire Malinois ne viendraient me chercher ici. L'inconvénient tenait à ce que ma séquestration laissait supposer l'intervention d'une bande rivale à celle de Silberman-Gruber. On ne voulait pas me tuer, et c'était bien ce qui me faisait peur. On voulait quelque chose de moi, quelque chose que j'ignorais et qu'on allait certainement chercher à m'arracher par tous les moyens et principalement les moins agréables...

Je repensais à ma course dans le jardin du château, à Martha évanouie dans la nature et me laissant aux prises avec le tueur, quand le pan de mur capitonné coulissa une nouvelle fois. Le même infirmier portait un plateau chargé d'un verre d'eau, de comprimés et d'une sorte de bouillie. Il posa le tout par terre, puis tira de sa poche un entonnoir en caoutchouc qu'il m'enfourna posément dans la bouche, me pinçant le nez pour m'obliger à écarter les mâchoires. Il commença ensuite à déverser la bouillie dans l'entonnoir et, pour ne pas étouffer, je fus forcé de déglutir. Lorsqu'il eut fini de me nourrir de cette manière pragmatique mais peu sentimentale, il déversa le verre d'eau par-dessus le tout, accompagné des deux comprimés, retira l'entonnoir et me fit une piqûre.

Je perdis de nouveau conscience. Il me semblait que l'on me parlait. Mais je ne pouvais pas répondre. Martha se glissait près de moi et criait « Attention, attention ! », puis la main puissante de Gruber l'arrachait à moi et l'on me frappait sauvagement. Un visage amical se penchait sur moi, avec le sourire du docteur Lanzmann, mais les yeux, les yeux étaient ceux d'un prédateur cruel et affamé. Il voulait me dévorer le cerveau. Je hurlai « Non, non ! » et me retrouvai dans un avion, très loin au-dessus des nuages. Je planais dans le silence. Le silence.

J'ignore combien de temps je restai ainsi, dans un état de semi-conscience, traversé de rêves étranges et douloureux, pleins de sang et de colère. A un moment donné, l'image de mon père, de ce monstre qui était sans aucun doute mon père, s'imposa à moi avec une telle force, dardant son regard halluciné sur mon visage, que je me réveillai en sursaut.

La lampe était éteinte. Il faisait un noir d'encre. Dans mon cauchemar, j'avais levé les bras pour me protéger et je m'aperçus avec surprise qu'ils étaient effectivement dressés devant mon visage. Je ne portais plus la seyante camisole de force. Que se passait-il ? Je tendis l'oreille, essayant de discerner un son. Mais la pièce devait être parfaitement insonorisée, tout était silencieux. En tout cas, je devais profiter de cette obscurité inattendue car, quelle qu'en soit la raison, mes geôliers n'allaient pas tarder à intervenir.

Je me redressai, la tête me tourna et je dus me retenir au lit pour ne pas tomber. Tâtonnant lentement autour de moi, j'identifiai une sorte de table roulante chargée d'objets. Un chariot d'hôpital ! L'odeur puissante de désinfectant me confirma dans mon idée. C'était pour cela que je ne portais pas la camisole. On s'apprêtait à me donner des soins dont j'avais certainement bien besoin, étant donné les élancements qui me traversaient l'épaule.

Ils n'avaient donc pas l'intention de me tuer, on ne soigne pas les condamnés à mort. Mais de nombreuses lectures peu recommandables m'avaient enseigné qu'il y avait des choses bien pires que la mort. Continuant mes prudentes investigations, je récupérai à tâtons une paire de ciseaux chirurgicaux. Me dirigeant à partir de ma couchette, j'avançai alors jusqu'au mur qui livrait habituellement passage à l'infirmier. Je le palpai soigneusement, mais, dans le noir absolu, je ne réussis pas à trouver le mécanisme d'ouverture de la porte, si tant est qu'il y en ait eu un à l'intérieur. Je m'accroupis donc au pied de la paroi et attendis.

L'attente ne fut pas longue. Moins d'une minute après que je me fus mis en faction, des pas rapides retentirent de l'autre côté de la cloison, la porte coulissa et le faisceau d'une lampe électrique balaya la pièce. Je n'avais pas le temps de réfléchir : je portai tout mon poids en avant et vers le haut, frappant vivement l'arrivant de la pointe de mes ciseaux. Je sentis les lames s'enfoncer dans de la chair, un cri rauque résonna que je tentai d'étouffer sous un coup de poing décoché au jugé, le son de sa voix m'ayant permis de localiser la tête de l'inconnu. Il s'affaissa lentement. Du liquide chaud coula sur ma main, mon poignet.

La lampe roula sur le sol puis s'immobilisa, le faisceau pointé vers nous. C'était mon infirmier. Les ciseaux s'étaient profondément enfoncés dans sa poitrine, à une dizaine de centimètres du cœur, et le sang coulait sur le sol capitonné. Il respirait avec peine, les yeux révulsés. Évitant de le regarder, je le dépouillai de sa blouse, de son calot et de son masque. Lorsque le masque glissa, je découvris, incrédule, le visage de l'homme à la Ford marron. Nos rencontres risquaient fort de s'arrêter là. Je pris son pouls, à la gorge. Il battait, un peu trop vite, mais il battait. Il fallait espérer qu'on le découvrirait rapidement. Peut-être ne me voulait-il pas de mal, peut-être venais-je de commettre un meurtre. Un de plus. Mais j'étais devenu un animal traqué, acculé, et tant pis pour quiconque se mettrait en travers de ma route.

Je ramassai la lampe, ajustai le masque sur mon visage et me ruai hors de la pièce. Mon épaule me faisait terriblement souffrir et je tenais à peine debout. Je me trouvai dans un long couloir, bordé de portes qui menaient sans doute à des cellules identiques à la mienne. Un asile psychiatrique ? Un centre de tortures ? Des voix me parvenaient, affolées, furieuses.

– Bon sang, c'est pas encore réparé ?
– Et Dédé ? Où il est, Dédé ?
– Il est descendu voir le nouveau.
– Merde, on va se faire passer un savon !

– C'est pas notre faute si ce foutu générateur ne s'est pas enclenché.

Une panne. Il y avait une panne. Je remontai un escalier recouvert de linoléum vert fluo et débouchai dans un hall. Des gens allaient et venaient dans la plus extrême confusion, et dans un entrelacement de faisceaux lumineux. Je m'immobilisai. Une bouffée d'air frais me caressa le visage. Quelqu'un avait ouvert la porte ! Je me dirigeai vers l'issue, ma lampe braquée devant moi. Ils devaient me prendre pour Dédé et personne ne me dit rien. Ils étaient occupés à bricoler quelque chose dans un placard. J'arrivai près du seuil, éteignis ma lampe et me glissai dehors.

Je débouchai dans un vaste parc planté d'arbres vénérables, mais je n'avais pas vraiment le loisir d'admirer le paysage. La tempête faisait rage. Il pleuvait à verse, des trombes d'eau crépitantes arrachaient les feuillages, et les rafales de vent, bondissant à travers la chevelure des chênes, faisaient ployer la cime des cyprès. L'orage, exceptionnellement violent, avait dû causer des coupures de courant et leur générateur ne s'était pas mis en route. A cause de ce banal incident technique, je me retrouvais libre, Dédé entre la vie et la mort, et cela ne dérangeait pas plus l'univers que la permutation de deux grains de poussière.

Le corps douloureusement courbatu, j'avançais péniblement sous la pluie battante, dans le mugissement du vent. J'avais froid et mal au crâne. Le sang pulsait à ma blessure, m'occasionnant une douleur aiguë. Je m'arrêtai un instant sous un arbre, pour reprendre ma respiration. L'eau dégoulinait sur la blouse d'infirmier, en gifles glacées, la nettoyant du même coup du sang qui la tachait.

Des lampes apparurent sur le seuil de l'établissement, braquées vers le parc où j'errais. Des voix criaient quelque chose d'incompréhensible, noyé dans le vacarme de l'orage. Je compris que l'alerte était donnée : finie la belle vie !

Je me remis à courir, pataugeant dans les allées transformées en bourbier, courbé en deux, tandis que les faisceaux des torches électriques zébraient la nuit derrière moi. Mon cœur battait trop vite, j'avais la bouche sèche, avec un mauvais goût amer, résidu des drogues ingurgitées, et je tremblais de froid. J'atteignis enfin le mur d'enceinte et la haute grille qui fermait l'accès au domaine. Rassemblant mes dernières forces, j'escaladai le tronc rugueux du chêne le plus proche. Dans l'état où j'étais, franchir la grille ou le mur était hors de question. Malgré le froid, je ruisselais d'une sueur aigre, et la sueur se mêlait à la pluie pour me donner le sentiment d'être perdu dans une guerre de marais. Le vrombissement d'un véhicule se fit entendre à travers la tempête. Une Espace bleu marine freina devant la grille et un infirmier en descendit, un trousseau de clés à la main, une longue torche braquée devant lui.

J'en déduisis que la panne de courant empêchait d'actionner électriquement le portail. C'était ma chance. A peine avait-il fait un pas que je me laissai glisser le long du tronc. J'atterris sans bruit dans l'herbe détrempée, me coulai le long de la carrosserie et me hissai sur le siège du conducteur par la portière restée grande ouverte. L'homme, un rouquin au visage de moniteur de colonie de vacances, pestait contre la serrure du portail, gêné par la pluie diluvienne. Comble de bonté, il avait laissé le moteur en route, au point mort ! Tassé sur le siège au ras du volant, je passai la première. Il avait enfin réussi à ouvrir les lourds vantaux et les poussait sous la pluie en grommelant. Une voix cria, loin derrière :

– Alors ?

– Alors, j'y vais. Si tu crois que c'est marrant ! De toute façon, il n'a pas pu aller très loin ! répondit en hurlant à son tour le rouquin.

Il se tourna vers moi, j'accélérai à fond et lâchai toute la gomme. La voiture bondit en avant et le rouquin fit un saut de côté, s'étalant dans les impeccables plates-bandes, avec l'air désespéré et incrédule de quelqu'un qui se voit brusquement attaqué par un véhicule sans conducteur. Je me redressai juste à temps pour éviter le mur et m'enfonçai dans la nuit noire. Jetant un coup d'œil dans le rétro, je vis le rouquin gesticuler au milieu de l'allée, bientôt rejoint par d'autres silhouettes blanches.

La route serpentait dans les collines. Conduisant d'une seule main, j'allais le plus vite que je pouvais, dans la limite de la visibilité. Un panneau indicateur se prit dans le faisceau de mes phares et je sus instantanément où j'avais été retenu. Dans la clinique de Lanzmann. Cela ne me surprenait pas vraiment. J'hésitai un moment à aller le cueillir chez lui, mais je songeai qu'il y aurait sans doute tout un comité d'accueil pour m'attendre. Il fallait que j'aille là où personne ne m'attendait, ni Lanz-mann, ni Silberman, ni ? Je mis le cap sur la frontière allemande. Si je voulais y comprendre quelque chose, je devais retrouver les traces de mon frère.

Douzième jour – lundi 19 mars

J'étais fatigué. Tellement fatigué. La tempête s'était calmée, laissant la place à une pluie dense et régulière, au chuintement hypnotique. La montre du tableau de bord indiquait 1 h 10, du lundi sans doute. A moins que je ne sois resté plusieurs jours inconscient ? Les idées se brouillaient dans ma tête. Incapable de réfléchir, je me concentrais sur la conduite. Sans doute étaient-ils à ma poursuite. Je ne pouvais pas me permettre de m'arrêter. Mes paupières me brûlaient et j'étais terrifié à l'idée de m'endormir. J'ouvris grand la fenêtre, espérant que l'air glacé et les gifles lourdes de la pluie me tiendraient éveillé.

Les mains crispées sur le volant, les dents serrées, je m'obligeais à ne penser à rien, qu'au quart d'heure à venir, et après celui-là au suivant et ainsi de suite, mon avenir se bornant à tenir un quart d'heure, puis un autre, de tout petits quarts d'heure de sursis...

J'émergeai en sursaut. Mes yeux s'étaient fermés, je m'étais assoupi une seconde ! Instinctivement, j'avais dû ralentir, la voiture suivait mollement une courbe la conduisant tout droit dans un grand champ de blé. Je redressai le volant, freinai et coupai le moteur. Le silence me fit du bien. L'aube se levait. La pluie avait cessé. L'habitacle était trempé et puait le chien mouillé. Je puais aussi et j'aurais eu bien besoin d'une douche, souillé comme je l'étais de terre et de sang.

Mon épaule me lançait, douleurs aiguës en coups de poignard. Je tâtai maladroitement la plaie, protégée par un épais paquet de pansements. L'absence de sang frais sur la gaze me donna bon espoir que la plaie ne se soit pas rouverte.

Regardant autour de moi, je repérai un bosquet d'arbres touffu, remis le contact et roulai lentement jusque-là. Une fois la voiture à couvert, je sortis. L'air glacé du petit matin me brûla le visage et la gorge. Tout mon corps tremblait, comme une machine emballée, et je réalisai que je ne portais que la blouse blanche et le pantalon de toile de l'infirmier. C'était largement insuffisant pour une aube glaciale de mars.

Je réintégrai la voiture, secoué de convulsions et d'éternuements. J'étais brûlant, j'avais de la fièvre. J'avais besoin de repos, de chaleur. Je claquais des dents. A quatre pattes, avec des gestes raides et maladroits, j'entrepris de fouiller l'Espace et je dénichai une vieille bâche en plastique tachée de cambouis. Elle me sembla terriblement lourde. Je pensai encore à verrouiller les portières, m'allongeai sur le sol à l'arrière, et m'enveloppai soigneusement dans la bâche. Malgré le froid qui me tenaillait et les questions sans réponse qui me taraudaient, je m'endormis presque aussitôt d'un sommeil de plomb.

Martha et moi faisions l'amour. Je transpirais abondamment contre son corps lisse, ma bouche sur son épaule chaude. Mais Martha était étrange... tellement étrange, lointaine, comme… comme une poupée, oui, une poupée en plastique aux yeux morts. Je la secouai violemment en criant : « Martha, tu m'entends ? Martha ! » et m'éveillai, entortillé dans le plastique, noyé de sueur, sous un rayon de soleil qui tapait à travers la vitre. Peut-être le printemps s'était-il décidé à prouver qu'il n'était pas qu'un vague espoir... Je me dégageai tant bien que mal de mon cocon improvisé et regardai l'heure à la montre du tableau de bord. Il était 9 h 43, j'étais à bord d'un véhicule volé, sans papiers, sans argent, sans vêtements. Et surtout sans rien y comprendre. Une proie de rêve pour la police. Il fallait se rendre à l'évidence : ma carrière touchait à sa fin et, telle une météorite en mal d'orbite, j'allais m'écraser sous peu en prison. A moins qu'une balle logée entre mes deux yeux n'abrège définitivement mes souffrances.

Je me secouai et repassai à l'avant. La boîte à gants contenait des cartes routières bien pliées, un sachet de pastilles pour la gorge, une petite boîte avec de la monnaie, une paire de lunettes de soleil, une paire de gants fourrés, une pancarte à poser derrière le pare-brise avec la mention « médecin » frappée d'un caducée, et les papiers du véhicule. Comme je m'en doutais, il appartenait à la S. A. LE COLOMBIER, le nom de la clinique de ce salaud de Lanzmann.

Je me fourrai dans la bouche une poignée de pastilles et déglutir me fit mal tant ma gorge était sèche. Il fallait que je boive. Je sortis dans le champ humide, mes espadrilles d'infirmier s'enfonçant dans la terre gorgée d'eau. De l'eau ! Des flaques s'étaient formées sur le chemin et, tel un animal, je m'accroupis et lapai longuement l'eau terreuse. J'avais besoin d'eau, un besoin plus fort que tout. Quand je me redressai enfin, je me sentais mieux. Ma sueur avait séché sur moi et se transformait en une pellicule glacée. En revenant vers la voiture, je remarquai les lettres peintes en bleu ciel sur ses flancs : CLINIQUE LE COLOMBIER. On ne pouvait pas faire plus discret.

Sans grand espoir, je repris ma fouille, péniblement à cause de mes muscles endoloris, et ne dénichai qu'un gyrophare et un bidon d'essence vide. A moins de me flanquer le gyrophare sur la tête et d'essayer de me faire passer pour un extraterrestre, je ne voyais là rien qui pût m'aider à passer la frontière. Je croquai une autre poignée de pastilles et consultai la carte. Ayant repéré le dernier patelin dont je me souvenais, je calculai que je devais être tout près de la frontière. A cause de la fièvre, j'avais l'impression d'effectuer tous mes mouvements au ralenti et ce fut avec une extrême lenteur que je repliai la carte, mis le contact et allai me planter au milieu de la route, gyrophare sur le toit.

J'attendis un bon quart d'heure avant qu'un break Volkswagen gris et boueux n'arrive doucettement. Le conducteur, un type d'environ cinquante ans au visage tanné, freina et resta là à m'observer. J'étais debout à côté de la voiture, dans ma tenue d'infirmier, mon bidon d'essence à la main, essayant d'avoir l'air affable et normal. J'agitai le bidon et m'approchai de lui. Il me regarda arriver, l'œil morne, les moustaches tombantes. Je priai pour que ma blouse ne soit pas trop tachée de sang, pour que la sueur ne dégouline pas le long de mon visage en feu, me donnant l'air d'un fou dangereux.

Soit il était d'un naturel confiant, soit il ne regardait jamais de films d'horreur, car il baissa sa vitre. C'était tout ce que je voulais. De ma main droite, je l'agrippai brutalement par le col, ouvris la portière et le tirai dehors de la main gauche, avec l'impression que mon épaule se déchirait.

Il ouvrit la bouche comme un poisson privé d'eau, terrifié. Je le retournai, le plaquai contre le capot, lui tordant brutalement le bras. Il devait bien faire quinze centimètres et dix kilos de moins que moi et j'avais l'impression d'être une brute sanguinaire. J'essayai de lui parler de manière raisonnable.

– N'ayez pas peur, je ne vous ferai pas de mal, j'ai juste besoin de vos vêtements.

– De mes vêtements ?

Les mots passaient difficilement dans sa gorge.

Je hochai la tête et lui retirai son blouson. Pétrifié, il me laissait faire et son regard inquiet courait de l'inscription CLINIQUE sur le flanc de la Renault à mon visage altéré de fou furieux. Je déboutonnai sa chemise et, comme s'il voulait en finir au plus vite, il retira son pantalon. Il frissonnait sur la route, en slip blanc. J'ôtai ma blouse et la lui tendis. Il la considéra avec la plus grande répulsion et la garda roulée en boule dans sa main. J'achevai de me vêtir, grimpai dans son break sous son regard malheureux et mis le contact.

– Je ne l'abîmerai pas, je vous le promets, et toutes vos affaires vous seront rendues, lui criai-je en démarrant.

Mais je voyais bien qu'il ne me croyait pas plus que je ne me croyais moi-même.

Brusquement, il me montra le poing et se mit à courir vers la Renault. La portière en était ouverte mais les clés étaient dans ma poche. J'accélérai et me calai sur le siège, réchauffé par son blouson fourré et sa chemise en laine écossaise distendue sur mon torse trop large, les pieds serrés dans ses bottes en caoutchouc trop petites. Je n'avais pas pu boutonner le pantalon et il tenait avec sa ceinture en cuir. Je regrettais d'avoir dû m'en prendre à ce type sans défense, je regrettais d'être devenu une sorte d'animal aux abois, prêt à tout. Je regrettais tout ce merdier mais je n'avais aucun moyen de m'y soustraire.

Le poste frontière allemand se profila rapidement. Je fermai mon blouson, vérifiai que le type, un menuisier à en juger d'après le contenu du break, avait bien ses papiers en règle. Normalement, il n'avait pas eu le temps de donner l'alerte, il ne devait pas y avoir beaucoup de passages à cette heure-là sur la petite route où il avait eu le malheur de me rencontrer. J'abordai le poste frontière en roulant doucement, impassible. Un flic, calfeutré dans sa casemate, me fit signe de passer avec impatience. S'ils avaient reçu des consignes, elles ne pouvaient concerner que la Renault-Espace. Le douanier allemand, de l'autre côté, ne me regarda même pas, il avait l'œil vissé sur un petit poste de télévision, retransmettant les détails d'une catastrophe aérienne. Je passai devant lui roulant au pas, puis accélérai. C'était gagné.

Dans le portefeuille du menuisier, il y avait de l'argent, près de 500 francs suisses, une carte de crédit et de magnifiques traveller's cheques. Sans doute le brave homme se préparait-il à une virée de l'autre côté de la frontière. Une petite carte publicitaire tout écornée vantant les mérites d'un institut de massage au nom prometteur de TOTAL RELAX et portant la mention *discrétion assurée* me confirma dans cette idée.

Fidèle à mes habitudes, je me garai sur le parking du premier supermarché que je trouvai et partis faire des emplettes.

Cette fois-ci, je choisis une tenue confortable : jeans, blouson en jean fourré, pull à col roulé gris, chaussettes et baskets noires. Une demi-douzaine de bouteilles d'eau, de l'aspirine, des pansements, des désinfectants, une carte routière, des chips, des oranges et du chocolat complétèrent mes achats que je fourrai dans un sac de sport en nylon noir. Je réglai avec la carte de crédit dont le vol n'avait pas encore dû être signalé.

A peine dehors, je bus longuement au goulot, vidant d'un trait près de la moitié d'une bouteille d'eau. Je rangeai mes courses dans le break et décidai de chercher un endroit où me laver, me panser et dormir. Mais il me fallait d'abord changer de voiture. Je me rendis à la banque pour encaisser les traveller's cheques et changer les francs suisses. C'était jouer le tout pour le tout, il fallait espérer que le brave menuisier fût encore en rade en pleine cambrousse. L'employé, un blond filasse occupé à se curer le nez, regarda à peine le passeport que je lui tendais. J'en profitai pour découvrir que je me nommais maintenant Axel Wiener, né le 14 octobre 1936 à Berne, profession : restaurateur de meubles. Apparemment peu ému par la différence d'âge entre Wiener et moi-même, le blond filasse jeta un œil trouble sur mes chèques, me tendit un paquet de billets et se replongea dans l'examen de ses déjections nasales. J'étais paré pour un bon moment.

L'arrêt suivant fut pour Hertz. Je louai une Golf grise, discrète, laissai généreusement l'empreinte de la carte bleue volée et regagnai le break. Là, je transvasai mes affaires dans la Golf et mis enfin le cap vers un hôtel.

Tout en roulant, je dévorai les oranges et le chocolat. Mon épaule me faisait un mal de chien et la douleur irradiait dans tout le dos. Je me sentais comme enrobé d'une gangue de crasse et je ruisselais d'une sueur malsaine. Je devais encore avoir de la fièvre. Je roulai environ une cinquantaine de kilomètres tant bien que mal. Puis une petite auberge se profila à l'horizon et je m'y arrêtai avec soulagement. Une dame d'âge mûr, dodue et souriante, m'accueillit et me loua une petite chambre d'inspiration rustique que je payai d'avance, l'informant que je ne voulais être dérangé sous aucun prétexte. Je regardai le grand lit recouvert d'une couette rose avec les yeux du loup de Tex Avery pour une girl plantureuse. La douche attendrait. Tout ce que j'étais capable de faire, c'était de me jeter sur le matelas et de fermer les yeux.

Treizième jour – mardi 20 mars

Je m'éveillai dans l'obscurité. Le cadran lumineux de ma montre m'indiqua qu'il était 5 h 02. J'avais dormi depuis 14 h 25 la veille, soit près de quinze heures. Un coq chanta, pas très loin. Je me redressai et gagnai la douche. J'étais perclus de courbatures, mais je n'avais plus mal à la tête et je me sentais mieux. J'enlevai péniblement mes vêtements et le pansement couvert de sang et de saleté qui « protégeait » ma plaie. Ça tirait et ça faisait mal, mais ça ne semblait pas s'être rouvert.

Je passai sous la douche et laissai couler l'eau chaude sur ma nuque et mon torse avec délices. Je restai là longtemps, regardant la crasse s'ôter de mon corps sous le jet puissant, me sentant renaître, vivifié par le picotement de l'eau, son ruissellement sur ma peau. L'image de Martha nue près de moi sous la douche s'interposa brusquement et je fermai les robinets d'un coup sec. Il n'était pas question que je pense à Martha. Pas maintenant.

Je m'essuyai avec précaution sans pouvoir retenir quelques grimaces de douleur. Je constatai avec satisfaction que ma barbe avait poussé, modifiant mon apparence. Je me refis un pansement tant bien que mal, enfilai mes vêtements propres, bus, mangeai et sortis.

Ce n'était plus la nuit et pas encore l'aube. Juste une lueur blême et diffuse que le coq salua encore une fois, triomphalement. Je regardai autour de moi, respirai un grand coup d'air glacé et démarrai. La location de la Golf ayant été réglée d'avance, normalement le loueur n'avait aucune raison de vérifier une deuxième fois la validité du numéro de carte bleue que je lui avais laissé en gage. Mais, apercevant une vieille camionnette abandonnée le long d'un champ de luzerne, je m'arrêtai. Il faisait sombre, la route était déserte. Je choisis un tournevis dans la mallette d'outils rangée dans le coffre. La vieille camionnette n'avait plus de roues et était couverte de rouille. Personne n'irait vraisemblablement déclarer le vol de ses plaques minéralogiques. Je les dévissai rapidement et les rapportai dans la Golf. Cinq kilomètres plus loin, je me garai dans un chemin de traverse et procédai à l'échange avec les miennes, que je jetai dans un buisson d'épineux.

Quatre heures plus tard, en traversant Munich, je songeai, comme tous les touristes, aux événements qui avaient pris naissance ici, cinquante ans plus tôt. Et je me trouvais là aujourd'hui, à la recherche d'un frère que j'avais à peine connu, comme toutes ces familles éparpillées au gré des événements, fétus de paille poussés par le vent de l'histoire.

A Munich, je laissai la voiture dans le centre, pris un taxi et me fis conduire à l'aéroport. Là, j'achetai un billet sur le premier vol en partance pour Dresde. Si l'employé fut surpris de me voir payer en liquide, il ne le manifesta pas. Dans l'avion, je pensais à mon frère, obligé de s'enfuir à l'Ouest aux commandes de son avion. Six ans après, tout comme moi, il n'aurait même pas eu à passer la douane... Le monde changeait trop vite, on ne pouvait pas avoir confiance en lui, ni dans un sens ni dans l'autre.

Dresde... Un nom de sinistre mémoire. Rien qu'à le prononcer, on sentait le souffle des bombes, le souffle rauque du feu vous courir sur le visage. En fait, la ville était grise et banale. Je me moquai *in petto* de mon lyrisme pompier. Un taxi cabossé me conduisit jusqu'à la base militaire où mon frère avait passé ses dernières années de soldat. Je regardai le paysage sombre par la vitre sale et sentis la douleur maintenant familière battre à mes tempes.

Le ciel était noir d'orage. Je payai le taxi et il s'éloigna. Un planton m'indiqua un bureau d'accueil, à la peinture écaillée. Je demandai à parler au sergent Bohm, un des noms que m'avait indiqués l'aimable fonctionnaire de Berlin-Est, lorsque j'avais prétexté une affaire de famille. Il était 18 h 36. Le sergent Bohm était justement de repos ce soir-là et il s'apprêtait à partir en ville. On me convia à l'attendre dans la cour. Je me gelai un bon quart d'heure, sous l'œil goguenard de la sentinelle bien emmitouflée dans son parka fourré, avant de voir débarquer un bonhomme tout rond, le crâne tondu à zéro, boudiné dans un uniforme impeccablement repassé. La sentinelle le héla et dut lui dire que je l'attendais car il obliqua aussitôt. Il se planta devant moi et me dévisagea. Il avait un visage poupin, aux traits aimables, que démentaient ses yeux de glace. Et comme il me regardait, impassible, je vis une étrange pâleur se répandre sous son hâle. Mais sans trahir aucune émotion, et m'ayant examiné des pieds à la tête, il tourna brusquement les talons et gagna l'esplanade vide devant la base. Je le suivis, mon sac en bandoulière.

— Sergent !

Il ne se retourna pas, marchant tranquillement d'un pas égal. Je le rattrapai à hauteur de l'arrêt d'autobus.

— Il faut que je vous parle !

Alors sans me regarder, à voix basse, il lança :

— Est-ce que tu es fou ? Tu veux nous faire prendre ?

L'autobus arrivait. Il prépara de la monnaie et je vis sa main trembler.

— Je dois vous parler, vous parler de Grégory von Klausen.

— Fous le camp !

— Je n'ai pas d'autre solution, j'en suis désolé pour vous, mais je dois vous parler.

— A 8 heures, chez Stiller, place des Halles. Demande l'Instituteur.

L'autobus arriva dans un grand grincement de ferraille. Il grimpa dedans et je grimpai à sa suite, perplexe. M'ignorant totalement, il alla s'asseoir à côté d'une grosse femme avec qui il entra aussitôt en conversation. Je m'installai tout au fond de l'allée, près d'une fenêtre, et l'autocar repartit, brinquebalant. Le sergent Bohm descendit dans la banlieue et je renonçai à le suivre afin de ne pas compromettre notre rendez-vous.

Je tournai un bon moment dans la ville avant de trouver la place des Halles et quand j'y arrivai j'étais transi. Il faisait encore plus froid qu'à Genève et une croûte de glace recouvrait les trottoirs. « Chez Stiller » était un petit bar tout au fond de la place, le genre de bar où une femme seule hésite à entrer et où les types sont vissés au comptoir, prêts à tomber si on les décroche de leur verre.

J'avais encore une demi-heure avant le rendez-vous. J'allai boire un café dans une brasserie voisine, brillamment éclairée, où un vieil homme jouait du violon. A 8 heures moins 2, je me levai, laissai de la monnaie sur la table et sortis.

Le froid me saisit, après la tiédeur du café. Je traversai la place et pénétrai dans le petit bar enfumé. Des visages se tournèrent vers moi, des regards éteints m'enveloppèrent de leur brume, puis retournèrent rapidement contempler leurs fonds de verres comme s'il s'agissait de boules de cristal. Un garçon bâti en haltérophile, serviette blanche sur l'épaule, ventre en avant, se propulsa vers moi :

– S'qu' v'vlez ?

Il parlait un allemand haché, que j'avais du mal à comprendre.

– Je voudrais voir l'Instituteur.

En prononçant cette phrase, je me sentais parfaitement ridicule. Un espion d'opérette dans un film d'Hitchcock. Le serveur me dévisagea. Avec son look de psychopathe, le visage secoué de tics, il était tout à fait dans la note.

– V'nez 'vec moi.

Je lui emboîtai le pas, me frayant un passage à travers les épaves cramponnées au bar, vacillant sur leurs pattes dans la salle jonchée de sciure.

Il tourna à gauche, et nous nous retrouvâmes dans une petite pièce remplie de cartons. Une réserve. Sur ce, il se moucha dans sa serviette et sortit en claquant la porte. Je restai interloqué, craignant un piège. Une pile de cartons bougea et je sursautai. Des rats ? De derrière la pile surgit

le crâne lisse du sergent Bohm. J'entr'aperçus la découpe
d'une porte. La réserve communiquait certainement avec
l'immeuble voisin. Le sergent me fixait de ses yeux
bleus réfrigérants et son pistolet de service, un mauser
bien graissé, était braqué sur ma tête. Je soupirai :

— Écoutez, je veux juste discuter.

Il hocha la tête, sa voix avait un son plaintif, un brin
trop aigu :

— Pourquoi tu fais ça, Greg, merde, pourquoi ?

Comprenant qu'il me prenait pour mon frère, je fis un
geste de dénégation :

— Je ne suis pas Grégory, je suis son frère, Georges.

Il me considéra avec colère et rancune :

— Espèce de salopard, arrête tes conneries ! D'abord tu
te tires en me jurant de donner des nouvelles, et après
presque six ans de silence tu te ramènes comme une
fleur... Ils t'ont retourné, c'est ça, hein, tu marches avec
eux maintenant, fumier ! Tu croyais peut-être qu'il suffisait de te faire refaire le nez pour m'abuser !

— Je ne suis pas Grégory. Grégory est mort. Je suis son
frère. Son frère jumeau.

— C'est ça ! Et moi je suis la reine d'Angleterre, mais
vous me reconnaissez pas parce que j'ai pas mis mon
chapeau.

J'appréciai malgré moi son humour inattendu, tout en
essayant de le convaincre :

— Il croyait ne jamais me revoir et moi je le croyais
mort. Est-ce que je peux vous expliquer ça ?

Il me considéra avec attention, plissant les yeux.

— Georges, hein ? Ouais, vous pouvez toujours essayer.
Et j'espère que vous serez convaincant. Parce que si je
continue à penser que vous êtes cet enfoiré de Grégory...

Le mauser remua de façon tout à fait claire. Je me lançai dans un long récit détaillé de mes aventures. Peut-être avais-je tort, peut-être ce type faisait-il partie de mes persécuteurs, mais je n'avais plus vraiment le choix, je devais courir le risque. Il m'écouta attentivement, sans ciller, sans baisser son arme une seconde, placide, comme s'il écoutait un bonimenteur essayer de lui placer un appareil à couper les carottes en huit parts égales, et je sentais la sueur couler le long de mon dos.

A un moment donné, je lui demandai la permission d'ôter mon blouson et il dit non, simplement. Pas de gestes superflus. Pas de risques.

Je parlais en essayant d'être convaincant, malgré mon mal de crâne.

Quand je me tus enfin, il se racla la gorge. Il avait le même regard que Benny, ce regard qui vous soupèse et qui va décider en une fraction de seconde de vous garder ou non dans le monde des vivants.

– Jolie histoire, dit-il enfin. Bien arrangée. On va la vérifier tout de suite. Grégory portait un tatouage sous l'aisselle droite. Déshabillez-vous.

Je le regardai, immensément soulagé, remerciant mentalement mon frère et son tatouage de roman à quatre sous, mais à peine avais-je enlevé mon blouson qu'il m'arrêta :

– Pas la peine. Bougez plus. Grégory a jamais eu de tatouage. Je voulais juste voir votre réaction. Vous n'êtes pas Grégory. Et vous êtes venu vous fourrer dans un sacré merdier.

Il fourragea de sa main libre dans un des cartons et en ramena une bouteille de vodka qu'il me lança. Je l'attrapai au vol.

– Ouvrez-la, j'ai soif.

J'ouvris la bouteille et la lui tendis. Il la saisit et en but une longue rasade au goulot puis me la fit passer. Nous en étions donc au rituel consistant à boire en commun et je me sentis un peu rassuré. Il lâcha un laconique :

– Alors, il est mort...

J'acquiesçai, en silence. Il éclusa une autre gorgée d'alcool, la fit rouler dans sa bouche et murmura, en guise d'oraison funèbre :

– Ça m'étonne pas de ce con...

Mais je voyais qu'il était touché par la nouvelle et sa main était moins ferme. Il se ressaisit rapidement, but encore, puis commença enfin à parler de ce qui m'intéressait :

– Grégory, c'était un emmerdeur. Il voulait toujours autre chose. Ailleurs. Maintenant il y est, ailleurs...

« Officiellement, il faisait partie de notre corps d'élite. En fait, il travaillait pour une section très spéciale, la DGA, Direction générale des archives, sous l'autorité directe d'Erich Mielke, le directeur de la police secrète.

Je dus avoir l'air étonné, car il ajouta :

– Normal que ça vous dise rien, ça dit rien à personne. Une section triée sur le volet, que des grosses têtes, idéologiquement sûres, si vous voyez ce que je veux dire. Pas le genre rats de bibliothèque, même s'ils passent pas mal de temps le nez dans les bouquins. On les appelait « les Historiens ». Le genre de type capable de vous déboulonner un cadre du parti en moins de temps qu'il vous en faut pour pisser. Au courant de tout le passé merdeux de chaque citoyen de ce foutu pays. Avec parfois des missions spéciales. Grégory, par exemple, travaillait sur la reconversion des biens des personnes déplacées. En clair, « qui » avait récupéré le fric des mecs qui se sont retrouvés à l'Ouest après la guerre, ce genre de trucs. Rien de bien palpitant, vous me direz... Mais Greg, ça le démangeait de fouiller là-dedans, rapport à son père, ce vieux salaud de von Klausen, qui hélas doit être aussi le vôtre de père, sauf votre respect... Il lui en voulait terriblement, à son père, de l'avoir abandonné.

Je songeai à part moi qu'il aurait surtout dû en vouloir à notre mère bien-aimée.

Le sergent Bohm s'interrompit pour boire un grand coup, déglutit, s'épongea le front avec sa manche, avant de continuer :

– Grégory était tombé sur une histoire fantastique. En faisant un certain nombre de recoupements, et pas avec un putain d'ordinateur, non, juste avec un crayon et du papier... Il a bossé là-dessus pendant des heures et il a mis au jour le réseau...

– Le réseau ?

– Ouais. Tout un réseau de hauts dignitaires du parti nazi, volatilisés à l'étranger avec leur pognon.

– Rien de bien nouveau.

J'avalai une rasade de vodka, afin de m'éclaircir la tête.

– Si. La nouveauté, c'est que Grégory a mis le doigt sur la structure du réseau. Comment ils s'y étaient pris. Par quelles filières. De quelles complicités ils avaient bénéficié... Quelles étaient les ramifications internationales. Il a ramené au jour un vieux squelette : la Rose de Fer.

Je commençais à être fatigué, les élancements dans

mon crâne avaient repris et je m'assis à mon tour sur une caisse :

— La Rose de Fer ? Une organisation secrète ?

— Exact, mon pote. Une organisation secrète et paramilitaire dont les ramifications s'étendent sur tous les continents. Une sorte de pouvoir dans le pouvoir dont les racines sont ici. (Il tapa du pied sur le sol en ciment.) Et c'était le père de Grégory, cette vieille pourriture de von Klausen, qui en était le chef !

Je considérai sans le voir le mauser toujours braqué sur moi. Mon mal de tête avait encore empiré et je me sentais sous pression :

— Mais quel intérêt peuvent avoir ces vieilles histoires de nos jours ?

— C'est exactement ce que s'est dit Grégory au début. Lui, ça le passionnait surtout en tant qu'historien. Il a secoué le squelette qu'il avait exhumé et il est allé le présenter tout fier à son chef de section. Le surlendemain, il a failli mourir. On avait saboté les freins de sa bagnole. Un accident stupide. Alors, il s'est mis à réfléchir.

— Enfin, on est en 1990 ! Qui se soucie encore de ces conneries de nazis et de trésors ?

— Écoutez, vous croyez que ça ferait plaisir à cette bande de dinosaures en place aux postes les plus élevés du pouvoir dans pas mal de pays de voir dévoilée leur appartenance à une confrérie d'obédience fasciste ?

— Vous voulez dire que l'Ordre est toujours actif ?

— Et comment ! C'est ça que votre frère a mis au jour, sans le faire exprès. Non seulement l'Ordre est toujours actif, mais il est en place. Vous comprenez ce que ça veut dire ? « Nous vivons dans un monde de guerres factices aux prétextes bidons que de puissants intérêts souterrains motivent », je vous cite Grégory, texto. En clair, la Rose de Fer s'est infiltrée partout où c'est juteux : cartel de la drogue, usines d'armement, soutien aux groupuscules terroristes, ventes d'armes chimiques, etc., etc. Attention, rien à voir avec la Mafia ou un autre groupe folklorique ! Tout ça se fait au travers de multinationales parfaitement en règle, et présentant le plus souvent une bonne image : lessives, agro-alimentaire, informatique, et surtout les banques, bien évidemment. Une puissance occulte, comme on disait de mon temps. La génération des SS à puce, comme je les appelle, rapport aux ordinateurs. Et ces types-là n'ont aucune envie qu'on vienne marcher sur leurs plates-bandes ou détruire leurs images de « bons ». Les méchants doivent rester où ils sont, mon pote : en face.

Je songeai un instant au problème bolivien par exemple et compris ce qu'il voulait dire. Le cartel de la drogue était à l'échelon mondial une puissance aussi importante qu'IBM ou le Congo. Et quand une guerre se déclarait quelque part, personne ne pouvait dire si c'était conforme aux intérêts de la Mafia, des intégristes, du président des USA ou tout simplement à celui des pauvres types en jeu. Il n'y avait que les idéalistes pour croire encore aux notions d'intérêt national. Mais il fallait sauver la face pour que tous les Dupont, Smith et Ivanovitch de la planète continuent d'aller sagement travailler pour le plus grand bénéfice de leurs maîtres invisibles.

Mon frère s'était trouvé dans la position d'un gosse qui déterre un obus oublié sans savoir qu'il peut encore lui exploser au visage. Et c'était ce qui s'était passé : « ils » l'avaient tué.

Le sergent me tendit son paquet de cigarettes, des

brunes sans filtre. J'acceptai, peut-être que la cigarette dissiperait la nausée qui me serrait le ventre. Une question me brûlait les lèvres :

– Et vous, comment se fait-il qu'il ne vous soit rien arrivé ?

– Vous savez, moi, je suis qu'un pauvre type, un vieux croûton de sous-off de merde. Ils ont même pas pensé que Grégory avait pu me parler de tout ça. Je suis qu'un soldat, un vieux soldat, un vieil instructeur borné. C'est moi qui ai appris à Grégory à sauter en parachute. Grégory aimait bien me raconter ses histoires, il parlait tout seul à voix haute comme on cause à son clebs. Moi, ça m'allait très bien, je tétais une bière en l'écoutant, sans moufter, on était peinards. Il avait pas de père et j'ai jamais eu de fils. Mais ça, ça regarde personne.

Quelque chose me gênait dans le sergent Bohm, le contraste entre sa voix aiguë et son langage viril, peut-être, et je compris brusquement qu'il avait peut-être éprouvé pour Grégory un sentiment beaucoup plus fort qu'un simple sentiment paternel, un sentiment qu'il avait certainement dû s'interdire de ressentir, et je sus à qui il me faisait penser : à une sorte de Donald Pleasence échappé d'un roman de Jean Genet. Je le questionnai, curieux d'entendre la suite :

– Et que s'est-il passé ensuite ?

– Il a réussi à découvrir que le vieux von Klausen possédait une liste des membres de l'Ordre, avec leurs numéros de comptes bancaires et leurs prises de participation dans des sociétés internationales, écrans ou infiltrées. Une putain de liste noir sur blanc qui lui donnait un sacré pouvoir sur les autres membres... Alors, il a décidé de partir à l'Ouest, voir son père et récupérer la liste. Et de vous retrouver.

– Me retrouver ? Vous voulez dire que Grégory vous avait parlé de moi ? ! Mais alors, pourquoi tout à l'heure...

– Du calme, mon pote ! Grégory, question boulot, il était précis comme un compas, mais question sentiments, c'était plus flou, il avait tendance à inventer des choses, à embellir ou à noircir le monde suivant les jours, vous voyez... Alors, quand il me racontait qu'il avait toujours été méchant, que sa mère le détestait, qu'il avait un frère jumeau, que sa mère préférait son frère, qu'il avait été un enfant martyr, qu'elle avait essayé de le tuer, pour vous garder, vous, Georges, et des trucs de ce genre, je me disais que c'était peut-être des inventions de gosse qu'il s'était faites à l'orphelinat. Un besoin de se sentir coupable, comme ils disent à la télé. Vous voyez, même les bidasses font dans la psychologie, aujourd'hui...

Je le coupai, envahi d'une rage froide :

– Si je comprends bien, Grégory était mythomane, c'est ça ?

Il but une gorgée, se rinça la bouche et cracha par terre :

– Employez pas de grands mots avec moi. Grégory, il était comme il était, c'est tout, et c'était mon ami. Il voulait se tirer de ce merveilleux pays en plein essor, et il s'est tiré. Fin de l'histoire en ce qui me concerne.

Et début de la mienne. J'eus la certitude que tous mes ennuis étaient liés à cette liste. Grégory avait-il réussi à s'en emparer ? Certainement. Et, me prenant pour lui, ils voulaient tous la récupérer : Silberman, Lanzmann, Martha...

Martha.

J'écrasai le mégot sous ma semelle et le posai soigneusement dans un coin. Martha battait dans mon cœur comme la douleur dans mes tempes. Je ne pouvais pas m'arrêter, pas maintenant. Décidément, le Grégory que j'avais connu enfant n'avait pas changé et il avait réussi à me fourrer dans la mouise jusqu'au cou.

– Qui était son chef de section ?

– Aussi con que lui, hein ? Ça doit être votre lourde hérédité, comme y disent à la télé. Marcus. Professeur Marcus. 270, Bergadenstrasse. Bureau des archives militaires. Poste 28. Vous reconnaîtrez facilement le professeur : Marcus porte une chaussure orthopédique au pied droit. Ne revenez jamais me voir. Ne me tenez au courant de rien. Je pars à la retraite dans six mois et j'ai très envie de visiter les Baléares.

Je hochai la tête et lui tendis la main. Il hésita un instant avant de la serrer vigoureusement :

– Ça fait drôle de serrer la main d'un mort...

Je lui souris.

– Merci. Je ne savais vraiment plus où j'en étais.

Il haussa les épaules dans un geste fataliste, se leva, déplaça le carton posé contre le mur et allait disparaître par la porte dissimulée quand je l'arrêtai d'une dernière question :

– Pourquoi vous faites-vous appeler l'Instituteur ?

– Parce que je suis analphabète, mais ne le dites à personne, c'est un secret, ça fait cinquante ans que je le dissimule !

Il éclata d'un rire haut perché et disparut. Je restai seul dans la petite réserve, pensif.

Je me trouvais face à une meute d'ennemis invisibles et dans l'impossibilité de demander secours à qui que ce soit. Mais, si le sergent Bohm n'avait pas menti, je savais enfin ce qui s'était passé.

Je sortis dans la nuit glacée. Il neigeait, une neige fine et mouillée qui se posait sur le col de mon blouson, me trempant le cou. Un ivrogne s'affala dans un tas d'ordures et se mit à vomir. Ses déjections fumaient dans le froid comme le corps d'un animal blessé.

Toute cette histoire, après tout, ne me concernait en rien. Il me suffisait de me rendre à l'aéroport, de pointer le doigt sur la carte du monde et de tirer ma révérence à tout ce petit monde anachronique.

Martha.

Ne jamais revoir Martha était au-dessus de mes forces. La retrouver et jouer enfin cartes sur table, ça valait bien le coup d'y laisser peut-être ma peau.

Quatorzième jour – mercredi 21 mars

Je m'éveillai à 8 heures dans la chambre terne de l'hôtel où j'avais trouvé refuge. Le mobilier en plastique, froid et impersonnel, n'incitait pas au farniente.

Une demi-heure plus tard, j'étais dans une cabine téléphonique, tout près du 270 Bergadenstrasse, en train de demander le poste 28 aux Archives. Au bout d'une seule sonnerie, une voix aiguë, en partie recouverte par des grésillements, me répondit :

– Professeur Marcus à l'appareil. A qui ai-je l'honneur ?

– Vous avez le bonjour de Grégory von Klausen.

Mon interlocuteur marqua un temps d'arrêt et je l'entendis déglutir. Avec un sourire, je raccrochai.

Le bureau des archives militaires se trouvait dans un vieil immeuble de pierre grise tassé entre des réalisations plus modernes mais tout aussi sinistres. J'attendais patiemment en face du portail métallique. La porte du bâtiment ne tarda pas à s'ouvrir et je retins mon souffle. Mais ce n'était qu'une petite vieille dame maigre et sautillante, son imperméable volant au vent, avec une couronne de cheveux blancs entourant son visage ridé comme une pomme. J'allais détourner mon attention quand je la vis. La chaussure orthopédique. La description du sergent était excellente, il avait simplement omis de préciser que le professeur Marcus était une femme ! Question d'humour sans doute. Lui et moi n'avions décidément pas le même.

La vieille dame marchait rapidement, visiblement préoccupée. Je lui emboîtai le pas, abrité par ma barbe, mes lunettes sombres et le col de mon blouson relevé. Heureusement, il y avait beaucoup de gens dans les rues froides, commentant passionnément l'actualité et les derniers bouleversements en cours. Le professeur Marcus jetait parfois des regards nerveux en arrière mais ne parut pas me repérer.

Elle s'engagea dans un vaste jardin public où des canards piaillaient dans un petit bassin et ralentit, s'efforçant d'adopter l'allure d'une paisible mamie en promenade. Je fis de même, à bonne distance, louvoyant entre les groupes de mamans emmitouflées et leurs bambins aux joues rouges. Le professeur Marcus avait-il rendez-vous ? Autant que je m'en souvienne, les jardins publics étaient un des lieux de rencontre favoris des auteurs de romans d'espionnage.

Pour l'heure, elle s'était assise sur un banc humide et avait tiré de sa poche un morceau de pain qu'elle émiettait pour les pigeons. J'attendis un bon quart d'heure que quelqu'un se montre, mais il ne se passa rien. Les pigeons roucoulaient, les bambins braillaient et le professeur Marcus semblait frappée d'imbécillité, tapotant son genou avec un journal roulé et regardant fréquemment sa montre.

Je détournai les yeux une seconde, afin d'éviter toute arrivée intempestive dans mon dos, et quand je les reportai sur elle elle me regardait, ses bons yeux bleus innocents fixés sur mon visage avec une expression de haine d'une telle intensité que j'en sentis presque le choc.

Au même instant, j'enregistrai le journal plié pointé dans ma direction et je plongeai au sol sans plus réfléchir. Le projectile silencieux siffla à mon oreille. Je roulai sous les buissons. Les canards continuaient leurs joyeuses ablutions, couvrant les bruits ambiants de leurs cris stridents. Je risquai un œil : le brave professeur Marcus avait disparu. Ainsi, la vieille garce m'avait surveillé du coin de l'œil tout ce temps, attendant la seconde où je détournerais les yeux...

J'émergeai des buissons sous l'œil impavide d'une maman occupée à empêcher son gamin de plonger dans la mare aux canards. Personne n'avait rien entendu, c'est le charme des silencieux que de ne pas troubler l'ordre public... Je balayai le parc du regard, cherchant la couronne de cheveux blancs, et l'aperçus qui se hâtait vers une sortie opposée. Je me mis à courir, à longues foulées régulières, restant à couvert sous les arbres et négligeant les protestations de douleur de mon épaule. Décidément, la vie d'un braqueur de banques était de tout repos comparée à celle des fantassins de l'ombre. Apercevant un gros caillou, je le ramassai au passage. Ça n'avait pas la puissance de son automatique, mais c'était tout aussi silencieux.

Je rejoignis Marcus comme elle allait atteindre les grilles de sa démarche sautillante. Elle dut m'entendre courir car elle se retourna, son visage de bonne fée crispé de haine, et reçut en plein visage la pierre que j'avais lancée de toutes mes forces. Elle vacilla, sur le point de perdre l'équilibre, et, mettant à profit sa déconcentration, je me ruai sur elle et lui saisis fermement le poignet. Elle ne tenta pas de lutter, me regardant avec des yeux horrifiés. Du sang dégoulinait de son nez que j'espérais avoir brisé.

– Lâchez-moi, vous êtes fou ! Tout le monde va nous voir.

– Laissez tomber votre arme dans ma main. Ou je vous casse le bras.

– Vous n'oseriez pas !

– Les meilleures choses ont une fin, professeur Marcus, je compte jusqu'à trois, un...

Elle lâcha le journal enveloppant le minuscule pistolet, que je récupérai et que j'enfouis aussitôt dans une des vastes poches de mon blouson, le pointant sur son ventre à travers le tissu en jean :

– Merci. Maintenant, nous allons parler un peu.

– Pas ici. Marchons.

Elle chercha un mouchoir dans sa poche et le porta à son nez blessé, le tamponnant délicatement, très lady offensée, mais son petit manège ne m'impressionnait pas. Nous franchîmes les grilles du parc et avançâmes le long d'une grande avenue bordée d'immeubles gris et d'arbres étiques. Les passants étaient rares et marchaient vite. Il faisait froid. Le ciel plombé semblait endormi. Le professeur Marcus soupira longuement :

– Pourquoi diable êtes-vous revenu ? Vous n'avez donc pas encore compris la leçon ?

Je compris qu'elle me prenait pour mon frère et décidai d'en jouer à mon avantage.

– Je suis venu régler mes comptes, professeur Marcus.

– Vous allez me tuer ?

– Peut-être... Tout dépend de ce que vous avez à me dire.

– Rien, je n'ai rien à vous dire ! Croyez-vous que l'on me laissera en vie si je vous parle ?

– Ils n'en sauront rien. Et, quand ils le sauront, il sera trop tard. Ils auront payé.

Elle haussa les épaules, sceptique, plissant son visage aux traits si doux. Elle tamponnait toujours son nez abîmé et marchait d'un pas rapide, avec un léger déhanchement. Un vrai petit chef scout.

– Non seulement je ne suis pas mort comme c'était prévu, professeur Marcus, mais, en plus, j'ai réussi à venir jusqu'ici, au nez et à la barbe de Silberman et compagnie...

Elle tiqua au nom de Silberman, clignant rapidement des yeux. Je continuai :

– A cause de vous, professeur Marcus, de vous en qui j'avais confiance, j'ai failli mourir. Alors laissez-moi vous dire que je ne vais pas vous tuer rapidement. Non, je vais prendre mon temps, vous faire sauter une rotule, puis l'autre, et continuer comme ça jusqu'à ce que vous soyez devenue folle de douleur. Vous êtes trop vieille pour ce genre de sport, Fraulein Marcus.

– Mais qu'est-ce que vous voulez ? !

– Je veux tout. Qui est Gruber ?

Elle hésita. Nous longions maintenant le fleuve, bordé de quais déserts. Je la saisis par le coude afin de prévenir toute velléité de me fausser compagnie. Elle semblait vieille et fatiguée.

– Si quelqu'un m'a vue avec vous, je suis morte...

– Qui est Gruber ?

Elle regarda le fleuve sur lequel passait une péniche lourdement chargée. Un marin nous salua joyeusement. Le professeur Marcus lui rendit son salut. Je voyais son crâne pâle parcouru de veinules bleues sous ses fins cheveux blancs qui voletaient au vent. Elle me répondit enfin :

— Gruber est de chez nous. Commandant Gruber. Notre correspondant en Belgique. Secrétaire d'ambassade. Un des plus brillants fleurons de nos services secrets.

— Un traître lui aussi ?

— Selon vos critères anachroniques, oui. Disons un sympathisant actif de notre cause.

Je resserrai ma pression sur son coude :

— Et Magdalena Gruber ?

Un pâle sourire étira ses traits fatigués.

— Ah, nous y voilà ! Magdalena est un agent récent. C'est Gruber qui l'a recrutée. Magdalena, l'arme secrète de Silberman ! Enfin, il faut croire que ce n'était pas si brillant que ça comme idée...

Ainsi, j'avais la confirmation de la trahison de Martha. La femme que j'aimais et pour qui j'aurais été prêt à risquer ma vie était une fanatique de la pire espèce, une fasciste et une tueuse. Je résistai à la tentation de secouer un bon coup ce brave professeur Marcus et risquai le tout pour le tout :

— Est-ce qu'il n'aurait pas été plus simple de me proposer de racheter la liste ?

— Qui nous aurait garanti que vous n'en gardiez pas un double ? Vous nous faites chanter depuis trois ans et vous venez vous poser en moralisateur... Tout le Paraguay est en ébullition à cause de vous et j'en connais certains en Argentine qui ne dorment plus depuis des mois. Non pas tant qu'ils craignent le scandale que de se voir livrés aux couteaux des sicaires sionistes, au cas où leurs véritables identités viendraient à être dévoilées...

Dissimulant ma surprise, je digérai l'information en silence. Je les faisais chanter depuis trois ans ? Première nouvelle ! Quelqu'un détenait donc cette p... de liste et s'en servait à la place de Grégory von Klausen. Quelqu'un avec qui mon frère avait dû être en contact avant son décès.

Il se mit à bruiner, des gouttes d'eau légères comme des plumes qui ne semblaient pas mouiller. La vieille dame avait confirmé mes soupçons : « on » me prenait bien pour mon frère et « on » avait chargé Martha de récupérer cette fameuse liste si compromettante. Il existait bel et bien une organisation clandestine recouvrant les cinq continents de ses filets arachnéens. Et je me trouvais du coup devant un sacré problème : ces gens n'avaient pas l'air de plaisanter. Laisser filer Milady Marcus, c'était me condamner à mort. Elle n'aurait rien de plus pressé que de contacter Silberman pour lui signaler ma position. Or il me fallait du temps. Je me tournai brusquement vers elle :

– Tout à l'heure, vous m'avez tiré dessus. C'était stupide. Vous devez bien vous douter que ma disparition aurait pour l'Ordre des conséquences très regrettables...

– Je pensais que vous étiez venu me tuer. Vous avez toujours été un idéaliste. Croyez-vous que, face à l'éventualité de ma mort, la sécurité de l'Ordre me préoccupe avant tout ? Je sais que vous avez déposé des doubles de la liste dans une de ces banques-forteresses de Genève, avec instruction d'en envoyer un exemplaire à tous les grands journaux européens et américains en cas de disparition. Je le sais jusqu'à la nausée. Après que ces imbéciles vous eurent laissé filer en Suisse, je savais que nous allions au devant des ennuis. Et j'ai toujours eu peur que votre goût enfantin des grandes causes ne vous pousse à publier cette liste au mépris des sommes colossales que nous vous versons, ou que votre sentiment macho de l'honneur ne vous fasse resurgir ici pour m'effacer comme une vilaine tache. Quand je vous ai vu, devant le bureau, j'ai presque été soulagée. Enfin mes craintes se réalisaient, je n'avais plus à attendre.

Elle soupira, perdue dans ses pensées :

– Attendre... Cela fait quarante-cinq ans que j'attends. C'est long.

Nous étions arrivés à un pont métallique enjambant le fleuve. Un camion passa, faisant vibrer la structure de métal. Je me tournai vers Marcus :

– Et Lanzmann ?

– Lanzmann ? Quel Lanzmann ?

Elle ne connaissait pas Lanzmann... Je pouvais donc en déduire qu'il ne faisait pas partie du réseau. Les pièces du puzzle se mettaient en place. Lanzmann m'avait tiré des griffes de Gruber. Il travaillait certainement pour un service d'espionnage quelconque et cherchait à me protéger dans son intérêt. Croyait-il lui aussi que je détenais des informations capitales ? Maintenant, possédée par le besoin de parler, Marcus reprit :

– Quand Silberman s'est rendu compte que vous aviez démasqué Magdalena, il s'est affolé. Il a envoyé Gruber à vos trousses. Une fois entre nos mains, on aurait après tout pu réussir à vous faire parler. Bien questionné, tout le monde parle. C'est une thèse que j'ai défendue avec vigueur depuis le début. Mais Silberman n'a pas la poigne de votre père. Il voulait faire dans la douceur. Voilà le résultat...

– Vous avez connu mon père ?

Elle répondit avec une moue pleine de coquetterie :

– Oh, très bien, mon petit, très bien.

J'eus un frisson de dégoût en imaginant les amours de ces deux reptiles.

– Il savait que vous vouliez me supprimer parce que j'avais découvert l'existence de la Rose de Fer ?

Elle me regarda avec un vilain sourire :

– C'est lui qui m'en avait donné l'ordre... S'il avait voulu de vous pour fils, il vous aurait élevé, je présume. Mais l'hérédité du côté de votre mère était... trop répugnante.

Je sentis la poussée d'adrénaline dans mes veines et mes doigts s'enfoncèrent dans le coude de la vieille femme. Elle sourit haineusement, malgré la douleur. On aurait dit deux vieux amis devisant paisiblement sur un pont, au-dessus de l'eau noire qui charriait des poissons morts. Mon cœur battait la chamade :

– Qu'est-ce que vous savez de ma mère ?

– Je l'ai connue aussi, mon petit, bien connue... Elle n'a pas toujours été putain. C'était même une fille d'excellente famille. Des banquiers viennois.

– Vous mentez !

J'avais haussé la voix malgré moi et elle était ravie de me voir perdre mon contrôle, ses yeux bleus de poupée brillaient de tous leurs feux. Je me forçai à me calmer.

– Si vous dites vrai, pourquoi se serait-elle prostituée ?

– Elle avait un léger défaut pour ces années-là...

– Lequel ?

Mais je pressentais déjà ce qu'elle allait me dire.

– Son nom, entre autres. Sarah Lévy...

– Ma mère s'appelait Ulrike Stroh !

– Après, oui. Un cadeau de votre père. Son cadeau d'adieu.

– Qui vous a raconté tout ça ?

– Mais votre père, mon jeune ami. Votre père. Quand je travaillais avec lui.

Une boule dure m'obstruait la gorge. Ma voix, légèrement tremblante, s'éleva dans l'air frais :

– Où ça ?

Elle me dévisagea comme on dévisage un imbécile :

– Eh bien, à Auschwitz, voyons. Nous étions dans l'équipe médicale, sous la direction du docteur Mengele. Et votre mère...

– Taisez-vous !

Elle négligea mon interruption, savourant sa vengeance :

– Votre mère à cette époque ne pesait plus que trente-cinq kilos et avait terriblement envie de vivre. Je reconnais qu'elle a fait preuve de beaucoup d'imagination... Pour une vierge...

Je levai la main, prêt à la frapper, elle baissa les yeux et continua rapidement :

– Quand nous sommes partis, avant l'arrivée de ces Yankees hystériques, elle nous a suivis. Il faut croire qu'elle s'était attachée à Lucas, comme un chien à la main qui le nourrit. Et puis, il s'en est lassé... La Rose de Fer mobilisait toute son énergie. Il l'a renvoyée. Avec un nouveau nom. Et vous, hélas, en gestation, ce que nous ignorions, car sinon nous l'aurions fait avorter. Elle s'est fondue dans la nature. Nous n'avons retrouvé sa trace que lorsque vous avez atterri dans cet orphelinat.

Elle me regardait tranquillement, souriante petite bonne femme, une vraie mamie mignonne à croquer ! Elle avait dû garder ce sourire tranquille en jouant de son scalpel et peut-être même était-ce elle qui avait pris les photos monstrueuses qui ornaient le bureau de mon *père*... Mon doigt se crispa un instant sur la gâchette et j'eus envie de l'anéantir comme on écrase un cafard. Elle leva les yeux vers moi :

– C'est amusant, vous ne trouvez pas ? Cinquante ans plus tard, un juif nous tient en respect...

– A cause de mon père et de vous, ma mère est devenue une épave, elle était continuellement ivre morte, bourrée de morphine, et elle en est morte !

Elle me regarda par en dessous :

– Lorsque votre chère maman vous a jeté dans une poubelle, Herr von Klausen, nous avons compris qu'elle avait... perdu les pédales, comme on dit. Elle devenait dangereuse, n'est-ce pas, pour notre sécurité. Aussi votre père a-t-il préféré lui offrir le grand voyage. De toute façon, dans l'état où elle était, c'était préférable, pourquoi la laisser souffrir interminablement ?

Ainsi ces salauds avaient supprimé la Princesse. Voilà pourquoi je m'étais retrouvé à l'orphelinat l'année même où mon frère avait été abandonné... Je surmontai ma répulsion et mon envie irrésistible d'abattre Fraulein Marcus comme un chien : j'avais encore besoin d'informations.

– Qui a tué mon père ?

Elle me regarda comme si j'étais fou. Peut-être le vieux était-il bel et bien mort d'un accident ? Puis elle secoua lentement la tête :

– Mais, si ce n'est pas vous... Alors...

Je l'empoignai brutalement par le revers de son manteau, secouant son vieux squelette fragile :

– Qu'est-ce que vous dites ?

– C'est toi, c'est toi, petit salaud, qui as tué ton père. Pour lui voler la liste !

Tout tourbillonnait dans ma tête. Mon frère avait-il fait ça ? Avait-il été capable de tuer son propre père ? L'homme qui avait humilié et détruit sa mère ? Pourquoi pas ? Oui, ce meurtre était juste. Elle parlait à toute allure :

– Ton père était têtu comme une mule. Je lui avais dit cent fois de détruire cette liste. Mais il s'obstinait à répondre qu'elle était en lieu sûr. Introuvable. Ton père devenait gâteux, voilà la vérité, et il nous tenait tous entre ses mains. Silberman guettait d'ailleurs sa place depuis longtemps. Un jeune homme plein d'avenir, ce Silberman. Si tu ne l'avais pas achevé, ce vieil entêté de Lucas, nous aurions été obligés d'envisager une solution satisfaisante pour tout le monde. Il y a une chose que tu peux faire pour moi, mon garçon, même si tu me tues ensuite : je voudrais simplement savoir où était donc cachée cette foutue liste. Silberman a fait fouiller clandestinement la maison plusieurs fois et ne l'a jamais trouvée...

J'aurais été bien incapable de le lui dire. Je haussai les épaules :

– Requête refusée. Je vais devoir vous quitter, Fraulein Marcus.

Elle me décocha un sourire venimeux :

– Et que comptez-vous faire maintenant, cher petit juif ?

– Publier la liste. Vous êtes allés trop loin. Et vous me dégoûtez trop.

– Il est toujours facile d'être dégoûté par les péchés des autres. Entre peser trente-cinq kilos ou trancher des chairs à vif, je ne sais pas quel aurait été votre choix, jeune homme, par exemple.

– Épargnez-moi vos jérémiades fallacieuses. Vous n'êtes pas à la télévision, professeur Marcus. Vous êtes une ordure et c'est tout. Il n'y a aucun regret en vous. Sauf peut-être celui de ne pas pouvoir continuer vos œuvres. C'est pour ça aussi que je vais détruire la Rose de Fer. Pour cette folie de l'égocentrisme érigé en doctrine.

– A votre tour de m'épargner ce laïus moralisateur. Tuez-moi, mais en silence.

Nous étions arrivés dans une impasse. Je regardai l'eau boueuse aux remous profonds. La décision n'était pas facile à prendre. Non, vraiment pas. Puis je relevai la tête. Je vis la peur dans ses yeux.

– Je vais vous laisser une chance, professeur Marcus, une toute petite chance, en souvenir de ma mère : ou je vous tire une balle à bout portant dans le visage, ou vous sautez.

– Quoi ? ! Mais je vais me tuer si je saute !

– Peut-être pas. Peut-être arriverez-vous à nager et à survivre. C'est votre problème. Pas le mien.

Elle me dévisagea avec fureur. Puis la peur se peignit sur ses traits. Une peur affreuse contre laquelle je durcis mon cœur pour ne pas céder à la pitié. Enfin, après une minute terrible où je vis ses lèvres trembler, elle ôta son manteau, le posa sur le parapet. Un autre camion passa, chargé de soldats ivres qui nous jetèrent une bouteille de bière. La bouteille se brisa contre le ciment. Je la suivis machinalement des yeux. Quand je les relevai, le parapet était vide. Les gouttes de pluie froide se déposaient sur le manteau du professeur Marcus comme des perles scintillantes. Je me penchai sur l'eau profonde. Il n'y avait rien. Que les remous tourbillonnants. Je m'éloignai rapidement.

Quinzième jour – jeudi 22 mars

Je regagnai Genève sans encombre. Il faisait doux, un soleil timide brillait. Le premier rayon de soleil depuis bien des jours. Un présage ?

Depuis le début de mon périple, je ne m'étais pas rasé, et une barbe courte et drue me mangeait les joues. Pour plus de sécurité, avant de quitter Dresde, je m'étais décoloré barbe et cheveux qui présentaient maintenant une teinte châtain assez passe-partout, mais je ne m'illusionnais pas beaucoup sur l'efficacité de mon déguisement. J'inspectai le hall de l'aéroport et ne décelai rien de suspect. A vrai dire, j'ignorais quel pouvait bien être l'aspect des acolytes de Gruber et Silberman. Je supposais simplement qu'ils ne se présentaient pas tous le crâne rasé et le bras levé en guise de salut. Peut-être ce brave homme rondouillard, là-bas, avec son chien qui traînait la patte ? Ou cette femme élégante, agitée et enturbannée ? Le seul avantage que j'avais sur eux résidait dans le fait qu'ils ignoraient sous quelle identité je voyageais.

Je traversai le hall et pris un taxi luisant de propreté jusqu'au centre-ville. Tout semblait clair et net sous le soleil. Pimpant. J'avais l'impression d'être un Kleenex usagé dans une cuisine impeccable.

Une fois en ville, fidèle à mes habitudes, je fis quelques achats puis j'appelai Cheng Ho. Je lui expliquai que je venais d'arriver et que j'aurais besoin d'une voiture, chargée si possible. Il comprit parfaitement ce que je voulais dire et me signifia qu'elle serait garée passage des Ormeaux, d'ici une heure. Je lui demandai également de m'apporter le passeport au nom de Franz Mayer et nous raccrochâmes.

Une heure plus tard, posté sur les marches de la cathédrale, je vis passer une Thunderbird bleu marine qui tourna deux ou trois fois avant de trouver une place. Un Asiatique mince et élancé en sortit et s'éloigna d'un pas vif. J'attendis encore dix minutes avant de gagner la voiture, me baissai comme pour vérifier quelque chose et ramenai un double des clés fixé sous le pare-chocs. J'avais eu le temps d'apercevoir un autre paquet, plus volumineux. Je me mis en route et, après quelques détours destinés à vérifier que l'on ne me suivait pas, j'arrivai à la maisonnette abandonnée de la prétendue mère de Martha.

Martha... Je soupirai longuement à l'évocation de Martha. C'était à cause d'elle que je me trouvais plongé dans ce cauchemar, mais je ne parvenais pas à lui en vouloir. Moi qui n'avais jamais été amoureux auparavant, je me retrouvais sans forces et sans volonté, comme ces ridicules personnages de roman envoûtés et menés à leur perte par une garce que n'importe quel lecteur voit venir dès la première réplique.

Je récupérai le paquet fixé sous la calandre et, comme la première fois, je m'introduisis dans la maison par la fenêtre, malgré les protestations de mon épaule. Aucune trace de pas dans l'épaisse couche de poussière : personne n'était venu ici depuis mon précédent passage. Bien. Je déposai dans la chambre mon sac de sport, qui contenait un duvet hyper léger ainsi que des provisions, et ouvris ensuite le paquet soigneusement scotché par Cheng Ho. Un automatique noir et trapu roula sur le matelas nu, accompagné de deux chargeurs et d'un passeport.

Je chargeai l'arme puis me laissai enfin tomber sur le matelas, qui grinça, avant d'ouvrir les quotidiens que j'avais achetés à l'aéroport : les conflits en Afrique, la Bourse, la colère des agriculteurs français occupaient l'essentiel des colonnes. Je trouvai enfin un entrefilet me concernant en huitième page d'un quotidien belge :

« En réponse à nos questions, le commissaire Malinois déclare qu'il ne s'agit plus que d'une question de temps. La piste suisse se confirme : on se souvient que l'un des gangsters, Benjamin Irons, avait trouvé la mort suite à une fusillade en plein Genève. L'un de ses complices pourrait bien être un terroriste soupçonné de participer à de nombreuses opérations de grand banditisme en Europe afin de procurer des fonds à son groupuscule : les Frères de la Révolution intégriste. »

J'avais donc mis dans le mille ! Je me votai un plein ban de félicitations avant de descendre un demi-litre de lait frais. Je me livrai ensuite à un examen de ma blessure. Bien que toujours douloureuse, la plaie semblait cicatriser correctement. Je la saupoudrai consciencieusement de sulfamides, refis le pansement et m'allongeai.

La veille, après la disparition de Marcus, j'avais pris le premier vol pour Munich et là, dans un hôtel proche de l'aéroport, j'avais dormi de 5 heures de l'après-midi à ce matin 6 heures, avant de prendre le premier vol pour

Genève. Malgré ces treize heures de sommeil, je me sentais épuisé, sale, vidé par les événements précipités de ces derniers jours. En fait, je flottais dans une sorte d'hébétude, comme un boxeur ivre de coups. Martha avec un autre, Martha elle-même une autre, Gruber, Silberman, Marcus, le sergent, mon père, Grégory, Sarah Lévy, les tueurs lancés à ma poursuite, Max, Benny et Phil dansaient une sarabande endiablée devant mes yeux brûlants. Jusqu'à Lanzmann qui se penchait sur moi et ricanait : « Alors, mon petit Georges, on a des problèmes ? » Ma tête me faisait mal et des papillons blancs voletaient devant mes yeux.

Je me secouai, je n'avais pas le temps de réfléchir, je devais avancer, toujours avancer, telle une locomotive folle bourrée de charbon jusqu'à la gueule. La horde me guettait, Malinois salivait, je n'avais pour moi que la rapidité de mes réflexes. Je voulus me lever, mais un vertige me rejeta sur le lit. Un terrible élancement me vrillait la tête, j'avais l'impression qu'on m'attaquait la tempe au marteau piqueur. Vaincu, je me laissai retomber, les bras en croix, et décidai de m'accorder deux heures de repos.

Je me réveillai exactement deux heures plus tard. Tout mon corps me faisait encore mal des divers coups reçus ces derniers jours, mais je me sentais aussi en forme que je pouvais l'être. Il était 5 heures, la nuit tombait. Je me vêtis de noir, finis le lait, avalai une barre de céréales vitaminées et sortis.

Je conduisis jusqu'à une cabine téléphonique et là,

après avoir respiré un grand coup, je composai le numéro de mon domicile. La voix de Martha, comme un coup de poing dans le ventre :

– Oui ?

– Je voudrais te voir.

Sans que sa voix trahisse le moindre étonnement de m'entendre, elle me répondit :

– Je regrette, mais vous devez faire erreur.

Elle avait raccroché. Je m'adossai à la paroi de verre de la cabine. Martha ne pouvait pas parler. Il y avait quelqu'un avec elle. La police ? Des sbires à Silberman ? Martha n'avait pas essayé de me tendre de piège : elle avait raccroché. Qu'est-ce que ça voulait dire ? Un espoir fou faisait battre mon cœur. Était-il possible que Martha... Non, je ne devais pas me laisser aller à des chimères. Martha n'était qu'un agent à la solde de leur organisation de bouchers. Les animaux déguisés en hommes... Cette phrase me revenait soudain, n'était-ce pas le titre d'une fable grecque ? Quoi qu'il en soit, je ne pouvais pas rentrer chez moi et j'avais bien fait de me mettre au vert.

J'avais deux hommes à voir avant de prendre ma retraite dans le Midi de la France. Et de ces entrevues dépendait que je la prenne debout ou à six pieds sous terre... Lanzmann et Silberman... Lanzmann possédait des renseignements que j'ignorais et qui m'étaient nécessaires pour affronter Silberman. Je décidai de me rendre à son cabinet. Il travaillait toujours jusqu'à une heure tardive.

Je me garai un pâté de maisons avant la sienne et parcourus le reste à pied, attentif aux passants. La porte d'entrée donnant sur le vestibule était toujours ouverte.

J'entrai et grimpai au premier. J'écoutai un instant, l'oreille contre le battant : un brouhaha de voix me parvenait, indistinctes. Lanzmann avait un client. Je montai quelques marches menant au second et me tapis dans l'ombre, priant pour que personne n'emprunte l'escalier.

C'était un immeuble tranquille et l'ascenseur ne s'éleva qu'une fois durant les vingt minutes où j'attendis. Puis, soudain, la porte s'ouvrit. Un petit homme chafouin sortit, serrant avec effusion la main du grand sorcier, et entra dans l'ascenseur sous le regard du praticien resté dans l'ombre de la porte. Je me préparai à bondir. La porte de l'ascenseur se referma sur le patient. Je m'élançai en avant dans l'obscurité. Mon révéré gourou leva la tête et rencontra mon poing lancé à toute allure qui l'atteignit entre les deux yeux. Basculant en arrière, il s'écroula dans le corridor, sur l'impeccable moquette verte, avec un hoquet de surprise égal au mien : ce n'était pas Lanzmann ! Tant pis, je ne pouvais pas revenir en arrière. Je refermai la porte derrière moi d'un coup de pied et relevai l'inconnu par les cheveux, ma main armée d'un couteau appuyée contre sa gorge :

– Où est Lanzmann ?

L'homme, un grand type maigre, battit des paupières et déglutit :

– Pourquoi est-ce que vous avez fait ça ? Lâchez-moi !

J'enfonçai la lame d'un demi-centimètre et le sang perla, tachant le col blanc de sa blouse :

– Arrêtez !

Sa voix avait dérapé dans les aigus, il bégaya :

– Il n'est pas là, je le remplace...

– Où est-il ?

– Derrière vous, mon petit Georges.

La voix, moqueuse, sortait de l'ombre dans mon dos. Je tressaillis.

– Lâchez donc ce ridicule couteau et levez-vous.

Était-il armé ou bluffait-il ?

– Je ne bluffe pas. Si vous ne lâchez pas ce couteau, je tire. Je ne peux pas prendre de risques.

Sa voix était calme. Ce diable d'homme lisait-il dans mes pensées ? Je lâchai mon couteau et le type se tortilla pour se relever, une main pressée contre son cou, blême de peur.

– Merci, Henriot, lâcha Lanzmann. Vous pouvez nous laisser. Je vous appellerai si j'ai besoin de vous.

Le dénommé Henriot passa le doigt sur son cou et le contempla avec dégoût, poisseux de sang. Sans un mot, il gagna une des portes et la referma soigneusement derrière lui.

Le contact froid d'un canon de pistolet dans mes reins accompagnait la voix glacée de mon analyste :

– Debout, Georges, passons dans mon cabinet. Nous devons discuter.

J'avançai jusqu'au cabinet et, machinalement, m'assis sur le divan, témoin muet de tant de séances. Lanzmann prit place dans son fauteuil habituel. Il portait un élégant costume gris croisé, et pointait un P 38 dans ma direction. Ses chaussettes en laine grise étaient assorties à son costume. Il ôta ses lunettes et se massa la racine du nez de sa main libre.

– Georges, vous me donnez beaucoup de soucis.

J'avais l'impression d'être un mauvais élève devant le directeur bienveillant, mais excédé, du lycée. Ce type avait un culot monstre. J'ouvris la bouche, mais il m'interrompit :

— Ne me parlez pas de cette ridicule histoire d'enlève-
ment. Vous n'avez réussi qu'à commettre un meurtre,
alors que je ne voulais que vous aider...

— Je pouvais difficilement deviner vos intentions, il me
semble...

— Georges, Georges, toujours cette paranoïa ! Enfin, je
vous soustrais à des tueurs lancés à vos trousses qui
venaient d'égorger un jeune médecin, je vous soigne, et
tout ce que vous trouvez à faire c'est de vous sauver
comme un malfaiteur en assassinant mon personnel !

— Vous m'avez séquestré et drogué !

— Ne soyez pas ridicule. Vous déliriez, à cause de la
fièvre.

Il chassa une poussière imaginaire sur son pantalon. Je
me sentais envahi par le doute. Je m'entendis coasser
d'une voix mal assurée :

— Et pourquoi m'avez-vous fait suivre ?

— Pour vous protéger.

— Me protéger de qui ?

— Mais de vous-même ! Mon brave petit Georges,
comprenez-moi bien, je ne suis pas complètement idiot.
Quand je vous ai récupéré à la clinique, après votre accident, vous avez laissé échapper certaines choses sur vos
activités, disons... illicites... Ensuite, vous avez décidé de
me mentir, et moi j'ai décidé d'y voir plus clair. J'ai donc
mené ma petite enquête, oh ! très discrètement, croyez-le
bien. Et puis je vous ai vu basculer dans une sorte de
délire de persécution, j'ai pensé qu'il fallait être prêt à
intervenir. Vous étiez sur le point de connaître une rupture
de personnalité, avec tous les risques que cela comporte...

— Vous avez donc bien vu que je ne délirais pas, vous
avez bien vu qu'on en voulait à ma vie !

Je m'étais dressé, Lanzmann agita son arme pour me faire rasseoir.

– Je ne sais pas dans quel guêpier vous vous êtes fourré et je ne veux pas le savoir. A vrai dire, je souhaite ne plus jamais vous revoir, Georges. Tout ce que je désire, c'est que vous cessiez de me considérer comme un ennemi, que vous quittiez ce cabinet et que vous n'y remettiez plus les pieds.

Je me sentais las, à la fois furieux et abandonné, furieux contre lui de m'abandonner, sans pouvoir dominer ce sentiment puéril de rejet. « Rejeté par son analyste, il craque ! » Complètement ridicule. Lanzmann reprit :

– De toute façon, je quitte Genève. Le docteur Henriot assurera ma succession. Je me sens fatigué, j'ai décidé de prendre une année sabbatique.

– Comme ça, tout d'un coup ?

– Je n'ai pas de comptes à vous rendre.

Brusquement, je m'entendis dire :

– Ma mère était juive.

C'était venu comme ça, malgré moi, peut-être le fait d'être assis là, dans ce salon paisible...

Il soupira.

– Georges ! Je croyais que c'était une prostituée allemande.

– C'était une jeune fille juive de la haute société. Elle a été déportée à Auschwitz. Là, elle a rencontré mon père, Lucas von Klausen. Et, plus tard, elle nous a eus, mon frère Grégory et moi.

– Ah, je vois que votre histoire personnelle connaît sans cesse de nouveaux développements...

Son ton sarcastique ne pouvait m'empêcher de me confier. J'avais trop besoin de parler.

– Docteur, je suis allé à Dresde, j'ai rencontré un homme qui a connu mon frère. Il m'a confirmé que mon frère avait découvert un complot, on a essayé de me tuer je ne sais combien de fois, je ne mens pas ! Ils sont après moi ; ils croient que je suis lui...

Lanzmann me considéra d'un œil critique :

– Qui ça, « ils » ?

– Des nazis...

– Des nazis, oui, bien sûr... Vous avez des fantasmes plutôt rétro, Georges...

– De vieux nazis accrochés à leurs chimères. Ils ont fondé une organisation secrète, la Rose de Fer, ils sont implantés dans le monde entier...

– Et Nosferatu et Fantômas en font partie...

Je le regardai avec haine :

– C'est vous-même qui m'avez dit que Lucas von Klausen était un vieux fasciste...

– La manière dont votre cerveau perturbé traite les informations que je lui donne n'engage que vous, Georges...

Je remarquai à ce moment-là qu'il portait des gants. Des gants marron qui juraient avec son costume gris. Pourquoi porter des gants ? Il faisait chaud dans le cabinet. Il suivit mon regard et sourit, de son sourire plein de dents :

– Les mains gantées de l'assassin... J'allais sortir, prendre ma voiture, ça vous va ?

Une certitude étrange monta en moi, comme une eau glacée : il n'allait pas prendre sa voiture, il allait me tuer. Je me secouai pour chasser cette hypothèse. Lanzmann n'était pas un tueur, c'était mon analyste, nous étions dans son cabinet et j'étais en sécurité. S'il braquait un

P 38 sur ma poitrine, c'était qu'il croyait avoir affaire à un fou dangereux. Et je le comprenais. J'étais peut-être bien fou et certainement dangereux. Je respirai à fond et tentai de me détendre. Lanzmann me sourit :

— Ça va mieux ?

— Un peu...

— Bien. Excusez-moi, mais je dois partir.

Il agita son arme, m'intimant l'ordre de me lever.

— Passez devant, Georges... Je préfère être prudent avec un fils de nazi...

Sa tentative de plaisanterie tomba à plat. Tout mon corps s'était bloqué, m'envoyant un message simple et urgent : « Ne lui tourne pas le dos. » Oui, j'étais peut-être bien fou et dangereux, mais j'avais toujours survécu en me fiant à mes intuitions. Je me soulevai à demi du moelleux canapé avec l'air accablé d'un homme qui ne sait plus où il en est et, la seconde suivante, la petite table basse projetée par mon pied frappait le bon docteur Lanzmann en haut des cuisses. Déséquilibré, il tira. La balle frôla mon oreille, je plongeai entre ses jambes, il vacilla, j'entendis sa tête cogner le mur avec un plaisir indicible. Nous luttâmes un moment, moi pour m'emparer de son arme, lui pour m'avoir dans sa ligne de mire, mais il n'était pas de taille contre l'énergie de mon désespoir.

Je me relevai, son arme au poing, comme le maigre Henriot faisait irruption, affolé. Il vit le pistolet et se plaqua contre le mur. Lanzmann s'essuyait la bouche d'où coulait un filet de sang.

— Vous vous comportez de façon tout à fait stupide, Georges !

Il dégageait une odeur de sueur aigre et je sus que

c'était la peur. Le grand docteur Lanzmann me sembla à ce moment-là vieux, fragile et recroquevillé. Je désignai un fauteuil à Henriot :

— Asseyez-vous là.

Il obéit précipitamment, lançant des regards angoissés à son confrère. Lanzmann remit ses lunettes qui étaient tombées pendant notre empoignade.

— Et maintenant, qu'est-ce que nous allons faire ? Jouer aux charades ?

Je ne répondis pas. Lanzmann me regardait, ses grands yeux clairs fixés sur moi, aussi humains qu'un objectif photographique. Je me sentais mal à l'aise sous son regard. Il se remit à parler, de cette voix douce et froide qui ressemblait à une berceuse métallique :

— Georges, vous ne croyez pas avoir fait assez de bêtises comme ça ? La police est à vos trousses. Je voulais vous aider à fuir. Vous ne saurez donc jamais reconnaître vos amis de vos ennemis ?

J'aurais voulu répondre, mais je me sentais faible, l'arme pesait au bout de mon poignet, une invincible torpeur m'envahissait. Une pensée venue de mon enfance s'imposa à moi : « Mandrake, Mandrake le magicien... » Mandrake et sa longue cape tournoyante, ses yeux perçants, son élégance... A cet instant, la sonnerie de la porte d'entrée retentit, assourdissante. Malgré moi, je tressaillis et pivotai d'une dizaine de centimètres vers le bruit. Dans la seconde qui suivit, je reçus un choc violent sur la tempe et je perdis conscience en songeant que j'allais devenir un spécialiste des chocs sur la tête. Une anthologie vivante des différentes manières d'encaisser des coups.

J'ouvris lentement les yeux, déclenchant une onde de douleur de la nuque aux sourcils. La table basse renversée et le vase contre ma joue couverte de fleurs des champs me convainquirent que j'étais toujours dans le bureau de Lanzmann. Il n'y avait aucun bruit. J'avais la joue humide. Je me demandai un instant si j'avais pleuré, puis je réalisai qu'il s'agissait de l'eau contenue dans le vase et répandue sur la moquette. Encore une chance que le vase ne se soit pas brisé, m'entaillant le crâne...

Lève-toi, ordonnait mon cerveau, lève-toi vite ! Impossible, rétorquaient mes bras et mes jambes, vautrés dans une douce indolence. J'en étais là, à me demander si j'allais finir mes jours sur cette moquette agréablement fraîche, lorsque des bruits de portières qui claquaient me firent tressaillir. Plusieurs véhicules venaient de s'arrêter, une voix donnait des ordres... Les flics ! Pour le coup bien réveillé, je tentai de bondir sur mes pieds et m'écroulai de tout mon long : j'étais pieds et poings liés par un solide fil de nylon !

Ainsi ce salaud de Lanzmann m'avait vendu. J'avais joué, j'avais perdu, je n'avais plus qu'à passer la main.

Un choc sourd derrière moi me fit tourner la tête autant que je le pouvais : deux pieds chaussés de baskets noires venaient d'atterrir sur le divan, une silhouette sombre surgissait de la fenêtre. Voilà qu'Arsène Lupin venait à mon secours, c'était parfait. Il se pencha sur moi, toujours à plat ventre, et trancha les liens qui entravaient mes pieds. Des pas furtifs dans l'escalier de l'immeuble. On chuchotait. Il courut à la porte et j'entendis le bruit du verrou que l'on pousse. Puis il revint vers moi, me redressa d'un seul effort, plongeant ses petits yeux méchants dans les miens. Hélas ! en ces temps difficiles, Arsène Lupin en était réduit à emprunter le visage porcin de Gruber. Je n'en étais plus à une surprise près et me laissai entraîner sans rien dire vers la fenêtre.

On essayait d'ouvrir discrètement la porte. Puis des coups résonnèrent contre le battant. Déjà, Gruber m'avait hissé sur le rebord et balancé sur le toit en contrebas comme un paquet de linge sale. Il me rejoignit, tandis que des exclamations étonnées emplissaient l'appartement, me saisit par un coude et me fit courir, courbé, jusqu'à une cheminée. Une corde y était fixée, aboutissant à une petite rue où stationnait une Mercedes noire dernier modèle, moteur au ralenti. Un cri fusa derrière nous. Alors Gruber m'empoigna et, me serrant contre lui avec un seul bras, se laissa glisser le long de la corde. Je pesais dans les soixante-dix kilos et il me trimbalait comme un oreiller de plumes. J'en déduisis que c'était le genre de personnage avec qui il valait mieux éviter les controverses. Le seul problème résidait dans le fait que ce primate semblait vouloir s'approprier ma femme et ça, je ne pouvais l'accepter.

Nous atterrîmes un peu rudement, et Gruber me poussa dans la voiture à l'instant même où un visage furieux apparaissait sur le rebord du toit. La portière claqua, la Mercedes s'élança en avant, des coups de feu retentirent et je rentrai la tête dans les épaules. Gruber, à côté de moi, avait dégainé une arme et il tira quelques balles par la vitre arrière. Je me demandai quelle mauvaise fée m'avait fait tomber dans cette succession de séries B poussives. J'avais dû marcher sur le pied d'une vieille

Carabosse sans m'en rendre compte et j'étais peut-être condamné pour l'éternité à errer de James Bond en western spaghetti...

La Mercedes filait bon train et Gruber sembla se rasséréner. Il se pencha pour indiquer quelque chose au chauffeur qui obliqua brutalement, faisant crisser les pneus dans le meilleur style des poursuites cinématographiques. Une sirène résonnait quelque part derrière nous. Nous déboulâmes à plus de cent à l'heure dans les petites rues désertes de la banlieue genevoise, puis le chauffeur leva le pied. Nous roulâmes ainsi trois ou quatre minutes avant qu'une Mercedes-230 SE, bleu métallisé, vienne se glisser à notre hauteur et freine. En quelques secondes, Gruber et moi avions changé de véhicule. La Mercedes noire partit en trombe sur la gauche et la bleue sur la droite. Le hurlement des sirènes sembla nous rattraper, puis s'éloigna. Gruber souriait comme un gamin satisfait d'avoir attaché une casserole à la queue du chat. J'avais mal à la tête et je me demandais ce qu'on souhaitait faire de moi. Mais je me serais fait couper en tranches plutôt que de poser la moindre question à ce type.

Nous continuâmes encore un moment dans la banlieue genevoise, avant de prendre l'autoroute. Gruber restait silencieux, bien droit sur la banquette, le regard attentif à ce qui nous environnait. Je savais qu'au moindre mouvement imprudent de ma part il m'allongerait un coup de crosse sur le crâne, et ma tête douloureuse n'avait pas besoin de ça. Je me raclai la gorge :

– Quelle belle journée, n'est-ce pas ?

– Épargnez-moi vos conneries, von Klausen.

Je soupirai. Encore un qui me prenait pour Grégory ! Une phrase de Boileau-Narcejac me revint en mémoire, à propos de l'impossibilité d'utiliser de nos jours le thème des jumeaux dans une intrigue policière, tant il était éculé. Hélas ! ce n'était pas l'opinion de Gruber ni de tous les cinglés qui se disputaient ma carcasse. Je fis une nouvelle tentative :

— Dites-moi, commandant, ça ne vous gêne pas de prêter votre femme aux autres ?

Il ne tressaillit pas d'un pouce, et ne tourna même pas la tête vers moi.

— Vous êtes ridicule, von Klausen.

Décidément, il s'en tenait à son meilleur rôle : le dur-à-qui-on-ne-la-fait-pas. Je me rencognai contre la vitre et décidai de piquer un somme afin de récupérer au moins quelques forces.

Le crissement caractéristique des pneus sur du gravier me tira de ma torpeur. Nous étions arrivés devant un petit manoir XVIIIᵉ, aux murs recouverts de vigne vierge. Je sifflai admirativement :

— On ne s'embête pas chez vous, mon petit Gruber !

Il me poussa dehors d'une bourrade et me tira le long de l'allée bordée de forsythias en fleur. Le ciel dégagé laissait voir une multitude d'étoiles. Le chauffeur, un ersatz d'humanoïde boudiné dans un costume gris en polyamide, nous suivait, un pistolet braqué sur ma nuque. Nous escaladâmes les trois marches du perron et Gruber sonna. La porte s'ouvrit presque aussitôt sur un visage que je connaissais bien.

Martha me dévisageait, sans que rien dans son regard laissât paraître le moindre sentiment. Je sentis mon cœur battre la chamade et je dus me faire violence pour ne pas l'interpeller, l'injurier, cracher ces mots rageurs qui m'étouffaient. Elle s'effaça pour nous laisser entrer dans une pièce de belle taille, au plafond voûté, aux murs lambrissés de palissandre. Des meubles anglais, cossus et coûteux, achevaient de donner à l'endroit un cachet de gentilhommière confortable. Un feu de bois flambait dans une grande cheminée en pierre taillée. Un décor rassurant où, avec mes mains liées, mon visage tuméfié et mes vêtements salis de sang et de poussière, je devais paraître incongru. Martha se tourna vers Gruber :

– Qu'est-ce qui s'est passé ?

Il avait saisi une carafe en cristal taillé et se servait un verre d'orangeade glacée. Je me rendis compte que je crevais de soif.

– Cet imbécile a failli se faire pincer par Holtz et Malinois. Je n'avais pas le choix. De toute façon, depuis le temps que ça dure, il faut bien prendre une décision. On ne va pas se laisser emmerder pendant des siècles par ce petit connard.

– Je peux avoir un verre d'orangeade ?

Ils se retournèrent vers moi comme des chiens prêts à mordre. Martha soupira. C'était tout l'effet que je lui faisais maintenant. Je songeai qu'il n'y avait même pas une semaine je faisais l'amour avec cette femme. Maintenant, elle soupirait parce que j'avais soif... Elle me tendit cependant un verre qu'elle dut tenir pendant que je buvais, les mains toujours liées dans le dos. Ses doigts effleuraient mes lèvres, je sentais son parfum, ses cheveux. Comment pouvait-elle me faire ça ?

Gruber semblait excédé, comme devant un enfant particulièrement insupportable. L'orangeade était fraîche et me fit du bien. Je m'adressai à Martha :

– Je peux m'asseoir ou je dois mourir debout ?

Gruber me désigna un sofa fleuri d'un geste, puis,

s'approchant de Martha, il lui parla rapidement et à voix basse, en allemand, trop doucement pour que je comprenne ce qu'il disait. Elle hocha la tête, tout en allumant une cigarette, sa marque habituelle. A ça au moins elle était fidèle...

Gruber semblait attendre quelque chose. Sans doute Silberman. Qu'il vienne et qu'on en finisse, pensais-je. Comme pour répondre à mon souhait, une voiture freina sur le gravier. Un bruit de pas raclant le sol, puis deux coups de sonnette impératifs. Martha alla ouvrir. C'était Silberman, vêtu d'un élégant costume chiffonné, des poches sous les yeux, un sourire aigu sur le visage. Il me tendit la main, faussement jovial, tout en se tortillant jusqu'à nous :

— Cher Grégory, comment allez-vous ?

— Le mieux du monde, et vous-même ? Votre orangeade est fameuse. Gruber est un hôte parfait. Et Martha est, comme toujours, ravissante.

Son sourire s'élargit, il s'assit sur l'accoudoir d'un vaste fauteuil en cuir, sa canne près de lui, et alluma posément un petit cigarillo noir et tordu. Je le regardais faire son cinéma, attendant qu'il en vienne au vif du sujet. Il souffla la fumée par les narines, longuement, dans une pose de trois quarts très photogénique. Martha et Gruber se tenaient immobiles, mains croisées derrière le dos, comme à l'inspection. Silberman me considéra avec attention, tel un père bienveillant mais perplexe :

— Eh bien, qu'allons-nous faire maintenant ?

— Vous allez me le dire...

— Tss tss, Grégory, c'est vous qui allez me le dire...

— Quoi ?

— Le numéro du coffre où vous avez déposé la liste, bien sûr.

Je haussai les épaules.

– Vous vous doutez bien que j'en ai fait des doubles. Et, si je meurs, ces doubles atterriront aussitôt sur le bureau des rédacteurs en chef de tous les journaux de la planète. Renouvelez-vous, Silberman !

– C'est pourquoi nous ne vous tuerons pas, mon petit Grégory. Voyez-vous, nous avons mûrement réfléchi. Il y a d'autres moyens que la mort pour vous empêcher de nous causer du tort...

– Si je disparais, les copies partiront de la même manière. J'ai tout prévu, Silberman. Laissez-moi partir et finissons cette entrevue ridicule.

Il s'inclina gracieusement, son visage aux traits harmonieux fendu d'un bon sourire :

– Vous avez raison, cette entrevue est ridicule. Et nous allons effectivement vous laisser partir.

Je levai la tête, étonné et méfiant. Il enchaîna, se délectant de ses paroles :

– Auparavant, simple formalité, Gruber vous interrogera à fond, et, vous savez, il existe de nos jours des techniques d'interrogatoire si sophistiquées que personne n'y résiste... Ensuite, lorsque vous nous aurez livré tous vos secrets, mon cher Grégory, vous serez libre. Ah ! oui, j'oubliais, un petit détail : vous ne serez même plus capable de réciter la table de multiplication par deux, mais aujourd'hui, avec les calculettes, est-ce encore vraiment utile ?

Il éclata d'un rire sonore. Comme je me taisais, il continua :

– Vous avez entendu parler du PZ 40 ? C'est un dérivé de la famille des ergonoïdes hallucinogènes, mis au point par les Soviétiques. Quand il y avait encore des Sovié-

tiques, ha ha ha ! Ils l'utilisaient dans leurs hôpitaux psy-
chiatriques. Sur les malades « dangereux », vous me sui-
vez ? Ça vous vide complètement le cerveau et, au bout
d'un mois de traitement, même un prix Nobel n'est plus
capable de manger à la petite cuillère. L'avantage est que
ça ne détruit pas l'apparence physique. Les dommages se
situent uniquement dans la zone cérébrale. Ainsi, comme
dirait Jacques Brel, vous aurez la chance indicible d'être
beau et con à la fois, à la différence que ce ne sera pas pour
une heure mais pour toute votre vie... Mais on ne pourra
pas dire que vous ayez totalement disparu, n'est-ce pas ?

Martha ne disait rien, les yeux dans le vide. Gruber
souriait, visiblement alléché par le programme. Je décidai de jouer mon joker :

— C'est vraiment très intéressant, maître. Je ne vois
qu'un petit problème.

— Lequel ?

— Vous conviendrez avec moi qu'on ne peut pas
demander à un agneau de se transformer en loup ni à
votre horoscope de vous dire réellement l'avenir ?

— Au fait, von Klausen, au fait, je suis pressé.

— Eh bien, justement, je ne suis pas Grégory von Klausen.

Gruber éclata de rire. Martha se tourna vers moi avec
une moue navrée, comme une maîtresse d'école honteuse
de la réponse de son élève devant l'inspecteur d'acadé-
mie. Silberman secoua la cendre de son cigarillo et soupira :

— Vous me décevez, von Klausen.

— Je m'appelle Georges Lyons. Grégory était mon
frère. Il est mort dans un accident il y a près de six ans.
En essayant d'échapper à vos sbires.

– Cette histoire est grotesque. Pourquoi ne pas faire intervenir Zorro, tant que vous y êtes. Gruber, descendez monsieur au sous-sol.

Je me dressai, furieux :

– Écoutez-moi ! Je ne suis pas Grégory. Je suis un braqueur de banques.

– Oui, c'est ce que nous avons appris. Un joli recyclage.

– Je ne suis pas Grégory. Si j'étais Grégory, je vous ferais chanter et, si je vous faisais chanter, je n'aurais pas besoin de braquer des banques pour gagner du fric !

– Il y a des hommes particulièrement avides. Bon, Gruber, descendez-le, il me fatigue. Au fait, vous avez le bonjour du professeur Marcus...

– Croyez-vous que si j'étais Grégory j'aurais pris le risque de retourner en Allemagne ? Écoutez-moi au moins une minute, bon sang !

Il hésita puis, avec lassitude, fit signe à Gruber de me lâcher. Je commençai mon récit, confus, essayant d'être aussi convaincant que possible et me rendant compte que la vérité, hélas, n'était pas toujours crédible. Lorsque j'eus terminé, Martha baissait la tête. Gruber piétinait, impatient de me soumettre au PZ 40. Silberman semblait réfléchir.

– Comme j'aimerais vous croire... Von Klausen mort, nos ennuis disparaissent. Malheureusement, comme vous l'a dit Marcus, quelqu'un nous fait chanter. Si j'accepte l'hypothèse que von Klausen est bien mort, je dis bien « si », il en découle : a) que quelqu'un a ce listing en sa possession ; b) que ce peut fort bien être vous, étant, à vous en croire, son frère.

– Mais j'ignorais qu'il était vivant !

— Et moi j'ignore pourquoi vous persistez dans cette fable grotesque. Allez !

Sur un claquement de doigts, Gruber m'empoigna et me jeta sur son épaule comme une vierge prête pour le sacrifice. Silberman boutonna sa veste.

— Je vais être en retard pour la soirée du procureur. Vous êtes prête, chère ?

Il tendit la main vers Martha qui enfilait un manteau en renard argenté. Elle qui avait toujours prétendu détester les manteaux de fourrure, encore un mensonge à ajouter à la pyramide de mensonges qu'elle avait édifiée à mon intention. Mon Dieu, ce que j'avais pu être con ! Gruber poussa une porte donnant sur un escalier froid. Je hurlai :

— Silberman, ce n'est pas moi qui vous fais chanter ! Martha, dis-lui, merde ! Martha !

La dernière chose que je vis de Martha fut sa cheville blanche et fine dans un escarpin noir avant que la porte ne claque derrière nous. Je ruais tant que je pouvais, mais Gruber me maintenait solidement. Il ouvrit une autre porte, blindée, et nous pénétrâmes dans une pièce nue et froide. Des instruments brillants rangés sur un évier en plastique blanc, une chaise métallique et une table d'opération constituaient tout le décor, sous la clarté crue d'un abat-jour de cuisine. Cela devenait lassant. A croire que le look clinique faisait des ravages dans les mondes parallèles.

Il me jeta sur la table d'opération. Avant que j'aie pu les lui envoyer dans le visage, il enserra mes pieds avec une courroie de cuir, puis me sangla le torse. Je ne sentais plus mes mains, liées depuis déjà plusieurs heures.

Il se pencha sur moi et je respirai son haleine aigre. Sans prévenir, il me décocha un grand coup de poing dans l'estomac et je sentis un flot de bile me venir aux lèvres. Hoquetant de douleur, je l'invectivai :

– Pauvre minable !

Il me considéra avec attention puis, avec une rapidité foudroyante, il frappa de ses deux poings massifs entre mes cuisses, déclenchant une douleur intolérable. Je hurlai, comme brûlé au fer rouge. Il me souriait, les poings sur les hanches. Il murmura, avec son accent épais :

– Ça c'était le hors-d'œuvre... Et voilà la suite...

Il leva un poing gros comme une noix de coco et tout ne fut plus que fusées de douleur, jusqu'à ce que je perde conscience.

De l'eau fraîche coulait sur ma tête. Ma bouche avait un goût de sang. J'empestais le vomi. Mais j'étais vivant. J'ouvris un œil. Gruber se recula, satisfait, une carafe d'eau à la main. Le cauchemar n'était donc pas fini, ce n'était qu'une pause. Il prépara ostensiblement une seringue de bonne taille, fit coulisser l'aiguille, un peu de liquide brun gicla. J'avais compris. Curieusement, cette idée de perdre mon intégrité, de perdre mon moi, m'effrayait plus que l'idée de la mort elle-même. M'imaginer me promenant comme un mort vivant sans âme me faisait froid dans le dos. A quoi servait-il de vivre si l'on n'en avait pas conscience ? Toute l'unité de mon être se révoltait contre la dissociation qu'on allait m'imposer. Je me sentis trembler, là, sur ce lit d'opération, comme un chien de laboratoire. J'avais peur. Une peur abjecte qui me nouait les entrailles. Gruber s'approchait lentement, en chantonnant une valse de Strauss, pour faire durer le plaisir. Son visage stupide m'apportant l'imbécillité était un raccourci de l'ironie amère de la vie.

Je fis la dernière chose encore en mon pouvoir, je lui crachai au visage. Il s'essuya d'un revers de main et retroussa ma manche. Je ne voulais pas, je ne voulais pas devenir un animal stupide, je voulais rester moi, tout mon corps se cabrait et sautait, Gruber était ravi de ma terreur, ce salopard ne m'avait même pas interrogé, il ne voulait que me détruire ! Il enfonça brutalement l'aiguille dans mon bras, toujours en fredonnant, faux d'ailleurs, sa valse imbécile.

Je fermai les yeux et commençai lentement à me réciter *La Ballade des pendus*, me raccrochant aux syllabes comme à un talisman, attendant de sentir le liquide couler dans mes veines. Mais rien ne se passa, hormis la sensation d'un violent déplacement d'air quelque part dans la pièce. Je comptai jusqu'à vingt. Gruber voulait sans doute faire durer le plaisir. Il s'était tu. Je comptai encore jusqu'à vingt. Toujours rien, sauf un léger choc contre ma joue. Qu'est-ce qu'il me préparait ? Je me résignai à ouvrir les yeux, dévoré malgré moi par le besoin de savoir.

Gruber me regardait, assis sur le rebord de l'évier, hors du rond de lumière. Ses yeux bleus semblaient pleins de surprise. Une porte claqua, en haut. Que se passait-il ? Était-ce encore un jeu cruel ? L'aiguille était toujours fichée dans mon bras, mais Gruber ne bougeait pas, me fixant sans ciller. J'écarquillai les yeux pour mieux voir, mais la lampe m'aveuglait. Il me sembla que Gruber inclinait la tête. Il l'inclina encore un peu, son menton touchait maintenant sa poitrine. Est-ce que l'animal s'était endormi ? Ou se concentrait-il pour me donner le coup de grâce ? Je ricanai :

– Fatigué, mon petit Gruber ?

Il ne répondit pas. Il inclina simplement un peu plus la tête.

Puis, tout doucement, elle se détacha et tomba sur ses genoux.

Je restai bouche bée.

Le cou sectionné de Gruber me faisait face, laissant couler le sang comme une fontaine, la large lame d'un hachoir à viande plantée dans les chairs. Sa tête blonde reposait entre ses cuisses. Le hachoir lui avait proprement sectionné le cou, se fichant dans le muscle du larynx, et la tête était restée un moment posée sur la lame comme sur un plat ! Et, pour mon horreur absolue, des gouttes de sang fusant en geyser venaient se poser sur mon visage comme des mouches rouges et voraces.

Je détournai fébrilement la tête de ce spectacle écœurant. Ma joue heurta un objet froid. Un scalpel ! Quelqu'un était venu à mon aide. Je saisis le scalpel par le manche, entre mes dents, et le dirigeai vers la sangle qui me bloquait la poitrine. J'avais l'impression de poser pour une affiche des artistes du pied et de la bouche... Avant d'avoir réussi à glisser la lame sous le cuir, j'étais en nage. Je me mis à scier. Le manche en plastique glissait entre mes dents et la lame me mordit cruellement la peau plusieurs fois. Je serrai les dents et continuai. Au bout d'une éternité, la lanière claqua avec un bruit sec. J'avais le torse rouge du sang de dizaines d'estafilades qui me cuisaient.

Le scalpel toujours entre les dents, tel un bolchevique rendu fou par l'odeur du sang, je me ruai sur la sangle me ceignant les chevilles. Je fis plus attention, mais j'avais acquis de la technique et je me libérai rapidement.

Enfin libre, je me redressai et m'attaquai à l'aveuglette aux liens qui me sciaient les poignets. Je me dépêchais, craignant à chaque instant d'entendre des pas. Le nylon céda rapidement, et je ramenai devant moi mes mains tailladées mais libres. Une douleur brûlante, due à la reprise de la circulation sanguine au bout des doigts, me fit grimacer. Je frottai mes paumes l'une contre l'autre et pliai mes phalanges jusqu'à avoir l'impression que mes mains allaient exploser, puis ça se calma.

J'arrachai enfin l'aiguille toujours fichée dans mon bras et l'écrasai sous mon talon comme un insecte venimeux.

Je m'approchai du cadavre de Gruber, sagement assis sur le rebord en porcelaine, et, fasciné, soulevai sa tête par les cheveux. Ses yeux, sans plus d'expression morts que vivants, me faisaient face, sa bouche aux lèvres légèrement retroussées semblait vouloir me mordre. Avec répulsion, je rejetai la tête au sol, où elle roula avant de s'immobiliser contre le mur comme un ballon en fin de course.

J'écartai sa veste, découvrant le holster de ce salopard, m'emparai de son arme, un Walther P 38, vérifiai qu'elle était chargée et tirai lentement vers moi la porte blindée qui pivota sur ses gonds sans aucun bruit.

Pas un son. La voie semblait libre. Je grimpai l'escalier quatre à quatre. Mes mains rouges de sang, tenant l'arme devant moi, semblaient appartenir au héros traqué d'un film gore. J'écoutai un instant à la porte du salon. Rien. Je tournai doucement la poignée, m'attendant à recevoir une balle dans la tête, mais la pièce était vide. Le parfum de Martha, « Rêve d'Orient », flottait encore dans l'air. La pièce semblait si paisible, avec ses fauteuils Chesterfield, son canapé en chintz fleuri et la carafe d'orangeade posée sur un napperon blanc... Rien à voir avec le cadavre sans tête du sous-sol. Et rien à voir avec le fugitif que j'étais. Je ne pouvais pas partir en balade couvert de sang. J'avisai un manteau noir pendu au portemanteau de l'entrée et l'enfilai. Le temps était encore assez frais pour ne pas me faire remarquer ainsi vêtu.

Je tirai les verrous et ramenai brusquement le battant vers moi. L'allée gravillonnée était déserte. Les forsythias embaumaient dans la nuit.

Seizième jour – vendredi 23 mars

Je regardai ma montre : 0 h 12. La campagne alentour était plongée dans le noir. Pas de lumières au loin. Juste le moutonnement vallonné d'une épaisse forêt à travers laquelle s'enfonçait la route qui passait devant le domaine. Je n'avais aucune idée de l'endroit où nous nous trouvions. L'habitation la plus proche était peut-être à des kilomètres et il ne me semblait pas très opportun de m'élancer à pied sur les routes, à moins de songer à me reconvertir en homme des bois. Le plus sage était peut-être d'attendre ici que Silberman et Martha reviennent. En sortant, Silberman avait lancé un « A tout à l'heure » qui résonnait encore à mes oreilles. Il ne croyait certainement pas si bien dire.

Je m'installai derrière l'épaisse haie d'épineux qui bordait l'allée, arme au poing, le dos appuyé contre le tronc d'un saule vénérable, bien emmitouflé dans le manteau, prêt pour une longue veille. L'idée confuse qu'une personne qui rôdait en liberté par ici avait décollé la tête de Gruber de son tronc musculeux me dérangeait bien un peu et je résolus de ne pas m'endormir...

Je me réveillai en sursaut. Des phares trouaient la nuit, balayant la façade. Maudissant ma somnolence, je regardai l'heure : 2 h 45 ! Ils ne s'embêtaient pas... Je raffermis mes doigts sur la crosse du revolver et me redressai légèrement. Des portières claquaient. La voix de Silberman, d'une amabilité doucereuse :

– Après vous, je vous en prie. Martha, ma chère, montrez le chemin...

La silhouette de Martha découpée par les phares escaladait le perron, suivie de deux hommes. Silberman, appuyé sur sa canne comme un insecte maladroit, et un autre, plus grand et plus maigre. Un invité, c'était bien ma chance...

A cet instant, le chauffeur coupa le contact, éteignant les phares, et le petit groupe se trouva sous le cercle de lumière jaune répandu par la lanterne XVIIe suspendue au-dessus de la porte d'entrée.

Et, tandis que je manquais m'étouffer de surprise en reconnaissant Lanzmann, Silberman disait :

– Nous avons tellement de choses à nous dire, n'est-ce pas, docteur ?

– Je crains que vous ne vous mépreniez, répondit poliment Lanzmann.

Martha avait ouvert avec sa clé et ils entrèrent tous les trois dans le salon.

Qu'est-ce que c'était que ce cirque ?

Le chauffeur était descendu à son tour et il me tournait le dos, allumant une cigarette qu'il abritait du vent glacé entre ses mains réunies en coupe. Je bondis et lui abattis la crosse de mon arme sur le sommet du crâne. Il s'effondra sans un mot. Je m'agenouillai, le retournai, lui retirai sa veste et son pantalon et m'en servis pour lui lier les mains et les chevilles, puis, en guise de bâillon, je lui fourrai ses chaussettes en boule dans le gosier, en espérant qu'il survivrait à leur puanteur. Je le saisis ensuite à bras-le-corps et le tirai à l'arrière de la voiture. Il pesait lourd et j'eus du mal à le faire basculer dans le coffre, mais je parvins finalement à l'y caser tant bien que mal. Les clés de la limousine étaient encore sur le tableau de bord. Je m'en servis pour fermer le coffre, les fourrai dans ma poche et me rapprochai de l'une des fenêtres, protégé des regards par l'exubérance de la vigne vierge qui courait sur les murs.

A l'intérieur de la pièce, Silberman avait sorti une bouteille de champagne et des flûtes en cristal et il servait Lanzmann, installé dans un des fauteuils de cuir. Martha s'était débarrassée de son manteau de renard assassiné, et, superbe dans une robe fourreau de soie pourpre, fendue sur ses cuisses fuselées, elle fumait, appuyée à la cheminée. Tout ce petit monde semblait paisible. La chaleur du feu de bois rosissait leurs visages. Brusquement, Martha sembla fondre sur moi et je m'écartai précipitamment, mais ce n'était que pour entrouvrir la fenêtre. Son visage pâle se détacha sur la nuit, et elle huma l'air longuement comme un animal prisonnier. J'en fus ému, inexplicablement. La voix de Silberman fusa, métallique :

– Martha, allez donc voir ce que fait notre ami Gruber...

Martha allait descendre !

Elle prit une profonde inspiration que je fus le seul à percevoir et repoussa comme à regret les battants, laissant involontairement un mince filet d'air qui me permettrait d'entendre leur conversation.

Dans quelques minutes, ils sauraient que je m'étais enfui. La scène allait devenir intéressante. Je tendis l'oreille. Silberman dégustait son champagne à petites lampées, Lanzmann essuyait ses lunettes dans un geste qui lui était familier.

– Eh bien, mon cher, reprit Silberman, tout miel, venons-en à nos affaires...

– Je suis curieux de savoir ce dont vous désiriez si fort m'entretenir, cher maître, car, autant que je sache, nous n'avons pas exactement les mêmes... opinions.

– Il ne s'agit pas d'options politiques, docteur, mais d'un de vos patients que nous avons la malchance commune d'avoir en travers de nos routes...

Lanzmann se raidit, et je vis son regard clair se concentrer, attentif :

– J'espère que vous ne me demanderez pas d'enfreindre le secret professionnel...

A cet instant, Martha remonta, le visage parfaitement calme. Mon cœur se mit à battre à grands coups. Silberman se tourna vers elle :

– Eh bien, et Gruber ?

– Il a dû sortir, je ne le trouve pas.

Silberman parut fortement contrarié.

– Sortir ! Mais et...

– La porte est fermée à clé.

Fermée à clé ? Première nouvelle. La personne qui avait pris l'(excellente) initiative de décapiter Gruber était-elle revenue sur ses pas pour retarder la découverte du corps ? Silberman semblait excédé, mais la présence de Lanzmann qui les observait, intrigué, l'empêcha de pousser plus avant. Martha reprit sa place près de la cheminée, dorée par les flammes, le démon le plus séduisant jamais jailli de l'enfer.

Silberman resservait du champagne que Lanzmann refusait d'un geste.

– Docteur, j'irai droit au but. Vous êtes un homme intelligent. Je suis un homme pratique. Vous comprendrez donc que j'ai de bonnes raisons pour vous poser les questions qui vont suivre.

Lanzmann ne dit rien, apparemment passionné par le motif compliqué du tapis persan bleu et noir. Silberman reprit :

– Expliquez-moi pourquoi vous avez dénoncé cet après-midi même un de vos patients à la police ?

Lanzmann releva la tête et considéra Silberman bien en face :

– Cet homme était dangereux. Un malade mental. Mais cela ne vous regarde en rien. Ce serait plutôt à moi de vous demander pourquoi vous m'avez fait mettre sous surveillance...

– Tss tss, pas de grands mots entre nous... C'est votre malade que j'ai mis sous surveillance. Et c'est de lui que je veux vous entretenir.

– Je regrette, mais je n'ai rien à vous en dire.

– Docteur, docteur, ne me poussez pas à des extrémités que nous serions tous deux amenés à regretter...

– Des menaces, maintenant ? Je crois qu'il est temps que je prenne congé. Excusez-moi.

Lanzmann s'était levé, très digne avec son air de clergyman anglais dans son costume prince-de-galles.

Silberman se leva à son tour, affectant un ton franc et sincère d'homme habitué à prendre le taureau par les cornes :

– Docteur, ce malade, votre malade, m'a gravement lésé. C'est pourquoi je me permets de vous demander ces renseignements. Vous dites vous-même que c'est un homme dangereux. Et j'ai toutes raisons de penser que je suis en danger à cause de lui. Vous a-t-il jamais parlé d'un certain Grégory von Klausen ?

On en venait enfin au vif du sujet. Je retins mon souffle. Martha semblait s'ennuyer ferme. Lanzmann s'était immobilisé.

— Mon malade est un homme à l'esprit dérangé. Il est persuadé d'avoir un frère jumeau poursuivi par des hordes de tueurs à cause de je ne sais quel secret abracadabrant. Ne vous laissez pas entraîner dans ces fantasmes.

Est-ce que la tête de Gruber roulant sur ses genoux était un fantasme ?! Lanzmann se dirigeait maintenant vers la sortie et je me préparais à entrer en action pour avoir tous mes crabes dans le même panier lorsque Silberman haussa légèrement la voix, avec une intonation coupante :

— Je vous en prie, docteur, restez encore un peu.

— Non, merci. Nous n'avons plus rien à nous dire.

— Je suis désolé de vous contredire. Si vous voulez bien vous retourner...

Lanzmann soupira avant de faire face à ce bon Silberman et au Beretta que ce dernier braquait sur le ventre plat de mon éminent analyste. Le visage sévère de Lanzmann se crispa un peu plus.

— Que signifie cette comédie grotesque ?

— Docteur Lanzmann, je ne sais pas ce qu'a pu vous confier notre ami commun, mais c'est certainement beaucoup trop pour que vous envisagiez de poursuivre votre carrière sans me donner quelques garanties...

— Des garanties ? Mais de quoi parlez-vous ?

— Je veux vos notes concernant ce malade, et les enregistrements de vos séances.

— Jamais !

Silberman haussa les épaules.

— Ne prononcez pas des mots trop grands pour vous. Nous allons attendre ici tranquillement que mon ami Gruber revienne et il vous accompagnera ensuite à votre cabinet pour chercher ces documents. Croyez que je saurai me montrer reconnaissant pour votre coopération.

— Décidément, vous vous croyez tout permis !

Lanzmann regardait Silberman d'un air écœuré. Silberman haussa les épaules et se tourna vers Martha :

— Martha, servez-nous donc un peu de champagne...

Martha obéit, leur tournant le dos, et je pus voir de là où j'étais qu'elle jetait un comprimé dans un des verres. Sans doute de quoi faire tenir Lanzmann tranquille. S'ils attendaient Gruber, on en avait pour l'éternité. Je jugeai bon d'intervenir.

J'attendis que Martha fût au centre de la pièce, tendant un verre à Lanzmann qui ce coup-ci l'accepta, pour faire irruption, arme au poing, visant le dos de Silberman.

— Veuillez lever les mains, je vous prie, merci.

Silberman se retourna aussitôt, le doigt sur la gâchette, et je tirai en même temps que lui. Ma balle lui fracassa le poignet. Avec un cri de rage et de douleur, il laissa échapper son arme avant de s'effondrer sur le canapé. Ses petits yeux vifs tournaient dans leurs orbites, affolés :

— Vous êtes fou !

— Le docteur vient de vous le dire. Martha, Lanzmann, asseyez-vous sur le canapé.

Ils obtempérèrent lentement, les mains bien en vue. Martha semblait singulièrement calme. Le sang sourdait de la blessure de Silberman, tachant sa manche et le beau chintz fleuri de son élégant canapé. Il comprimait la plaie avec un mouchoir de soie jaune, essayant de faire bonne figure, blême de douleur. Je m'approchai d'eux, veillant à laisser une distance raisonnable entre nous et, raflant la bouteille de champagne, je bus longuement au goulot. C'était frais et agréablement pétillant. Je me sentis ragaillardi. Tous les protagonistes du drame étaient réunis. Le dernier acte pouvait commencer. Je me posai sur le bras d'un des fauteuils, mon arme braquée sur le délicat trio. Ils me contemplaient, immobiles comme des figurines de Saxe. Je m'adressai tout d'abord à Lanzmann :

— Eh bien, docteur, pensez-vous toujours que je sois paranoïaque ?

Il haussa les épaules. Je passai à Silberman :

— Et vous, maître, croyez-vous toujours que je sois Grégory von Klausen ?

— Qui que vous soyez, vous n'êtes qu'un enfant de salaud.

— S'appliquant à mon cas, cette épithète me paraît tout à fait justifiée. Avez-vous dit au docteur ce que vous recherchiez ?

— Cela ne le regarde pas.

— Au contraire. Son analyse impartiale pourrait nous être d'un précieux secours. Avec votre permission, je vais lui exposer brièvement les faits. Voyez-vous, docteur, cette jeune femme est ma femme, Martha.

Lanzmann chaussa ses lunettes comme s'il devait examiner un spécimen étiqueté dans un musée. Martha ne bougea pas, la tête appuyée au dossier, absente. Je continuai :

– Mais ce n'est pas ma femme. C'est une recrue de Silberman dont la mission consistait à m'espionner afin de deviner où j'avais pu dissimuler un document que ces messieurs dames recherchent activement et qui concerne une organisation parallèle et clandestine : la Rose de Fer. Mon père, le regretté Lucas von Klausen, en était le dirigeant. Et mon frère Grégory, que je croyais décédé tout enfant, a mis au jour l'organisation, a tué mon père et s'est emparé de ce document. Il semblerait qu'aujourd'hui Grégory soit bel et bien mort. Mais ces imbéciles se sont persuadés que j'étais lui et que je les faisais chanter.

Silberman m'interrompit, furibond, parodiant La Fontaine :

– Et si ce n'est vous, qui est-ce ?

– Pourquoi pas Gruber ou Martha ou n'importe lequel de vos agents ayant été en contact avec Grégory ?

– Magdalena ne l'a jamais approché avant votre rencontre !

– Et Gruber ?

Visiblement ébranlé, il répéta « Gruber... » à voix basse, avant de se tourner vers Martha-Magdalena comme pour chercher du secours. Le sang ne coulait plus de sa blessure mais il souffrait terriblement, l'os brisé. Je continuai :

– Docteur, vous me connaissez depuis longtemps. Je me suis confié à vous. Je vous ai souvent parlé de mon frère. Pouvez-vous confirmer à ces piteux maîtres espions que je ne suis pas Grégory von Klausen, mais bel et bien Georges Lyons ?

Lanzmann me regarda longuement. Puis il fit craquer les os de ses doigts avant de se tourner vers Silberman :

— Eh bien, maître, au point où nous en sommes, je peux bien vous avouer que cet homme...

Il fit une pause, avala une gorgée de champagne :

— Un cristal-roederer 1963... excellent, maître... que cet homme, disais-je, est bien Grégory von Klausen !

Je n'en croyais pas mes oreilles !

— Salopard ! hurla Silberman à mon adresse, en se levant sous le coup de la colère.

— Asseyez-vous ! lui intimai-je.

Une détonation retentit et il s'effondra sur le sol.

Abasourdi, je regardai mon arme. Une deuxième détonation résonna et j'eus l'impression qu'on m'arrachait le bras en même temps que mon pistolet. Je m'effondrai sur le sol comme une poupée de son.

Lanzmann souriait, le canon d'un automatique dépassant de la poche de sa veste. Ce connard prétentieux de Silberman ne l'avait même pas fouillé ! Et Lanzmann venait de bousiller mon deuxième et dernier bras.

C'était mon sang maintenant qui coulait sur le tapis persan. La balle avait traversé l'avant-bras sans faire trop de dégâts, mais je ne risquais pas de faire le coup de poing avant plusieurs semaines !

Je me redressai tant bien que mal sous le regard amusé de Lanzmann. L'odeur de la poudre flottait dans le salon. Le Walther avait glissé sous le canapé, hors de portée. Martha était toujours assise à la même place. Je me demandai avec désespoir ce que je pourrais bien faire si Lanzmann décidait de s'en prendre à elle. Silberman, à plat ventre, un gros trou dans le dos, râlait, les yeux vitreux. Et, bien qu'il ait foutu ma vie en l'air, je ressentis un élan de pitié en face de cet homme qui agonisait. Je le désignai à Lanzmann qui m'observait de son regard froid d'entomologiste :

– Il va mourir.

Lanzmann haussa les épaules.

– Ça vous dérange ?

– On ne peut pas laisser quelqu'un crever comme ça, c'est ignoble.

– Vous avez raison, acquiesça-t-il avec un sale sourire, avant de pointer tranquillement son arme sur la tête de Silberman et de tirer.

La balle fit exploser la boîte crânienne, répandant de la cervelle partout. La conviction terrifiante que Lanzmann était complètement fou me glaça. Il se tourna vers Martha et je ne pus m'empêcher de crier :

– Martha, attention !

Lanzmann éclata de rire.

– Ne vous inquiétez pas, je voulais juste demander à mon amie Martha de me verser à boire. La conversation m'a donné soif.

Martha se leva et lui versa un verre de champagne. Quand elle le lui tendit, il lui prit délicatement le poignet et en baisa le creux. Un torrent brûlant déferla derrière mes tempes. Martha se laissait faire, Martha souriait ! Comme dans un flash, je me revis dans le cabinet de Lanzmann, entendant la voix de Martha à la porte. Ces deux-là étaient de mèche, Martha m'avait trahi et avait trahi Silberman ! Fou de rage, je tentai de me relever.

– Martha et vous... bégayai-je.

– Martha et moi avons conclu un arrangement. Voyez-vous, elle a très vite compris que vous ignoriez réellement où était la liste. Et elle a également très vite saisi qui tirait les ficelles dans cette affaire. Mais il était tellement plus pratique de laisser croire à Silberman et à sa clique que c'était vous le maître chanteur.

— Parce que...

— Bravo, mon petit Georges. C'est effectivement moi qui ai su persuader notre défunt ami Silberman de cracher au bassinet, comme on dit dans les romans. Grâce à cet imbécile de Grégory qui était aimablement venu se fourrer entre mes pattes.

Enfin ! Il avouait ! Ce cher docteur Lanzmann me menaçant d'un automatique ! Il ressemblait au Raminagrobis des livres d'enfant, patelin et satisfait. Je l'interrogeai :

— Comment êtes-vous entré en contact avec Grégory ?

Il me regarda d'un air amusé :

— C'est lui qui est entré en contact avec moi. On lui avait donné mon nom comme contact local des brigades Herrera.

— Les brigades Herrera ?

Je devais avoir l'air stupide, car Martha sourit fugitivement et je me sentis rougir. Oui, même à cet instant-là, l'opinion de cette garce qui m'avait trahi comptait plus que d'être en danger de mort. Lanzmann prit un ton docte :

— Les brigades Herrera se sont donné pour mission de pourchasser les criminels de guerre et d'en débarrasser notre pauvre monde, sans autre forme de procès. Leur fondateur, Luis Herrera, un juif madrilène réfugié en France après 1936 et livré ultérieurement aux gestapistes par les Français, fit prêter serment au premier noyau de membres, le 3 juin 1944, à Auschwitz. Il fut livré aux chiens des SS deux jours plus tard, pour une faute minime.

« Mon père, Julius Lanzmann, fourreur de son état, faisait partie des conjurés. J'ai passé mon enfance à entendre parler de traque, de criminels réfugiés en Amérique du Sud, de pistes, d'exécutions et, dès que j'en ai eu l'âge, j'ai pris ma place dans les brigades. Martha, champagne, s'il vous plaît.

Martha s'exécuta. Captivé par le récit de Lanzmann, j'avais presque oublié mon bras ensanglanté. Il but et reprit d'une voix claire, comme s'il faisait une conférence pour ses étudiants :

— Puisque vous semblez en avoir envie, je vais vous raconter toute l'histoire, l'histoire édifiante de Grégory von Klausen. Pas d'objections ?

Je fis signe que non. Ce salaud se foutait de moi. Mais je voulais savoir. Il continua :

— Une fois parvenu en Suisse, Grégory m'a donc contacté. Il n'était pas mort dans cet accident d'avion. C'était bel et bien un accident simulé pour dépister ses poursuivants. Il m'a raconté son histoire et comment, démasqué par von Klausen, il avait été obligé de le tuer. Horrible, n'est-ce pas ? A ce qu'il paraît, le vieux ne lui avait pas laissé le choix. C'était Grégory ou lui... Le pauvre Grégory ne s'en était pas remis. Il me disait « Je suis un parricide » avec des sanglots dans la voix. Un garçon trop sensible, Grégory.

Je l'interrompis :

— Grégory a été élevé en Allemagne. Je suppose qu'il s'exprimait donc en allemand...

— C'est exact. Comme vous le savez, c'est une langue qui n'a pas de secret pour moi. Mon père me l'a enseignée dès mon plus jeune âge. Cependant, afin de ne pas se faire remarquer, Grégory utilisait le plus souvent possible le français, qu'il parlait couramment, comme d'ailleurs le russe et l'anglais, en raison de son appartenance à cette unité spéciale, la DGA. Quoi qu'il en soit, après bien des péripéties, Grégory avait réussi à retrouver la trace de son cher Georges, depuis si longtemps disparu.

— Mais comment ? !

Grégory m'avait retrouvé ! Pourquoi ne m'avait-il pas contacté ?

— J'ignore comment. Toujours est-il que Grégory me parla longuement de Georges et m'apprit que personne ne savait qu'il avait un frère jumeau. Même le vieux von Klausen l'ignorait. Ce vieux sadique avait été informé du triste destin de Grégory par l'intermédiaire de sa vieille amie, Greta Marcus, mais n'avait jamais jugé bon de s'intéresser au sort de ce gamin demi-juif.

Je ressentis une poussée de haine à la seule pensée de ce vieillard cruel qu'avait été mon père. Et de honte aussi. J'avais honte d'être son fils. J'avais peur de ce que je pourrais trouver en moi qui lui ressemblât. Lanzmann sourit :

— Vous êtes en colère... Peut-être souhaitez-vous que nous arrêtions là l'évocation de ces douloureux événements ?

— Continuez !

Ma voix avait jailli, âpre, sèche. Lanzmann semblait ravi de reprendre son récit. Il se lança dans une longue explication et, au fur et à mesure qu'il parlait, le puzzle se mettait enfin en place.

Une fois en Suisse, Grégory von Klausen s'était donc rendu auprès de Lanzmann pour lui révéler ce qu'il avait découvert concernant la Rose de Fer. Lanzmann, flairant la bonne affaire, lui avait demandé de lui remettre une preuve de l'existence de la fameuse liste. Grégory s'était exécuté. Lanzmann avait alors assuré Grégory qu'il allait lancer ses limiers des brigades Herrera sur l'affaire et lui avait conseillé de se mettre au vert. Quoi de plus simple ensuite que de faire chanter Silberman qu'un bref extrait photocopié du document avait rendu extrêmement coopératif?

Mais Grégory devenait embarrassant. Aussi, quelle n'avait pas été la joie de Lanzmann quand, de service à la clinique où j'avais été transporté, il avait appris que je me nommais Georges Lyons, que j'avais eu un accident le 25 mai et qu'on avait retiré de la carcasse de ma voiture un cadavre inconnu. Grégory avait en effet confié à Lanzmann qu'il avait retrouvé ma trace et qu'il comptait entrer en contact avec moi ce jour-là. Et, coup double, Grégory avait disparu et je ne me souvenais de rien!

De son côté, Silberman, croyant que j'étais le vrai Grégory dissimulé sous une autre identité, avait délégué Martha en mission à mes côtés afin de récupérer la liste. Martha avait, bien sûr, fait chou blanc, mais elle était remontée jusqu'à Lanzmann qui, depuis, la rétribuait grassement pour son silence.

Le seul obstacle aurait pu venir de ce que Grégory avait prévenu sa banque et un notaire qu'au cas où il ne leur ferait pas parvenir chaque année une photo de lui en train de lire un quotidien de l'année en cours, il leur faudrait ouvrir l'enveloppe scellée déposée dans son coffre et en faire publier le contenu, ce coffre ne devant en aucun cas être ouvert pour toute autre raison, y compris à sa propre requête. Grégory avait malheureusement confié ces dispositions à Lanzmann qui, après son décès, avait tourné la difficulté en me photographiant à mon insu dans sa salle d'attente : il se trouvait, en effet, toujours au moins un jour dans l'année où je parcourais le journal.

Le plan de Lanzmann avait donc magnifiquement marché.

Et voilà pourquoi j'étais à genoux sur un tapis persan, face à un cadavre, à ma femme et à mon analyste, en train de perdre mon sang au cœur d'une paisible nuit helvétique.

Lanzmann se tut pour avaler un grand verre de champagne. Il semblait savourer l'effet produit par son récit vénéneux et m'observait avec attention. Je me sentais ébranlé comme après un assaut de lutte particulièrement violent. Quelque chose n'allait pas. Il y avait un point sur lequel Lanzmann m'avait menti, mais je n'arrivais pas à mettre la main dessus. Si seulement j'avais pu me reposer et me soigner... J'avais perdu beaucoup de sang et je me sentais très affaibli. Pourquoi, pourquoi Lanzmann avait-il voulu me tuer dans son cabinet ? Je lui étais plus utile vivant que mort. Avait-il cédé à la peur ? A la peur que je... que je...

– Regardez-moi, Georges...

Je tournai machinalement la tête vers lui, ses yeux impérieux me fixaient, démesurément agrandis.

– Non !

J'avais crié, cachant mon visage avec mon bras valide.

– C'est un ordre, Georges !

Je me sentais tiré vers lui par une force irrésistible. Martha ! Où était Martha ? Martha me regardait, elle semblait soucieuse. Avec un effort considérable, je fis un mouvement vers elle :

– Martha...

La voix de Lanzmann vrilla dans ma tête comme la mèche d'un vilebrequin :

– Ne bougez pas ! Décidément, vous êtes insupportable, Georges, je crois que je vais être obligé de me séparer de vous. Quant à moi, j'ai amassé suffisamment d'argent pour prendre une retraite méritée après trente ans passés à écouter les jérémiades de névrosés dans votre genre.

Il agita son arme, désignant le corps inerte de Silberman :

– La police et les amis de Silberman penseront que vous vous êtes entretués. J'espère que vous aurez un beau service funèbre. Je ne pourrai malheureusement pas y assister, Martha et moi partons aux Galapagos nous reposer un peu.

Il m'ajusta soigneusement dans sa ligne de mire, je contrai désespérément avec une arme de fortune :

– Pourquoi avez-vous empêché Gruber de me détruire ?

– Quoi ?

Il semblait sincèrement décontenancé. Je continuai, jouant le tout pour le tout :

– Pourquoi l'avez-vous tué ?

– Gruber ? Mais je n'ai pas...

Il se tourna vers Martha :

– Qu'est-ce qu'il raconte ? Donnez-moi donc à boire, je meurs de soif.

Il était pâle, couvert de sueur. De grosses gouttes roulaient le long de ses tempes grises. Du fond du brouillard où je me sentais glisser, je me demandai pourquoi l'annonce de la mort de Gruber lui faisait autant d'effet. Il vida son verre d'un trait et le tendit aussitôt à Martha qui le lui remplit. Puis il revint à moi. J'avais réussi à avancer de quelques centimètres vers le Beretta que Silberman avait lâché en tombant.

– Expliquez-vous, Georges. Qu'est-ce que c'est que cette histoire ?

– On a décapité Gruber. Bien proprement, ça vous aurait plu... et, si c'est un fantasme, il était drôlement réussi, docteur.

Je n'avais jamais remarqué ces poches bleues sous ses yeux. Il restait là à me fixer, les doigts crispés sur la crosse de son arme.

– Vous dites n'importe quoi pour gagner du temps...

Je haussai les épaules :

– Il y a bien quelqu'un qui l'a tué... Allez voir au sous-sol.

Lanzmann eut un rictus :

– Votre ruse est aussi ringarde que votre psychisme, mon petit Georges.

Des gouttes de sueur coulaient maintenant sur sa chemise finement rayée en toile d'Oxford. C'est alors que je réalisai qu'il était malade. Physiquement malade. Et je sus également pourquoi. A ce moment-là, la seule personne qui avait pu tuer Gruber, la même personne qui avait certainement drogué Lanzmann, prononça de sa voix douce :

– Donnez-moi votre arme, docteur, si vous voulez que je vous donne l'antidote.

– L'antidote ?

Éperdu, Lanzmann pivota vers Martha. Elle lui tendit la main, très calme.

248

– Vous venez d'absorber sous une forme concentrée un dérivé de Phencyclidine, ce qui va provoquer votre mort dans les quinze minutes à venir, soit (elle consulta sa montre) à la demie précise. J'en possède, comme il se doit, l'antidote. Mais je voudrais tout d'abord récupérer cette arme que vous tenez de plus en plus maladroitement.

Je n'avais jamais entendu Martha parler de cette manière glacée et détachée, et j'en reconnus le ton et le style : ceux d'un professionnel de la violence, totalement dépourvu d'état d'âme.

Lanzmann se cramponnait à son revolver comme un gosse à son hochet. Je me déplaçai imperceptiblement vers le Beretta de Silberman. Lanzmann essaya de crâner, mais sa voix était pâteuse :

– Vous avez lu... trop de bandes dessinées... Martha. Et vous... n'avez pas assez réfléchi à vos... intérêts.

Ses jambes se dérobèrent sous lui et il dut se rattraper au fauteuil pour ne pas tomber. Martha en profita pour lui arracher son arme et, simultanément, je réussis à mettre la main sur celle de Silberman. Nous nous redressâmes tous deux, arme au poing, face à face. Martha eut un mauvais sourire qui découvrit ses dents de nacre :

– De la main gauche, Georges ? Tu ne crois pas que tu te surestimes ?

– A cette distance, je ne te raterai pas, chérie.

Lanzmann virait au gris. Il porta la main à sa gorge :

– J'ai soif... J'ai tellement soif. Donnez-moi l'antidote...

– Où est le double de la liste que vous possédez ?

Lanzmann cligna des yeux comme un hibou surpris de voir le jour :

— Mais vous n'avez... donc rien... compris !

Nous le regardions tous les deux, Martha et moi. Il éclata d'un rire malsain :

— Quel joli couple ! Prêts à... s'entre-tuer pour un... bout de papier que je n'ai... jamais vu !

— Qu'est-ce que vous dites ?

— Jamais vu ! Jamais ! Ah ! c'est trop... drôle !

Je balbutiai :

— Mais, et la photocopie envoyée à Silberman ?

— Un extrait que m'avait remis... Grégory pour me... prouver qu'il disait... la vérité. Mes pauvres enfants, que vous êtes... stupides !

— Mais où est la liste alors ?

Martha s'était penchée sur lui et le secouait. Il se mit à tousser, secoué de tremblements. Ses yeux se révulsèrent. Elle le lâcha. Sa voix fusait par à-coups, douloureuse :

— J'ai la gorge en feu... Vous êtes une fieffée... salope, Martha, mais je vais vous avouer quelque chose : ça m'amuse... je n'aime pas les gens... ordinaires... trop ennuyeux...

Tout son corps se tétanisa sous l'effet d'une douleur insupportable et il porta les mains à son cœur.

— Ça fait mal... Je ne sais pas... où... est la liste. Il n'y a qu'une personne qui le sache... mais elle ne pourra... jamais vous... le dire.

— Pourquoi ?

L'interrogation avait jailli en même temps de nos deux gorges.

— Parce qu'elle... est... folle... à lier.

— Qui est-ce ?

Je le secouai. Son visage avait pris une teinte bleu plombé, ses lèvres se retroussaient sur ses dents, il exhala :

– Coffre 288... 52357, Banque fédérale... vous aurez... surprise...

– Lanzmann !

Son corps s'arqua, une secousse l'ébranla tout entier, de la bave apparut au coin de sa bouche, je me tournai vers Martha en hurlant :

– Martha, l'antidote, vite !

Mais déjà il retombait entre mes bras, le regard fixe, ses yeux clairs posés sur moi dans un muet reproche. C'était le deuxième mort qui me regardait dans les yeux en moins de douze heures. Lanzmann ! J'avais du mal à croire qu'il n'allait pas retrousser les lèvres en un mauvais sourire pour lâcher un de ses sarcasmes habituels. Il avait l'air vieux et fatigué. La mort l'avait rétréci. Martha s'approcha, souleva ses paupières.

– C'est le cœur qui a lâché.

Un instant nos mains s'étaient frôlées sur la joue morte de Lanzmann. Et j'avais cru sentir frémir la main de Martha. Je la dévisageai :

– L'antidote n'a jamais existé, n'est-ce pas ?

Martha alluma posément une cigarette.

– Si, mais je ne sais pas si je le lui aurais administré. Ce salaud a mis en péril tout le réseau, il nous a fait perdre des années.

– Nous ?

– Les brigades Herrera, répondit-elle en me soufflant la fumée au visage.

Je sentis ma bouche s'entrouvrir sous l'effet de la surprise. Martha à la solde de Silberman, Martha à la solde de Lanzmann, Martha à la solde des brigades, les choses allaient trop vite pour moi... Je n'y comprenais plus rien. J'avais la sensation de tomber dans un puits sans fond où chaque réponse amenait une nouvelle question. Elle poursuivit :

— Nous savions qu'il existait un document d'une immense valeur qui nous permettrait de remonter jusqu'aux plus hauts membres de la fameuse Rose de Fer. J'ai infiltré l'organisation de Silberman pour ça : retrouver cette liste. Je me suis servie de Gruber. Je lui ai fait croire que je sympathisais pleinement avec leurs idéaux. Cet imbécile n'y a vu que du feu. Il était fou de moi et il m'a très vite proposé de me joindre à eux. Silberman a alors eu l'idée de m'utiliser pour te contrôler. J'ai d'abord cru, moi aussi, que tu les faisais chanter et je comptais m'approprier la liste pour le compte des brigades. Puis j'ai compris que tu t'étais fait posséder. Qu'il y avait un traître dans le réseau. J'ai longuement réfléchi.

Je l'écoutais de toutes mes oreilles.

— J'avais une certitude : Grégory von Klausen s'était introduit en Suisse, avait été conduit à assassiner son père et avait disparu, après avoir mis la main sur cette liste. De toute évidence, tu n'étais au courant de rien : donc, tu n'étais pas Grégory !

Enfin ! Quelqu'un voulait bien le reconnaître ! Elle continuait :

— Quelqu'un avait intercepté Grégory, l'avait certainement abattu et s'était emparé de cette foutue liste. Quelqu'un qui te connaissait suffisamment pour te faire jouer à ton insu le rôle de Grégory. Quelqu'un qui faisait partie des brigades et à qui Grégory avait pu se confier ! C'est comme ça que j'ai abouti à Lanzmann. « Le psy menait la danse. » Qu'est-ce que tu en penses pour un titre de polar ?

Elle eut un sourire sans joie. Je la vis brusquement telle qu'elle était : une jeune femme aux traits tirés, frêle et malheureuse. De façon incongrue, j'eus soudain l'envie folle de la prendre dans mes bras. Mais je ne bougeai pas. Elle souffla un nuage de fumée et, comme si nous avions une conversation des plus anodines, continua :

– J'ai fait semblant de faire alliance avec lui. Je voulais gagner du temps. Mettre au point un plan d'attaque. Je ne pensais pas qu'il y aurait tout ce gâchis...

Elle désigna du menton les corps de Silberman et de Lanzmann. Deux hommes, morts, dans un intérieur cossu, devant les braises rougeoyantes d'un feu de bois. Le pire était qu'après les événements précipités de ces derniers jours ils ne me semblaient pas vraiment déplacés. Comme si la mort avait sa place partout, et spécialement près de moi. Je levai la tête :

– C'est toi qui as tué Gruber ?

Elle soutint mon regard :

– Avant de devenir un membre actif des brigades, j'ai suivi un entraînement spécial. Vraiment spécial. Je suis un tueur à gages, Georges. C'est comme ça que je gagne ma vie. En exécutant des gens. Pas très romantique, n'est-ce pas ? Pour Gruber, j'ai dit à Silberman que j'avais oublié mon sac. Il m'attendait dehors, avec la limousine. J'ai pris le hachoir à la cuisine et je suis descendue. Il fallait faire vite et sans bruit. J'ai entrouvert la porte sans qu'il m'entende, il me tournait le dos, il chantonnait. J'ai levé le hachoir et j'ai frappé de toutes mes forces, entre la deuxième et la troisième vertèbre cervicale. Il s'est affaissé sans un mot. Je suis remontée et nous sommes partis à cette soirée. Je te choque ?

— Plus rien ne me choquera jamais, je crois.

Elle s'approcha de moi, à me toucher. Je sentais le parfum capiteux de sa peau. Tueur à gages. Exécutant les sentences prononcées par contumace contre des criminels en fuite. Ma douce historienne de l'art... aussi dangereuse qu'un crotale. Elle était en train de relever la manche de ma chemise :

— Je vais te faire un pansement. Ne bouge pas.

— Martha...

Je la retins de ma main valide. Elle se dégagea doucement.

— Georges... tu es le fils de Lucas von Klausen... le Boucher...

Je protestai :

— Tu sais bien que j'ignorais tout de cette histoire !

— Toute ma famille a été exterminée pendant la guerre, Georges, tu comprends ça ? Jusqu'à mes arrière-petits-cousins ! Mon père a été l'unique survivant d'une famille de cinquante-deux personnes. Il avait dix ans et il attendait son tour à l'infirmerie pour servir encore une fois de cobaye à von Klausen et sa clique, quand ces salauds se sont enfuis comme des rats quittant le navire.

« Quand je suis née, mon père avait vingt-cinq ans, il en paraissait cinquante et il est mort avant d'en avoir eu trente. Il avait été soumis à des rayonnements radioactifs durant sa détention. Tu sais, parfois, j'ai l'impression que nous avons entretenu une réelle obsession de la vengeance, mais si tant d'hommes comme Lucas von Klausen n'avaient pas été acquittés par les tribunaux d'après guerre ! Et toi, tu es son fils !

« Au début, je pensais que tu étais comme eux, un de ces sales petits fascistes, encore plus répugnant qu'eux parce que tu les trahissais pour ton compte. Et puis, au fil des jours, malgré moi, je, j'ai senti que...

— Que quoi ? Parle !

Je la secouai de mon bras valide. Elle se ferma comme une huître.

— Tu me fais mal.

Je la lâchai brusquement. Et tournai les talons. Sa voix rauque m'atteignit au creux des reins :

— Que je t'aimais. Je t'aime, Georges. Quoi que tu sois.

Des larmes brûlantes me vinrent aux yeux. Je déglutis et fis un effort pour les retenir.

— Je n'ai été qu'un pion dans cette histoire, Martha.

— Oh ! je t'en prie, Georges, ne parlons pas de ça maintenant. Viens, dépêchons-nous.

En un clin d'œil, elle était redevenue une parfaite espionne de roman-photo et, après m'avoir confectionné un pansement de fortune avec de l'alcool à 90 et une serviette de table, nous sortîmes. Direction Genève et la Banque fédérale.

Martha roulait à tombeau ouvert dans l'aube naissante. Nous laissions derrière nous trois cadavres et le chauffeur de Silberman qui devait courir en caleçons sur la route pour se tirer de ce guêpier avant que la police n'y fourre son nez. En effet, avant que nous ne partions, j'avais déverrouillé le coffre de la limousine et, avec l'aide de Martha, en avais extirpé le chauffeur toujours ligoté : il me répugnait de livrer un homme, quel qu'il soit, aux autorités. Nous l'avions remis sur pied et avions tranché les liens entravant ses chevilles, sans prêter attention aux borborygmes furieux qu'il émettait à travers son bâillon.

Appuyé contre le dossier moelleux, je fermai les yeux. Mon ancienne blessure me lançait et la nouvelle générait une douleur lancinante. Je me sentais faible, très faible, et je dus perdre conscience car la voix de Martha me tira soudain d'un sommeil tourmenté où le vieux von Klausen, armé d'une hache au tranchant effilé, essayait de me dépecer. Une rage incoercible m'envahissait et, lui ayant arraché la hache des mains, je m'apprêtais à lui faire sauter la tête, quand la voix de Martha se fraya un chemin à travers mon cerveau embrumé.

— Nous sommes arrivés.

Je sursautai. Arrivés ? Où cela ?

— Nous sommes arrivés à la banque. Je vais y aller seule. Tu vas m'attendre dans la voiture. Tu as l'air trop mal fichu pour venir avec moi.

Je protestai vaguement, mais un coup d'œil dans le rétroviseur me persuada que Martha avait raison. J'avais les joues mangées de barbe, le regard creux, de grands cernes sous les yeux, et le col de ma chemise était taché de sang séché. De quoi alerter tous les services de sécurité de la banque. Je me rencognai dans mon siège, le col du manteau relevé, la main serrée sur le Beretta tiède dans ma poche. Martha m'effleura la nuque du bout des doigts avant de sortir de la voiture. Je la regardai grimper les marches de la banque, impeccable dans son manteau de fourrure, comme si elle n'avait pas passé une nuit blanche environnée de cadavres. Le portier se retourna sur son passage, admiratif. Martha faisait toujours cet effet-là sur les hommes. Dès qu'elle me regardait d'une certaine manière, j'avais l'impression d'être une souris dans les pattes d'une panthère.

Le soleil avait disparu. Une pluie légère se mit à tomber. Les passants étaient plus nombreux, affairés, beaucoup de costumes trois-pièces et d'attachés-cases. J'avais faim, j'avais soif, j'avais mal. Si je parvenais à foutre le camp dans le Midi, je resterais au moins trois mois sans rien faire d'autre que dormir, me baigner et déguster la cuisine provençale. La bonne odeur de l'ail, du poivron grillé, des beignets de fleurs de courgettes sembla emplir l'habitacle embué de la voiture. Je me massai l'estomac. Bon sang, qu'est-ce que foutait Martha ?! Je consultai ma montre. Elle était absente depuis dix-neuf minutes. Lanzmann nous avait-il précipités dans un piège ? Martha allait-elle resurgir escortée par un Malinois goguenard ? Je me sentais devenir nerveux. Il me semblait que des gens me dévisageaient, je me renfonçai encore plus sur le siège. La pluie tombait toujours, régulière, avec un bruit caoutchouteux. J'imaginai le bleu intense du ciel au-dessus des pins parasols, les reflets dorés de la mer se balançant entre les criques rouges. Vingt-deux minutes ! Il s'était certainement passé quelque chose.

La portière s'ouvrit et je sursautai, prêt au pire.

– Du calme, me jeta Martha en s'installant au volant.

Elle posa sur mes genoux une épaisse enveloppe marron, au rabat soigneusement scotché.

– Qu'est-ce que tu foutais ?

– Ne fais pas cette tête de bagnard évadé, il y a des flics en civil dans toute la banque.

– Quoi ?

– Embrasse-moi.

— Martha, ce n'est peut-être pas le moment...

— Embrasse-moi, il y a deux flics qui sortent.

J'obéis et mes lèvres brûlantes de fièvre rencontrèrent les lèvres tièdes et douces de Martha. J'eus l'impression de recevoir un électrochoc et une onde brutale de désir m'électrifia le bas-ventre. Mais déjà Martha démarrait, s'éloignant en douceur du trottoir.

— J'ai attendu d'être sûre que les flics n'étaient pas là à cause de Lanzmann avant de descendre à la salle des coffres. Je pensais que ce salaud nous avait peut-être tendu un piège.

— J'ai pensé la même chose.

— Non, en fait, ils étaient là pour toi, chéri.

Je dégustai le chéri en silence, tout doucement. Puis je réagis :

— Pour moi ? Ils ont mis la main sur quelque chose ?

— Je pense qu'ils espèrent te coincer si tu viens faire un retrait ou un dépôt. C'est tout ce qu'ils peuvent faire. Le directeur se ferait tuer plutôt que de trahir le secret professionnel.

— De toute façon, il ignore ma véritable identité.

Martha négocia habilement un virage difficile avant de laisser tomber :

— Nous sommes deux dans ce cas alors...

— Que veux-tu dire ?

— Eh bien, je veux dire : qui es-tu réellement ?

— Martha, tu ne vas pas t'y mettre aussi ! Je suis moi, Georges Lyons...

— D'où te vient ce nom de Lyons ?

— Je te l'ai déjà dit, d'un GI avec qui ma mère s'était mise à la colle et qui a bien voulu me reconnaître. Il était fou d'elle.

– Ça ne cadre pas vraiment avec le genre de types que fréquentait ta mère, tu ne crois pas ?

– Qu'est-ce que j'en sais, c'était peut-être un saint occupé à gagner son paradis.

Lyons... J'essayai de me souvenir de lui, mais je devais avoir trois ans à cette époque-là et je n'avais gardé que l'image confuse d'un grand gaillard barbu en uniforme. Une sorte de géant bienveillant penché sur moi avec un sourire, dans une odeur de chewing-gum. Mais que m'importait ce Lyons dont j'ignorais même le prénom ? Je brûlais d'ouvrir l'enveloppe. Martha sembla deviner ma pensée. Elle secoua la tête :

– Attendons d'être en sécurité.

– Tourne à gauche.

– Pourquoi ?

– On va chez ta mère, là nous serons en sécurité.

Elle rougit en m'entendant prononcer « ta mère » et tourna à gauche sans répliquer.

Nous roulâmes encore une vingtaine de minutes en silence sous la pluie battante. Les essuie-glaces dansaient leur ballet mécanique, et l'enveloppe semblait vivante et lourde sur mes genoux, comme un petit animal.

La maison de la « mère » de Martha se profila soudain à l'horizon. Martha freina doucement et alla mettre la voiture à couvert entre les arbres. Nous descendîmes sous la pluie et courûmes jusqu'à l'arrière de la baraque. Je regardai la façade, je n'avais plus un seul bras valide :

– Je ne pourrai pas escalader.

– Reste là, je reviens t'ouvrir.

Je m'abritai sous le rebord de zinc, l'enveloppe serrée

contre ma poitrine protégée par le manteau. Martha disparut sous la pluie.

Quelques minutes après, la porte de derrière s'ouvrit dans mon dos. Martha me faisait face, sa robe trempée collée à son corps ô combien désirable... Pour grimper, elle avait dû la retrousser, dévoilant ses cuisses galbées de soie. Je restai comme un imbécile sous la pluie à la regarder, sans sentir l'eau qui me dégoulinait dans le cou, et Martha eut un sourire moqueur :

– Quelque chose ne va pas, monsieur ?

Je toussai pour m'éclaircir la voix avant d'articuler un ridicule :

– Excuse-moi, je pensais à autre chose...

La maison était froide et sombre. La pluie battait les carreaux. Les traces de pas humides de Martha se détachaient dans la poussière. Tout en montant au premier, je lui demandai quels avaient été ses liens avec Jeanne Moser. Elle me répondit que Jeanne, dans sa prime jeunesse, avait servi de liaison aux services secrets britanniques durant la guerre et qu'elle avait été ravie de reprendre du service en se faisant passer pour sa mère. Mise hors service à la fin des hostilités, elle s'ennuyait depuis quarante ans.

La chambre était comme je l'avais laissée. J'avalai rapidement une grande rasade de lait, dévorai du chocolat et des biscuits, que Martha refusa d'un geste. Elle s'était assise sur le lit et me tendit la main :

– Passe-moi l'enveloppe.

J'hésitai, puis la lui tendis. Elle arracha la bande de scotch et une liasse de feuillets dactylographiés apparut. Je m'assis près d'elle, évitant de la toucher. Je ne voulais pas sentir son corps contre le mien.

Le manuscrit portait un titre, en majuscules, suivi d'un sous-titre :

DOSSIER G. V. K.
Compte rendu des principaux entretiens.

L'ensemble se présentait comme un recueil, chaque nouvelle séance donnant lieu à un nouveau chapitre. Et il y en avait une épaisse liasse... J'allumai une cigarette dont le goût me parut amer, me laissai tomber en arrière sur le lit et écoutai Martha commencer à lire.

NOTES DU DOCTEUR LANZMANN :

<u>20 décembre 1984</u>. J'ai un nouveau patient. Grégory von Klausen s'est enfin décidé à venir me voir en tant que médecin et non plus seulement comme membre des brigades Herrera. Je connais Grégory depuis près d'un mois maintenant et ses troubles n'ont fait que s'accentuer. Je lui ai fait comprendre que, sans un traitement psychiatrique, il courait à la catastrophe et ne serait sans doute plus à même de mener à bien sa mission. Cet argument l'a décidé. Il poursuit en effet avec une obsession monomaniaque l'idée de détruire la conspiration de la Rose de Fer.

D'un point de vue anatomique, G. V. K. est en parfaite santé. L'origine de ses troubles est à l'évidence d'ordre psychique. Au choc originel causé par les mauvais traitements et l'abandon infligés par la mère s'est ajouté le choc d'avoir tué son père, le cumul de ces traumatismes l'ayant fait, en quelque sorte, « disjoncter ». Assurément, G. K. refuse de toutes ses forces inconscientes ces deux événements et s'est créé une structure de défense mettant en jeu un double, un « jumeau ».

Martha interrompit sa lecture pour prendre une cigarette. J'écrasai la mienne dont le goût âcre m'écœurait. Ainsi, Lanzmann avait cru que Grégory mentait ; qu'il m'avait « inventé ». Je me sentai tendu comme une corde de violon. Martha me jeta un regard :

– Ça va ?

– Continue...

Elle soupira, puis reprit sa lecture. La pluie redoubla, noyant les vitres sous l'averse. On ne voyait plus le paysage. Il n'y avait plus que cette pièce sombre et la voix de Martha remuant des fantômes.

3 janvier 1985. Si, au début de nos entretiens, Grégory s'exprimait en allemand, nous conversons maintenant toujours en français, langue que Grégory possède parfaitement, comme le russe et l'anglais, de par sa formation spéciale au sein de son unité d'élite. Ce refus de sa langue maternelle me semble un symptôme significatif.

EXTRAITS DE LA SÉANCE :

MOI : Eh bien, Grégory, à quoi pensez-vous ?

G. K. : Je suis sur sa piste.

MOI : La piste de qui ?

G. K. : De mon frère. Il vit tout près d'ici. Il faut que je le retrouve. Il faut que je lui explique. Il faut qu'il comprenne. Il faut qu'il sache que je ne lui en veux pas.

MOI : De quoi pourriez-vous lui en vouloir ?

G. K. : C'est à cause de lui que ma mère a voulu me tuer. Elle le préférait. Elle l'a toujours préféré. Elle disait que je ressemblais trop à mon père. C'est pour ça qu'elle a fait ça.

MOI : Fait quoi ?

G. K. (en proie à une grande agitation, relevant son pull-over pour dénuder son ventre) : Ça ! (Il porte la trace de *nombreuses entailles.)* Elle disait que, puisque j'étais le fils du Boucher, je devais faire mon apprentissage...

Moi : Votre apprentissage ?

G. K. : Mon apprentissage de viande à découper ! Mais lui, lui, elle l'aimait.

Moi : C'est de votre frère que vous parlez ?

G. K. : De Georges, oui.

Moi : Georges von Klausen...

G. K. : Non ! Georges Lyons. Un de ces salopards de soldats américains avec qui ma mère couchait pour une ration de chocolat s'est mis à aimer Georges et a accepté de lui donner son nom, et moi, ils m'ont jeté dans une poubelle. Comme si je n'avais jamais existé. Même à l'orphelinat, personne ne voulait croire que j'avais un frère. Même mon salaud de père ne l'a pas cru.

Moi : Pourquoi ne voulaient-ils pas vous croire ?

G. K. : Quand ils m'ont trouvé, il n'y avait que le nom de mon père attaché autour de mon cou. Et ma mère n'avait jamais déclaré notre naissance. Je crois qu'elle avait peur des papiers, des démarches. Elle refusait d'en faire. Et puis, à l'époque, tout le monde s'en fichait, c'était le chaos. Les flics, ils n'arrivaient même pas à la retrouver, elle ! Et pourtant, je leur avais dit qu'elle s'appelait Ulrike, Ulrike Stroh, je le savais : elle répétait toujours son nom avec force aux types qui défilaient chez nous, même que Georges se bouchait les oreilles parce qu'il avait honte, il aurait voulu que personne ne sache son nom.

Moi : Et vous, vous n'aviez pas honte ?

G. K. : Je m'en foutais. Ce qu'elle faisait, je m'en foutais. Je la détestais. J'aurais voulu qu'elle crève !

Moi : Vous avez été content quand elle est morte ?

G. K. : Je ne l'ai su que plus tard, bien après. Ils m'ont dit qu'on l'avait trouvée morte, je ne sais même pas où, quelque part à la frontière suisse. Toute seule. J'ai pensé que Georges, s'il était vivant, avait dû être envoyé dans un orphelinat là-bas.

Moi : Un pays neutre.

G. K. : Oui. A l'abri. Comme d'habitude. *(Il a un rire sans joie.)* Et quand j'ai découvert que mon père dirigeait son réseau de psychopathes séniles depuis Bâle, j'ai su ce que j'avais à faire. Retrouver la liste. Retrouver Georges.

Moi : Pourquoi est-ce que vous avez tué votre père ?

G. K. *(s'agitant fébrilement sur le divan, avec tous les signes d'une grande anxiété)* : C'était lui ou moi ! Il me regardait, il me regardait avec ses yeux de pervers, j'étais debout devant son bureau, la liste posée devant moi et toutes ces photos horribles autour de nous... Vous savez où il l'avait cachée, la liste sacrée ? Dans la cuvette des toilettes attenantes à son bureau. Enveloppée dans une pochette plastique étanche et scotchée dans le boyau de porcelaine. Il fallait plonger la main dans l'eau de la cuvette et fouiller sous le retour pour la trouver. Ingénieux, non ? Mais j'avais compulsé suffisamment de rapports de fouilles durant mes années d'archives pour envisager toutes les hypothèses. D'autant que j'avais remarqué qu'il n'utilisait pas ces toilettes-là. Parce qu'il m'a hébergé plusieurs jours, il croyait que j'étais venu le retrouver par amour filial !

Moi : Vous n'avez pas répondu à ma question.

G. K. : Je n'ai pas envie de parler de ça, c'était un accident, pourquoi voulez-vous que j'en parle ?

Moi : Un accident ?

G. K. : Oui ! Il était là, avec cette paire de ciseaux chirurgicaux à la main, il gardait toujours sa trousse d'instruments avec lui, et moi je n'étais pas armé, je pensais qu'il avait pris ses somnifères, mais le vieux salaud s'était méfié. Il a pointé les ciseaux vers moi, il a jeté un coup d'œil à ses photos, son mémorial, comme il disait, et il m'a souri d'un air désolé : « Tu vois, j'avais raison, le défaut de la race réapparaît toujours. C'est pour cela qu'il faut supprimer les races défectueuses, tu comprends ? » C'est ce qu'il a dit, avec son air compatissant. J'ai com-

pris qu'il le ferait, qu'il allait me tuer. Et qu'il aimerait ça. Le téléphone s'est mis à sonner. Il a baissé les yeux vers l'appareil, j'ai saisi le cendrier en bronze et je l'ai frappé à la tête. Je ne voulais pas le tuer, je voulais juste l'assommer, mais il était vieux, il était si vieux... *(G. K. se met à pleurer, la tête entre les mains.)*
Moi : Et à Georges, vous lui voulez du mal ?
G. K. : Noon... Je veux juste qu'il m'aide. Je veux qu'il sache tout. Georges m'a toujours protégé, j'ai besoin de lui. Je suis tellement mauvais !

Martha toussa, la pièce était glacée et un froid perçant me pénétrait jusqu'aux os. Mais tout m'était indifférent, hormis la suite du récit de Lanzmann. Elle poursuivit :

<u>30 janvier</u>. J'ai vu Grégory plusieurs fois. Il s'étonne de ce que les brigades n'aient pas encore agi et désire rencontrer un de mes supérieurs. Il commence à devenir embarrassant.
Je lui ai proposé d'essayer l'hypnose pour remonter le cours de ses souvenirs. Il a refusé. J'ai le sentiment qu'il ne me fait pas totalement confiance.

<u>22 mars</u>. J'ai maintenant la certitude que Grégory bascule lentement dans la folie. Il prétend avoir localisé son frère, le fameux jumeau. J'ai essayé de lui expliquer que ce frère était une projection de son esprit, pour échapper à la culpabilité. La création d'un « bon » Grégory en quelque sorte. Il me regarde comme si c'était moi qui étais fou.

<u>8 février</u>. Grégory est revenu à la charge. Il ne comprend pas pourquoi rien n'a encore éclaté au grand jour. J'ai dû lui expliquer que les brigades agissaient toujours ainsi, lentement et précautionneusement. Prendre l'ennemi par surprise... Il m'a regardé sans rien dire, avec ce curieux

regard intense qu'il a parfois, et je me suis senti mal à l'aise. L'idée m'est venue que, si Grégory devenait réellement fou au point de se prendre pour son frère jumeau, il cesserait d'être embarrassant. Je travaille en ce sens durant nos séances. J'ai commencé à pratiquer l'hypnose à son insu. Bons résultats.

— Le salaud !

Martha avait interrompu sa lecture par cette exclamation. Je haussai les épaules avec lassitude. Oui, Lanzmann avait été un foutu salaud. Il avait essayé de précipiter mon frère dans la folie. Et que ne m'avait-il pas fait à mon insu durant nos séances de « relaxation » ?

Je pressai Martha de poursuivre. Les rafales de pluie tourbillonnaient autour de nous et une branche d'arbre venait frapper la vitre régulièrement, avec un petit bruit faible, comme une petite main d'enfant demandant asile. Martha tourna un feuillet, lut machinalement les premières lignes avant de lever vers moi un regard gêné.

— Qu'est-ce qu'il y a ?

— Tiens, je pense qu'il vaut mieux que tu lises toi-même.

Je lui arrachai les feuillets et parcourus fébrilement le texte impeccablement dactylographié :

Quand Grégory aura achevé sa transformation en Georges, le double parfait, le bien-aimé de sa mère, le non-parricide, je n'aurai qu'à donner un petit coup de pouce et Grégory von Klausen disparaîtra définitivement de la surface de la terre. Je serai seul dépositaire de son secret. Et le seul à encaisser les sommes conséquentes que ces imbéciles de vieillards nazifiants sont prêts à me verser.

Je jetai les feuillets à terre, fou de colère :

– Il ment, il ment, tu m'entends, c'est lui qui était fou, pas Grégory ! Et c'est lui qui a essayé de me rendre fou ! Quand je pense que je lui ai fait confiance pendant toutes ces années ! Mais comment ai-je pu être aussi bête ! Il devait bien se marrer pendant nos rendez-vous !

Martha tourna vers moi un visage douloureux, et brusquement elle se pelotonna contre ma poitrine :

– Oh ! Georges, Georges...

Je lui caressai les cheveux, bouleversé de la sentir si proche, sans rien trouver à ajouter. Les mains de Martha s'étaient nouées autour de mon cou, je sentais sa poitrine pressée contre la mienne, son souffle contre ma peau, et, sans un mot, nous basculâmes lentement sur le lit, pleins d'émotion, tandis que les feuillets glissaient à terre.

Plus tard, je me redressai dans la chambre glacée, saisis une cigarette et l'allumai. L'obscurité venait, et la cendre rougeoyait dans la pénombre. Martha s'étira, avant de se relever. Elle lissa machinalement sa robe froissée et dégrafée, puis la paume de sa main effleura ma joue. Elle murmura :

– J'avais si peur que tu ne veuilles plus de moi...

– Pourquoi ?

– J'avais peur de te faire horreur.

– Parce que tu as tué ces hommes ?

– Pour ça et parce que je t'avais menti. J'étais tellement persuadée en acceptant cette mission de ne pas m'attacher à toi. Et puis...

Elle ne finit pas sa phrase. J'aspirai la fumée et la gardai longuement avant de la laisser sortir.

– Martha...

– Oui ?

– Martha, il faut que je te pose la question : tu es bien sûre de ne pas croire ce que raconte Lanzmann ? Tu es bien sûre de ne pas croire que je suis un autre ?

Martha me regarda bien en face.

– Tu es toi, et c'est toi que j'aime.

– Mais tu étais prête à m'abandonner entre leurs mains...

– Je le croyais ! Mais j'ai vu que ça m'était impossible. Sinon, je n'aurais pas supprimé Gruber. Je ne pouvais plus accepter qu'ils te fassent du mal. L'idée de te voir transformé en une sorte de légume... Ça m'a été insupportable. Je ne te demande pas de me pardonner de t'avoir trahi. Je ne te demande rien.

Orgueilleuse Martha. Je passai mes doigts dans ses boucles rousses :

– Au fait, quel est ton nom, ton vrai nom ?

– Martha. C'est à Gruber que j'ai menti. Et je suis réellement brune. En fait, tu es la seule personne qui connaisse mon vrai visage...

Elle glissa ses doigts dans ses cheveux et se libéra de sa perruque rousse, laissant apparaître sa chevelure aile de corbeau qui donnait à son visage mobile un air indien.

Et nous nous enlaçâmes encore comme deux orphelins qui n'ont qu'eux-mêmes pour se réchauffer.

Martha se pencha et ramassa les feuillets qui avaient glissé à terre, les relisant et les reclassant rapidement. J'allumai la lampe de poche. La nuit était venue sans que la pluie s'interrompe. Un orage grondait au loin. La lampe de poche projetait un cercle jaune sur les feuillets et l'on avait l'impression d'être hors du monde tandis que nous lisions tous les deux en silence :

> Je me demande parfois si je ne devrais pas avoir honte de profiter de ses tendances schizophréniques ou de trahir les brigades Herrera. Mais j'ai beau me poser la question, je ne peux que constater une intense satisfaction, d'une part à maîtriser totalement la situation, d'autre part à percevoir des sommes qui me permettront bientôt d'abandonner la pratique pour me consacrer à mes recherches sur l'altération de la mémoire dans les troubles de personnalités multiples, l'œuvre qui couronnera ma carrière.

> 20 mai. Grégory me soutient qu'il a obtenu un rendez-vous avec son frère pour le 25 mai prochain. Il doit le retrouver sur la petite route du col du Wessenstein, à l'auberge Chez Nicolas.

Je me tournai vers Martha :

– Je ne me souviens pas d'avoir eu rendez-vous avec Grégory.

– L'accident a peut-être effacé une partie de tes souvenirs ; ça arrive souvent. Est-ce que tu te souviens de t'être arrêté à l'auberge ?

– Je crois, oui. J'ai l'impression d'avoir bu une bière, dans un endroit sombre. Mais, tu sais, je ne me souviens de rien à partir du moment où j'ai loué la voiture, à part quelques images fragmentées.

– C'est une forme d'amnésie fréquente, répondit Martha en me caressant les cheveux. Et Lanzmann n'a rien fait pour arranger les choses...

Nous revînmes au manuscrit :

> Lorsque je lui ai demandé à quoi le nom « Nicolas » le faisait penser, il m'a simplement répondu « à saint Nicolas ». Je lui ai alors demandé s'il connaissait la légende de saint Nicolas. Il m'a affirmé que non. Nous en sommes restés là. La légende de saint Nicolas, comme chacun le sait, raconte l'histoire d'un ignoble boucher qui a volé des enfants pour les découper et en faire des saucisses. Heureusement, saint Nicolas survient et les ressuscite. Le détail m'a paru amusant et caractéristique.
>
> Quoi qu'il en soit, il est évident que je dois faire en sorte que tout se résolve ce jour-là. Disparition de Grégory von Klausen, apparition de Georges Lyons. Et fin de mes petits soucis.

Je bondis :

– Le salaud ! Il avait prévu de faire disparaître Grégory !

Martha me poussa du coude :

– Attends la suite, c'est bien pire !

> 26 mai. C'est fait. La voiture qu'occupait Grégory a malencontreusement dérapé et s'est envolée dans l'abîme. Le sabotage du circuit de freinage y est peut-être pour quelque chose.
>
> Il m'avait précisé qu'il devait rencontrer Georges à 13 heures. Je me suis donc rendu sur les lieux à 12 h 55. J'ai vu Grégory se garer dans le parking, descendre de voiture et se diriger vers le restaurant à grands pas. Il portait un costume gris bien coupé, différent de ses jeans et chandails habituels, et il se tenait plus droit. Je me suis dirigé à mon tour vers le parking, où étaient stationnées quelques autres voitures. Il n'y avait personne, il faisait très froid. Je me suis servi des connaissances acquises

grâce à mon manuel de mécanique, cela ne m'a pris que quelques minutes.

Certes, Grégory aurait pu mourir. Disons que j'ai remis son sort entre les mains du Seigneur. Je ne suis pas un assassin et il m'était impossible de le supprimer directement. J'ai préféré opter pour cette solution compliquée mais qui laisse en paix ma conscience.

— En paix ! Il expédie une voiture dans un précipice et il a la conscience en paix ! Il n'avait aucune preuve de ce que Grégory ne mentait pas ! Lanzmann l'a cru fou alors que Grégory avait réellement rendez-vous avec moi. Et il l'a tué ! Il l'a tué, Martha !

Martha passa un bras autour de mes épaules :

— J'ai moi-même trop de choses sur la conscience pour juger...

Je me calmai. Moi aussi, j'avais donné la mort. Je faisais maintenant partie de ce club très fermé qu'on ne pouvait jamais quitter. Martha reprit :

— Mais je ne comprends pas, s'il a saboté la voiture de Grégory...

— Mais non ! C'était la mienne ! Regarde ! « Il portait un costume gris bien coupé », c'est ce que je portais ce jour-là ! C'était marqué sur la fiche d'hôpital !

Martha fronça les sourcils :

— Comment ça ?

— C'est moi qu'il a vu descendre de voiture ! Grégory devait déjà être à l'intérieur. Lanzmann s'est trompé. Écoute-moi, c'est simple.

— Si tu le dis...

— Il ne croyait pas à mon existence, d'accord ?

— D'accord.

– Donc, en me voyant, il n'a pu que croire que c'était Grégory. Ce salaud de Lanzmann s'est toujours pris pour un génie. Comme avec toi. On ne peut pas dire que ça lui ait vraiment réussi. Continuons :

... Grégory a donc définitivement disparu et « Georges Lyons » est dans le coma à la clinique. Je lui rends visite chaque jour et m'applique à faire disparaître de sa mémoire les dernières bribes de toute cette histoire.

Je comprenais enfin clairement ce qui s'était passé. Grégory s'était arrangé pour me rencontrer, mais Lanzmann avait provoqué cet accident, qui avait été fatal à mon frère. Comme cet imbécile de Lanzmann n'avait jamais cru au récit de Grégory et, en conséquence, à mon existence, il avait automatiquement pensé en me voyant à la clinique que j'étais Grégory. Un Grégory dans le coma et ayant bienheureusement perdu la mémoire ! Il s'était donc appliqué à effacer toute trace de Grégory de mon esprit, ce qui expliquait que je ne me souvienne pas de notre rencontre !

22 juin. « Georges » se rétablit rapidement. Il pense qu'un pneu de la voiture a éclaté. Il semble en bonne forme morale. Il se souvient vaguement de sa mère, une prostituée du nom d'Ulrike Stroh, ignore qui est son père et est persuadé que son frère, un gamin insupportable et fondamentalement mauvais, est mort il y a des années.

En ce qui concerne l'auto-stoppeur, la police s'est révélée incapable de l'identifier. Grégory aurait très bien pu ne pas le prendre dans sa voiture, mais la providence était décidément de mon côté. La présence de cet individu a parfaitement servi mes desseins. Dans l'esprit schizoïde de « Georges », ce qui était Grégory est ainsi vraiment mort, disparu, *parti en fumée*, si j'ose dire...

Il me suffira de le suivre régulièrement à sa sortie pour pouvoir contrôler la situation et être à même de le ramener à de meilleurs souvenirs, si besoin était, par le biais de quelques « relaxations ». J'ai mis une bouteille de champagne au frais. A la santé des idéalistes de tous bords !

J'explosai :

– Si seulement Grégory ne s'était pas confié à Lanzmann, nous serions aujourd'hui enfin réunis. Et, s'il ne m'avait pas retrouvé, il ne serait pas mort. Je l'ai tué une seconde fois...

Martha posa sa main sur ma nuque, me massant doucement :

– Chut, tais-toi, tu dis des bêtises. Georges, tu es épuisé et moi aussi. Je n'ai pas dormi depuis quarante-huit heures. Nous devrions faire un petit somme. On se réveillera l'esprit plus clair. Tu ne crois pas ? Tu as perdu beaucoup de sang. Tu ne peux pas continuer comme ça.

J'aurais voulu contredire Martha mais je me sentais brûlant, secoué de frissons et enclin au vertige. J'acceptai à contrecœur de m'allonger, persuadé que je ne pourrais jamais dormir, torturé comme je l'étais par le remords et la colère. On avait essayé de détruire mon identité, on m'avait pris pour cible, on m'avait traité de menteur, on avait voulu me dépouiller de ma mémoire ! Mais j'étais Moi ! J'avais un passé et il était à moi, rien qu'à moi ! Je tournai et retournai ces mots dans ma tête et sombrai brutalement dans un sommeil profond.

Dix-septième jour – samedi 24 mars

Quelqu'un frappait à la porte, quelqu'un voulait entrer... Il fallait s'enfuir, prévenir Martha, se sauver... Ils étaient là, de l'autre côté... Martha, où était Martha ? La place dans le lit était vide. Je hurlai « Martha ! » avant de me réveiller en sursaut, trempé d'une mauvaise sueur.

Martha était assise à côté de moi et me tendait un verre de lait. Elle caressa mon front mouillé :

– Tu as fait un cauchemar... Tu criais mon nom...

– Je rêvais qu'on frappait à la porte... Écoute !

Le même petit heurt ! Je bandai mes muscles, puis me détendis soudain. C'était la branche qui giflait la fenêtre régulièrement. Il pleuvait toujours, une pluie morne qui évoquait des noyés dérivant le long de fleuves monotones.

Martha me tendit le verre :

– Bois. Ensuite, je referai ton pansement.

J'obéis. Elle commença à s'activer autour de mon épaule, avec des gestes précis et efficaces, tout en discutant. Je me sentais nerveux, je repensais sans cesse à ce foutu accident :

– Bon sang, Martha, comment se fait-il que j'aie pris un auto-stoppeur et que je ne me souvienne pas que c'était mon propre frère ?

— On en a déjà discuté. Tu as oublié tout ce qui s'est passé avant, pendant et après l'accident. Traumatisme amnésique classique dans ce genre de chocs.

— Mais de Grégory, merde, je m'en souviendrais !

— Pas si tu as vraiment cru prendre un auto-stoppeur... Grégory n'est peut-être pas venu au rendez-vous chez Nicolas. N'oublie pas que c'était un homme en fuite, avec une formation spéciale, un homme habitué à se méfier, à ruser. Il s'est peut-être posté au bord de la route, plus loin. Il avait peut-être voulu garder l'incognito, t'étudier un moment avant de se dévoiler...

— Et il serait mort ce jour-là, à côté de moi, sans que nous ayons eu le temps de nous parler, c'est horrible !

Martha posa sa main sur mon épaule et serra doucement. Elle changea de conversation, mais ce n'était pas vraiment plus gai :

— Qui était-ce, ce type qui est venu essayer de nous tuer, à la maison ?

— Phil, mon associé. Je me suis fait manœuvrer comme un bleu par Max, un autre de mes associés. Mon Dieu, tout ça me semble si loin...

— Le hold-up de Bruxelles, c'était vous, n'est-ce pas ?

— Oui. J'ai épousé une espionne, tu as épousé un voleur...

— Tu ne m'as pas encore demandée en mariage...

Je tournai la tête pour regarder Martha obstinément penchée sur mon pansement.

— Je ne crois pas être le type idéal à épouser. Et qu'est-ce qu'on ferait des gosses pendant que nous serions moi en taule et toi occupée à cavaler derrière des criminels de guerre ?

Martha sourit tout en posant soigneusement un grand morceau de sparadrap sur le pansement.

– Voilà, c'est fait. Georges, pourquoi est-ce qu'on ne part pas tout simplement ? Avant que ce ne soit trop tard. Laisse tomber cette histoire. Je me fous de savoir qui tu es. Partons dans le Midi avant que tous les flics ne soient à tes trousses. Silberman est mort, Gruber est mort, d'ici à ce que la Rose de Fer arrive jusqu'à toi, il faudra du temps. Partons tous les deux.

– Je croyais que tu avais voué ta vie à la cause des brigades.

– Maintenant, c'est à toi que j'ai voué ma vie. Je crois que je n'ai plus envie de passer mon existence dans le ressentiment. Je crois que je dois laisser tomber le passé.

– Mais moi, je ne peux pas laisser ces salauds continuer leurs combines en douce, je ne peux pas.

– Mais qu'est-ce que tu veux faire ?

– Retrouver la liste et la publier. Je veux les détruire.

Martha soupira :

– Georges ! On ne retrouvera jamais cette putain de liste. Grégory est mort avec son secret. C'est toi que tu vas détruire, c'est tout. Toi... et nous.

Je savais que Martha avait raison. Je savais qu'il ne servait à rien de s'acharner contre des fantômes. Mais il y avait cette douleur dans mon crâne. Ce besoin de certitudes. Et de vengeance. Comme je comprenais les brigades qui avaient poursuivi leur œuvre de vengeance souterraine pendant près de cinquante ans ! Je repensai à ma mère, à cette épave sadique que j'avais eue pour mère et qui avait dû être une jeune étudiante en robe printanière. Non, je ne pouvais pas laisser tomber.

Une de ces douleurs lancinantes dont j'avais l'habitude s'était mise à battre sous mes tempes. Martha se pencha vers moi :

– Ça ne va pas ?

– J'ai mal à la tête, c'est tout. Comme si une perceuse essayait de se frayer un chemin à travers mon crâne.

Il faisait gris dans la petite chambre. Un jour gris et sinistre comme un lendemain de cuite. On avait l'air de deux oubliés du monde, dans nos habits sales, dans cette pièce vide, assis sur le matelas nu comme sur un esquif de fortune. Je tentai de sourire :

– Je me demande sur quelle île on va s'échouer...

– Chaque homme est sa propre île déserte, non ? me rétorqua Martha en se levant.

Elle entreprit d'ôter sa robe trop habillée et d'enfiler un de mes jeans de rechange et un de mes sweat-shirts. Le jean était trop grand et elle le serra avec une ceinture. Je me levai aussi, ôtai ma chemise souillée, enfilai un polo propre, me nettoyai le visage avec du coton et de l'eau. Martha avait raison. On ne pouvait pas rester là comme des rats effrayés par la lumière. Je bouclai ma ceinture.

– Je te demande vingt-quatre heures. Après, on s'en va.

Elle me regarda :

– D'accord. Par quoi on commence ?

– Par ça.

Je l'attirai vers moi et l'embrassai passionnément. Que la journée débute au moins sous de bons auspices...

Nous sortîmes dans le petit matin. L'odeur des feuilles mouillées et de la terre humide était apaisante comme une main fraîche sur un front brûlant de fièvre. Nous courûmes jusqu'à la voiture sous la pluie, pataugeant dans les flaques. Un chien aboyait au loin. Le tintement d'une cloche à vache lui répondit. Les cheminées du village fumaient, évoquant des bols de café chaud, d'épaisses tartines et la tournée quotidienne du facteur. Décidément, il semblait que je ne connaîtrais jamais ce genre de vie paisible et rassurante où chaque geste est à la fois celui d'hier, d'aujourd'hui et de demain.

J'étais encore trop mal en point pour conduire, et Martha prit le volant. En chemin, elle m'apprit que les flics étaient venus chez nous. Ils y étaient le jour où j'avais téléphoné. Le commissaire Holtz, l'homologue de Malinois à Genève, s'était déplacé en personne et lui avait posé un tas de questions insidieuses, tout en restant extrêmement courtois. Martha avait joué la parfaite imbécile. Mais la maison devait certainement être sous surveillance. Nous ne pouvions pas y retourner chercher nos affaires.

Je demandai à Martha de stopper à la première cabine téléphonique que nous aperçûmes et j'appelai l'agence immobilière. Ils avaient quelque chose dans mes cordes, ainsi qu'un correspondant sur place, en France. C'était parfait. Mon argent mal acquis servirait au moins à quelque chose.

J'avais déduit deux hypothèses de la lecture du dossier de Lanzmann : soit Grégory avait gardé la liste sur lui et, dans ce cas, elle risquait fort d'avoir brûlé avec lui dans la voiture, soit il avait eu le temps de me la confier. Et, dans cette hypothèse, où l'avais-je mise ? Martha avait passé la maison au peigne fin plusieurs fois pendant mon absence sans rien trouver. Il restait la banque. Ma banque. Celle où je cachais mes petits secrets. Je ne pouvais pas m'y rendre, mais Martha le pouvait. De toute façon, il fallait récupérer ce qui traînait dans le coffre. Je lui communiquai le numéro du coffre et sa combinaison. A 9 h 12, Martha se gara dans une rue adjacente à celle de la banque et, après m'avoir embrassé, s'éloigna d'un pas vif. Je commençais à avoir l'habitude d'attendre.

Pendant que Martha était occupée dans la banque, je gagnai une cabine téléphonique et appelai Cheng. Il me rappela trois minutes plus tard. Mon passeport était prêt. Je le remerciai et il dut sentir que nous ne nous reverrions sans doute plus, car il me souhaita bonne chance. Je raccrochai, pensif. Une page de ma vie était tournée. Après-demain, nous nous prélasserions au soleil...

Je regagnai la voiture juste comme Martha arrivait, son sac gonflé à craquer.

Elle s'installa au volant.

– Là aussi, il y avait des flics. Ils doivent avoir ton signalement. Ils dévisagent tous les clients. Heureusement qu'ils ignorent quel compte ils doivent surveiller. J'ai tout retiré.

J'entrouvris le sac. Des liasses de billets, un sachet de pierres précieuses : la petite fortune liquide que j'avais mise de côté allait nous rendre service. Et déjà servir à payer Cheng. Je comptai des billets, que je rangeai dans une pochette plastique.

– Arrête-toi devant le Palace.

Le Palace était un vieux cinéma à l'ancienne mode, qui ne projetait plus que des films porno. Martha me dévisagea, interloquée :

– Tu crois vraiment que c'est le moment ?

Je lui souris.

– Je t'ai toujours dit que j'étais un gars surprenant.

Elle freina en douceur devant le vieux dinosaure à la

façade de marbre, dont les affiches trempées de pluie pendaient, à demi arrachées. Martha se pencha :

– Eh bien, voyons le programme : *Petites Chattes gourmandes*... Dépêche-toi, Georges, la séance est à 10 h 45.

Le Palace était ouvert de 10 heures à minuit et servait de refuge à la plupart des clochards. Je mis la pochette contenant les billets dans ma poche, où elle rejoignit le rouleau de scotch dont je ne me séparais jamais. Le scotch est à l'aventurier moderne ce que fut la caravelle à Christophe Colomb.

– Attends-moi, j'en ai pour dix minutes.

– Tu améliores ton score de jour en jour !

Je claquai la portière et grimpai rapidement les trois marches couvertes de linoléum rouge usé jusqu'à la trame qui menaient à la caisse. La caissière, une forte femme occupée à tricoter un passe-montagne orange orné d'un pompon vert, me délivra un ticket sans même me regarder.

La salle était sombre, dégageant une légère odeur de poussière et de moisi. Sur l'écran, deux jeunes hommes à la musculature développée s'activaient sur une jeune fille dotée de protubérances mammaires tout à fait hors du commun. Sans m'attarder aux cris d'extase simulés de la malheureuse actrice, je gagnai la dixième rangée et m'assis sur le premier fauteuil de droite. J'attendis cinq minutes que l'action soit à son paroxysme, les deux jeunes gens bénéficiant à leur tour des services d'un troisième culturiste, pour passer la main sous le siège devant moi et en ramener une enveloppe. Dans le même mouvement, je scotchai la pochette contenant l'argent à la place de l'enveloppe. Cheng devait être dans la salle. Il viendrait la récupérer après mon départ. C'était notre lieu de rendez-vous habituel et ça avait toujours fonctionné à merveille, les spectateurs étant bien trop absorbés par ce qui se déroulait sous leurs yeux ou par les activités de leur plus proche voisin pour s'occuper de nos allées et venues.

Je sortis cinq minutes plus tard et notai que la caissière avait commencé un deuxième pompon, d'un beau jaune vif. Martha attendait, moteur au ralenti. Elle démarra dès que je fus installé.

– C'était bien ?

– Fabuleux !

Je retirai le passeport de l'enveloppe et le lui exhibai brièvement.

– Tu ferais une recrue de choix pour les brigades ! Bon, où allons-nous ?

– Prends l'autoroute en direction de la frontière. Ça me donnera le temps d'examiner ce que tu as rapporté de la banque.

Mon seul espoir, en effet, résidait dans l'idée que j'avais pu cacher la liste remise par Grégory et que j'avais ensuite oublié jusqu'à son existence en raison de mon coma prolongé, comme j'avais oublié ma rencontre avec Grégory lui-même. Je fouillai fébrilement dans les liasses de billets et dénichai une petite enveloppe scellée. Martha me jeta un coup d'œil interrogatif auquel je répondis par la négative :

– Non, je m'en souviens, il y a là-dedans la liste de mes différents pseudos, des jeux de cartes de crédit, de permis de conduire, le titre de propriété de la maison, des trucs comme ça.

– Regarde quand même.

Je jetai un coup d'œil dans l'enveloppe. Il n'y avait rien d'autre que ce dont je me souvenais. Découragé, j'allais la reposer dans le sac quand quelque chose attira mon regard. Un document officiel aux bords roussis et noirâtres. C'était le permis de conduire au nom de Franz Mayer – mon identité clean –, celui dont je m'étais servi pour louer la voiture qui avait été fatale à Grégory. Sur la photo, mon visage me regardait, plus maigre, des cernes sous les yeux. Je plongeai mon regard dans mon propre regard. Comme dans un flash, je revis brusquement le ciel orageux au-dessus de la route, et le soleil aveuglant qui perçait soudain à travers les nuages. Je fermai instinctivement les yeux. Martha posa une main sur mon bras :

– Quelque chose qui ne va pas ?

– Je viens de me souvenir du temps qu'il faisait ce jour-là. D'énormes nuages noirs avec des trouées de soleil. C'est en regardant cette photo...

Je posai à nouveau mes yeux sur le papier glacé et une nouvelle vague d'images s'abattit sur moi : mes mains sur le volant, le ruban d'acier de la route, sinueux devant moi, un panneau d'un blanc éclatant *Chez Nicolas, 100 mètres à gauche*. Une terrible angoisse m'étreignit et je sentis mon estomac se nouer comme devant l'imminence d'un choc. Martha m'observait avec inquiétude. Elle tendit la main vers le permis :

– Tu l'avais avec toi dans la voiture ?

– Oui, c'est pour ça qu'il est en si mauvais état.

– Et l'auto-stoppeur ?

– Ils n'ont jamais réussi à l'identifier. Forcément, si c'était Grégory...

– Et tu ne te souviens pas de lui ?

J'allais répondre « non », mais un spasme me secoua, amenant la vision d'une main posée sur un pantalon de velours crasseux. Une main aux ongles noirs et ébréchés. Une voix résonnait dans ma tête, une voix que je ne connaissais pas, psalmodiant les mêmes mots sans fin : « Merci c'est gentil merci c'est gentil merci c'est... »

– Non ! hurlai-je.

Martha ralentit et s'engagea sur une aire de repos.

J'étais trempé de sueur, secoué de frissons, je sentais mes mâchoires serrées à craquer. La voiture stoppa en douceur et Martha se pencha vers moi :

– Georges ! Que se passe-t-il ?

– Je ne sais pas. J'ai froid. J'ai mal à la tête. J'ai l'impression que je vais rendre tripes et boyaux...

Machinalement, en parlant, mes doigts glissèrent sur la photo de Franz Mayer et, subitement, je m'interrompis.

– Quoi ? Qu'est-ce qu'il y a ?

– La photo...

La photo sous mes doigts exercés au toucher semblait étrangement épaisse. Je me tournai vers Martha :

– Bon Dieu, Martha !

Et, sans plus réfléchir, j'arrachai le petit carré. Un minuscule bout de papier tomba sur mes genoux. Nous nous regardâmes sans oser dire un mot, puis je saisis le minuscule fragment de papier et le dépliai lentement. C'était du papier de soie couvert de pattes de mouche. Je l'approchai de mes yeux et étouffai un grognement de joie : c'était une liste sténographiée, une liste en bonne et due forme, avec des noms et des adresses. C'était LA liste. Tout en haut, dans le coin supérieur gauche, il y avait une ligne isolée. Je la déchiffrai avec peine et ce fut comme si toute douleur s'envolait :

Pour Georges, ton frère Grégory. Que Dieu te protège mieux que moi.

Martha noua ses bras autour de mon cou en riant :

– Oh ! Georges, c'est fantastique ! On va passer la frontière, tu enverras cette liste à tous les journaux si tu y tiens, et on sera libres, libres d'être ensemble, enfin...

Je la serrai contre moi très fort, le cœur empreint d'une inexplicable tristesse, comme si, sans le savoir, j'assistais à un enterrement.

Au bout d'un instant, Martha se remit en route. Il fallait passer la frontière autrichienne le plus vite possible. De là, nous redescendrions par l'Italie jusqu'au Piémont, où nous bifurquerions pour les Alpes-de-Haute-Provence. C'était la route la plus longue et la moins évidente, la plus propre à dérouter d'éventuels poursuivants. Je repliai le minuscule document, ouvris le sac de Martha et le glissai dans le bouchon de son atomiseur de parfum. Le sac contenait un passeport. Intrigué, je l'ouvris, il était au nom de Magdalena Gruber.

– Tu étais mariée avec Gruber ?

– Non, j'avais simplement de faux papiers pour faciliter mes allées et venues en Europe. Pourquoi, ça t'ennuierait ?

– A vrai dire, ça me débecterait d'épouser une Gruber !

– Idiot ! La première fois que tu m'as vue, à Bruxelles, j'étais venue voir Franz, il me faisait une vie d'enfer, j'étais obligée de lui concéder un peu de temps.

Je ressentis une pointe amère de jalousie et m'abstins de lui poser la question dont je voulais précisément la réponse. Martha me passa la main dans les cheveux.

– Ne sois pas jaloux, ce type était vraiment nul. Mais je ne pouvais pas mettre ma mission en péril en m'en faisant un ennemi. Chaque fois que j'allais le voir, et, crois-moi, c'était le moins possible, j'utilisais l'avion privé de Silberman. Cette fois-là, je ne suis arrivée à la maison que vingt minutes avant toi, je n'ai eu que le temps de me jeter sous la couette en t'entendant rentrer ! Le pire, c'est que je ne savais pas que tu m'avais aperçue ! Je ne l'ai compris que plus tard, quand j'ai fait la liaison avec ces hold-up que tu regardais à la télé. L'aveugle, c'était toi, n'est-ce pas ?

– Tu ferais un flic redoutable ! Et la deuxième fois, le jour du braquage ?

– Je devais rencontrer un de mes supérieurs des brigades, de passage à Bruxelles, et j'avais donc insisté pour revenir voir Franz. Le pauvre, il n'en revenait pas ! Quand je t'ai vu, dans la rue, j'ai cru que j'allais m'évanouir. J'ai bondi dans le premier vol pour Genève !

Nous éclatâmes de rire en même temps et je me dis qu'avec un peu de chance nous retrouverions peut-être peu à peu la joie de vivre... Avec du temps et de la patience.

Nous roulions depuis un petit moment, le soleil s'était levé, un beau soleil printanier qui donnait à la campagne l'air d'avoir été fraîchement lavée. Je me laissais aller à l'espoir. Si nous passions la frontière sans encombre... Soudain, une pancarte me tira de ma rêverie : *SUMISWALD, prochaine sortie.*

Martha avait suivi mon regard. Elle accéléra. Je posai la main sur son bras :

– Ralentis, c'est par là que j'ai été élevé.

– Je sais...

– Tu as une bonne mémoire.

– C'est mon boulot, chéri.

Je cherchai un moment dans le paysage, puis je l'aperçus. Une grande bâtisse en brique rouge, semblable à une ancienne fabrique ou à une prison.

– C'est là-bas, tu vois le bâtiment rouge ?

– Vraiment idéal pour des enfants.

J'avais tellement eu horreur d'être enfermé là-dedans que j'avais souvent rêvé que c'était une erreur. Lanzmann et moi avions beaucoup discuté de l'orphelinat. Impulsivement, je dis à Martha :

– Prends la sortie.

– Pour quoi faire ?

– Je veux revoir ça de plus près. Après, nous partirons. Et tout ça sera fini.

Tout ça serait fini, ma mère, le Boucher, le professeur Marcus, Grégory, fini pour toujours. Je serais enfin un homme libre, délivré de son passé.

Martha soupira tout en ralentissant pour prendre la sortie. Nous roulâmes doucement jusqu'à l'imposante bâtisse. Une pelouse bien taillée l'entourait, et des gamins en survêtement jouaient au football. Un grand panneau vert et blanc indiquait *Institut luthérien d'action sociale*. Martha se tourna vers moi, interrogative. Je lui effleurai la joue :

– Descendons faire quelques pas.

Elle parut sur le point de faire une remarque, mais se ravisa. Nous descendîmes, Martha tenant le sac bourré de billets serré contre elle. La grille d'entrée était ouverte et je fis quelques pas dans le parc ensoleillé. Les cris des gamins résonnaient. Deux hommes en costume bien coupé se promenaient, mains derrière le dos. L'un d'eux fumait la pipe. Curieusement, je ne ressentais rien. Ni émotion, ni colère. L'homme qui fumait la pipe se tourna vers moi, ses pas crissèrent sur le gravier :

– Vous désirez un renseignement, monsieur ?

Le petit homme qui me faisait face m'était absolument inconnu. Il était presque chauve, avec une fine moustache rousse, des lunettes cerclées de métal et une allure résolument rétro.

– Lyons, Georges Lyons. Non, je regardais simplement, j'ai été pensionnaire ici.

– Vraiment ? Je suis le nouveau directeur, Martin Godard. Peut-être souhaitez-vous faire partie de l'amicale des anciens pupilles ?

– Non, non merci, je ne crois pas.

– Vous savez, l'institut a beaucoup changé depuis le temps du professeur Zeller. Vous vous souvenez certainement du professeur Zeller, un excellent gestionnaire...

Son ton semblait indiquer qu'il avait été dommage que le professeur Zeller ait été plus un gestionnaire qu'un pédagogue... J'écartai les bras :

– Je m'en souviens mal. Je suis entré ici très jeune, j'avais quatre ans et c'est une période que j'ai préféré oublier.

– Quatre ans...

– Oui, ma mère venait de mourir, c'était juste après la guerre. Est-ce qu'il me serait possible de jeter un coup d'œil sur mon dossier ?

Le désir m'en était venu comme ça, d'un coup. Revoir une dernière fois les quelques feuilles de papier qui me rattachaient à mon enfance.

Martha s'était rapprochée de nous et nous écoutait, visiblement impatiente. Le professeur Godard tira sur sa pipe en me considérant avec bonhomie.

– Quel nom m'avez-vous dit ?

– Lyons, Georges Lyons. Si vous l'avez conservé, cela

m'intéresserait de consulter mon dossier. Je suis entré ici en 1952 et j'en suis sorti en 1966.

Son collègue soupira, se tournant ostensiblement vers la partie de football. Martha me tira par la manche :

– Georges, on devrait y aller, on va rater notre avion...

Je dégageai mon bras.

Le directeur hésita un bref instant, visiblement peu désireux de s'arracher à une belle matinée de printemps, puis hocha la tête, résigné, sans doute soucieux de ne pas rater une éventuelle donation, et me fit signe de le suivre.

– Mon bureau est par là.

Nous gagnâmes une pièce confortable et ensoleillée, aux murs tapissés de livres anciens. Je me carrai dans un fauteuil en cuir. Il manipulait nerveusement un trombone entre ses doigts tachés de nicotine, pressé de retrouver son acolyte et leur bucolique discussion.

– Eh bien, monsieur... Lyons, nous allons regarder dans nos fichiers. Nous sommes passés sur informatique depuis deux ans. Voyons...

Il tapota sur le clavier de son ordinateur pendant cinq minutes environ.

– Non, rien ici. Mais il faut dire que certains dossiers, les plus anciens, n'ont pas encore été enregistrés. Il nous faudra demander aux archives. Excusez-moi...

Il décrocha son téléphone :

– Suzanne, s'il vous plaît, pourriez-vous essayer de me trouver le dossier d'un ancien pensionnaire, Georges Lyons, 1952-1966.

Ainsi énoncé, on aurait pu croire à une notice nécrologique. Nous restâmes face à face un moment à échanger de banales considérations sur la saison et le froid inhabituel, lorsque son poste sonna. Il décrocha aussitôt :

– Excusez-moi... Oui ? Ah... Oui, évidemment, dans ce cas... Mais vous en êtes sûre ? Non, non, excusez-moi. Bon, je vous remercie.

Il tourna vers moi un visage embarrassé :

– Je crains de ne pouvoir accéder à votre demande, monsieur Lyons...

Je sentis la moutarde me monter au nez. Cet avorton prétentieux pouvait bien faire un effort !

– Et pourquoi, je vous prie ? Ça ne vous suffit pas d'avoir gâché la vie de centaines de gosses ? Il faut encore que vous abusiez de votre pouvoir contre une requête parfaitement légitime !

– Légitime certes, mais impossible à satisfaire.

– Expliquez-vous !

Une idée folle me traversa soudain l'esprit. Et si Holtz et Malinois avaient retrouvé ma trace ? Je m'attendais presque à voir surgir une armée de flics des haies impeccablement taillées, mais il ne se passa rien. Le professeur Godard tira simplement sur sa pipe. Il me regarda avec circonspection et toussota.

– En fait, il semblerait que vous n'ayez jamais été pensionnaire de notre institution.

– C'est impossible ! Le dossier a pu s'égarer...

– Je ne pense pas. En fait, il est impossible que ce dossier se soit égaré.

– Vous mentez !

– Je suis désolé, c'est incompréhensible. Si vous voulez bien m'excuser, mais j'ai un rendez-vous et...

– Il faut que vous retrouviez ce dossier !

Je m'étais levé et il se leva également, gagnant rapidement la porte. Je le rattrapai comme il mettait un pied sur la pelouse, m'efforçant au calme :

– Attendez un instant. Ce dossier est important pour moi. Pourquoi refusez-vous de me le communiquer ?

Il s'assura du regard que son assistant était à portée de voix. Puis il recula d'un pas, ôta sa pipe de sa bouche et articula distinctement, comme s'il parlait à un sourd :

– Parce que, voyez-vous, l'institut n'a ouvert ses portes qu'en 1958.

Je le regardais bouche bée. Il recula encore d'un pas :

– Il est donc absolument impossible que vous ayez séjourné ici en 1952... Maintenant, si vous voulez bien m'excuser, mais je dois retourner auprès de nos pensionnaires.

Son assistant l'avait rejoint, sans doute alerté par notre comportement inhabituel, et ils s'éloignèrent hâtivement, me laissant seul, abasourdi, sur la pelouse parfaitement tondue.

Un bruit de pas derrière moi. Je me retournai, prêt à tout. C'était Martha, le visage grave. Elle me tendit la main :

– Viens. Partons. Laisse tomber, Georges.

Je la repoussai, plein d'amertume :

– Tu le savais, n'est-ce pas ? Tu sais tout depuis le début !

Je m'écartai d'elle, furieux. Je me sentais seul et désespéré devant ma vie qui fondait comme neige au soleil, seul comme je ne l'avais jamais été. Martha posa sa main sur mon bras.

– Pas depuis le début. Depuis hier seulement. Je ne voulais pas qu'on s'arrête ici. Oh ! Georges, je voulais tellement que ce cauchemar se termine.

– Pour moi il commence et il va durer longtemps, j'en ai bien peur.

Nous étions arrivés près de la voiture. Je regardai encore une fois la grande bâtisse sinistre. C'était impossible. J'étais sûr d'avoir été élevé ici. J'avais vu cette façade je ne sais combien de fois. Je me tournai vers Martha, immobile à mes côtés.

– Depuis hier, tu as dis ?

Sans répondre, elle me tendit quelques feuillets dactylographiés et je reconnus la frappe de la machine de Lanzmann. Les dates ne se suivaient pas. A l'origine, ces feuilles avaient dû être intercalées entre les autres. Martha énonça très vite :

– Ils avaient glissé sous le lit. Tu ne les as pas lus.

J'eus un sourire amer.

– Glissé sous le lit ? Tu aurais pu trouver mieux.

Mais je m'en saisis avidement. Et je commençai à lire, comme on se jette à l'eau sans savoir nager :

10 avril. A 15 heures précises, heure de notre rendez-vous, on a sonné. J'ai ouvert. Grégory était sur le seuil, vêtu d'un costume que je ne lui connaissais pas. Il s'était fait couper les cheveux. Il m'a tendu la main :

– Docteur Lanzmann, je suppose ?

Interloqué, j'ai acquiescé. Il est alors entré et s'est dirigé vers le cabinet. Il semblait calme et sûr de lui. Je l'ai suivi. Il s'est tourné vers moi et s'est présenté :

– Georges Lyons. J'ai trouvé votre carte dans mon porte-feuille. Je ne sais pas comment elle avait atterri là, mais ça tombait bien. J'ai un problème. Je peux m'asseoir ?

– Je vous en prie. Vous connaissez mes tarifs ?

– Peu m'importe vos tarifs. J'ai de quoi payer.

– Et quel est votre problème, monsieur... Lyons ?

Je m'amusais prodigieusement. Décidément, ce Grégory était un cas ! Il m'a regardé et puis il a lâché :

– Je suis hanté par des rêves récurrents.

– Quel genre de rêves ?

– Je rêve de mon frère jumeau, mort depuis plus de trente ans. Je rêve qu'il est vivant et qu'il veut communiquer avec moi.

– Et cela vous gêne ?

– Oui. Car il veut m'entretenir d'actions et de secrets horribles. Il me parle d'assassinats, de sectes, de complots. Et ces rêves sont si réels. Comme si ces gens existaient vraiment. Comme s'il voulait m'entraîner dans son monde.

J'ai rassuré « M. Lyons » du mieux que j'ai pu et nous sommes convenus qu'il reviendrait me voir pour se débarrasser de ses cauchemars. Il peut compter sur moi !

Un poids terrible m'étreignait la poitrine. Mon mal de tête était revenu, plus lancinant que jamais, j'en aurais hurlé. Les mots dansaient devant mes yeux comme les étincelles d'un feu diabolique, mais je me forçai à continuer :

6 mai. Maintenant, Grégory et « Georges » viennent me voir tour à tour. Grégory ne me parle plus que de « Georges », ce que fait « Georges », comment il vit, et « Georges » a presque complètement oublié Grégory.

Je navigue avec prudence entre les deux personnalités du patient, conscient de manipuler de la dynamite, surtout quand il alterne brusquement ses deux personnalités au cours d'une séance d'hypnose. Je dois toujours avoir à l'esprit que Grégory a reçu la formation d'élite de son unité spéciale et qu'il est exceptionnellement intelligent...

J'attends avec impatience sa rencontre du 25 mai avec son frère imaginaire pour voir comment il va s'y prendre pour se transférer définitivement dans la peau plus agréable de « Georges »...

Le feuillet suivant avait visiblement été tapé à une autre période. La frappe en était différente ainsi que la mise en page.

18 juin. Et voilà ! Grégory est « mort », Georges a repris connaissance. Il ne se souvient quasiment de rien. Amnésie consécutive au choc. J'en ai profité pour l'aider à mettre un peu d'ordre dans sa pauvre tête. Par chance, il a eu le nez brisé, ce qui modifiera quelque peu son apparence, l'aidant à se persuader qu'il n'est pas Grégory. Pour lui, Grégory est décédé il y a très longtemps et sa mère ne l'a jamais abandonné : s'il s'est retrouvé dans un orphelinat, c'est parce que la pauvre femme était morte. Quand on sait qu'elle a d'abord essayé de trucider sa progéniture avant de se faire elle-même supprimer par les sbires de Frau Marcus, sur ordre du propre père de l'enfant... Un vrai nid de vipères !

Grégory a complètement transformé le souvenir de l'abandon. Il est intéressant de noter le travail effectué par le sujet pour structurer ce matériau particulièrement déplaisant :

D'une part, il s'imagine avoir erré dans les rues pendant que sa mère trouvait la mort. D'autre part, il parle souvent du froid qu'il a ressenti quand il a appris la nouvelle de la mort de Grégory.

En réalité, l'impression d'errance recouvre la notion d'abandon et l'angoisse de ne pas retrouver le chemin de la maison, tandis que le sentiment de froid correspond au froid réel ressenti par l'enfant au fond de la poubelle où elle l'avait jeté, sous la pluie, perdant son sang, à demi mort.

Enfin, en ce qui concerne le fait proprement dit que sa mère ait voulu le tuer, il ne peut tout simplement pas y faire face, une mère sans amour étant inconcevable pour l'enfant qui dépend d'elle. Ainsi, comme la plupart des enfants maltraités, il a transféré sur lui-même le dégoût et la haine éprouvés par sa mère. Si elle le frappait et le punissait, c'est qu'il était méchant. Mais, comme il ne pouvait pas se vivre uniquement comme « méchant », il a eu recours, dès sa plus tendre enfance, à ce fantasme d'un gentil et d'un méchant jumeau. C'est le méchant Grégory qu'elle a tué, pas le gentil Georges. C'est le méchant Grégory qui a tué son père. Et, maintenant que le méchant Grégory n'existe plus, il n'y a plus que le gentil Georges. Au fond, quoi de plus simple et de plus ingénieux que ce système ?

Je dois maintenant le consolider par tous les moyens possibles, afin d'empêcher à jamais le « retour » de Grégory.

C'est très amusant pour moi de lui construire des « souvenirs » présentables. Nos séances d'hypnose, auxquelles il ignore être soumis, donnent d'excellents résultats. L'avantage de ces enfants nés juste après la guerre dans des zones bouleversées est que de nombreux documents font défaut.

Quel plaisir de travailler sur une mémoire quasiment vierge et malléable ! Je relis les travaux de Ribot et Bergson, j'utilise Janet, je retrouve l'exaltation de mes années d'études !

J'ai trouvé la photo d'un vieil orphelinat du comté de Berne qui fera parfaitement l'affaire pour la partie « enfance ». J'ai également rassemblé une documentation sur la Légion et le milieu, en France et ici. Son passé de militaire et d'agent spécial trouvera plus facilement à se recaser dans une vie de « tête brûlée » et cela le contraindra à une certaine clandestinité bien pratique. De toute façon, sa volonté d'être « Georges » est si puissante qu'il n'aurait presque pas besoin de mon petit coup de pouce... Comme disait Nietzsche : « C'est moi qui ai fait cela,

dit ma mémoire, il est impossible que je l'aie fait, dit mon orgueil... Finalement, c'est la mémoire qui cède. »
Exit Grégory von Klausen ! Bienvenue, monsieur Georges Lyons.

Il n'y avait plus qu'une page et elle ne portait qu'une seule ligne manuscrite :

Je suis fier de mon œuvre

Fier ! Je crus presque entendre son rire sardonique. Oui, docteur Lanzmann, vous pouviez être fier de votre œuvre.

J'ouvris la main et les feuillets glissèrent sur le gazon, se mêlant aux feuilles mortes. Mon mal de tête avait cessé. Martha me regardait de ses grands yeux lumineux. Je savais que c'était vrai. Que tout cela était vrai. Mais j'étais incapable de m'en souvenir.

Et je dus alors me rendre à l'évidence : moi, Georges Lyons, je n'existais pas et je n'avais jamais existé. Toute ma vie n'avait été que le fantasme d'un schizophrène dont j'étais prisonnier pour toujours.

A Martha, qui a accepté de devenir ma femme malgré tout et qui vient de mettre au monde notre petit Grégory,

Saint-Paul-de-Vence, 27 octobre 1991 G. Lyons-von Klausen.

IMPRESSION : S. N. FIRMIN-DIDOT AU MESNIL-SUR-L'ESTRÉE
DÉPÔT LÉGAL : JUIN 1995. N° 25576 (31003)

Collection Points